Diogenes Taschenbuch 23023

Ingrid Noll

Kalt ist der Abendhauch

Roman

Diogenes

Die Erstausgabe
erschien 1996 im Diogenes Verlag
Umschlagillustration:
Sofonisba Anguissola, ›Portrait
einer Greisin‹, ca. 1620
(Ausschnitt)

Für meine Mutter

Veröffentlicht als Diogenes Taschenbuch, 1998
Alle Rechte vorbehalten
Copyright © 1996
Diogenes Verlag AG Zürich
500/98/8/3
ISBN 3 257 23023 0

Mein Enkel Felix wohnt in einem ehemaligen Friseurladen; das Schaufenster dekoriert er stets ein wenig, obschon es natürlich nichts mehr zu verkaufen gibt. Meine uralten schwarzen Schnürstiefel setzte er zum Beispiel in einen Vogelkäfig, ein rosa Korsett stopfte er mit Watte aus und legte es in einen Puppenwagen, einen mit Nägeln gespickten Stuhl beschmierte er mit Margarine, womit er angeblich gleich zwei berühmte Künstler ehren wollte.

Lange Zeit vegetierte eine heruntergekommene Schaufensterpuppe in dieser Idylle, bis er sie leid wurde und alles neu gestaltete. Ich war versessen auf die Puppe.

Seitdem lebe ich nicht mehr allein. Die Puppe sitzt in meinem Schaukelstuhl, trägt Kleider aus meiner Jugendzeit, eine Perücke aus den sechziger Jahren und streckt ihre dünnen Beine von sich wie ein Kind. Sie heißt Hulda; wenn ich den Stuhl ein wenig antippe, wiegt sie sich fast fünf Minuten lang und scheint Freude an diesem Rhythmus zu haben. Einsame alte Leute pflegen gern Selbstgespräche zu halten, mir ist ein Gegenüber lieber. Hulda ist eine aufmerksame Zuhörerin, eine gut erzogene Tochter, eine Freundin der feinen Art, die nicht klatscht und hetzt und sich an fremde Ehemänner heranmacht.

Manchmal frage ich Hulda um Rat. Was sollen wir zum Beispiel heute essen? Hering in Tomatensoße, sagt Hulda, vielleicht ein Kartöffelchen dazu und fertig. Wir beide brauchen nicht mehr viel. Alte Leute sollen aber viel trinken, sagt der Arzt; totaler Quatsch, meint Hulda, hör nicht auf ihn! Dieser Mann weiß doch gar nicht, wie schwer es fällt, nachts noch einmal ins Bad zu tappen. Selbstverständlich ist mir Huldas Rat wichtiger als der anderer Leute, denn sie spricht mir stets aus dem Herzen. Ja, ja, ich weiß schon, was man von derlei Zwiegesprächen zu halten hat. Aber wem schade ich denn damit? Wer hört es schon, und wen interessiert's?

Warum sagst du ausgerechnet Hulda zu ihr? will mein Enkel Felix wissen.

Mein Bruder Albert hatte eine Puppe, die so hieß. Sie stammte von mir, und er liebte diese Puppe. Das war eine gefährliche Sache, denn er bekam zu Weihnachten stets Zinnsoldaten geschenkt. Albert haßte Soldaten. Ich hatte ihm Hulda abgetreten, damit wir heimlich Vater, Mutter, Kind spielen konnten.

Albert war von uns sieben Geschwistern das sechste und ein Jahr jünger als ich. Zum Glück waren wir so viele, daß keiner Zeit fand, uns allzusehr mit Pädagogik zu belästigen. Erst als ich längst erwachsen war, verriet mir unser ältester Bruder Ernst Ludwig, daß man Alberts Puppenspiele gelegentlich beobachtet hatte und sich Sorgen machte, er könnte einem gewissen Onkel nachschlagen.

Wäre Albert noch am Leben, er würde mich verstehen. Hulda ist unser gemeinsames Kind, zwar auch schon in die Jahre gekommen, aber noch schlank und rank, ohne geschwollene Gelenke und krummen Rücken, ohne tränende Nase, rote Augen und ohne orthopädische Schuhe. Einzig die Farbe blättert von ihrem blassen Gesicht. Übrigens ist Hulda keine richtige Frau, was man auf den ersten Blick jedoch nicht erkennen kann. Zieht man sie aber aus, dann zeigt sich ein schneeweißer Leib bar aller weiblichen oder männlichen Merkmale; und nimmt man die Perücke ab, dann glänzt ein spiegelglatter Glatzkopf, der erst durch falsche Haare ein hübsches Gesicht bekommt. Hulda ist ein zwittriger Engel, ein Wesen, das durch Verkleidung in jede beliebige Rolle schlüpfen kann.

Eine Zeitlang bekam ich »Essen auf Rädern«, aber ich habe es wieder abbestellt. Es war allzu reichlich und schmeckte mir nicht. Nur um den jungen Mann, der es brachte, tut es mir leid. Er plauderte immer ein wenig mit mir. Ich weiß nicht mehr genau, ob er Philosophie oder Soziologie studierte. Jedenfalls hielt er mich nicht für verkalkt, denn zuweilen äußerte er sich zu Gedanken und Theorien, die mir ganz neu waren.

»Adorno fordert das Recht des Individuums, ohne Angst anders sein zu können...« Dieser Satz ist mir in Erinnerung geblieben. In meiner Jugend war an ein solches Recht überhaupt nicht zu denken!

Warum sich Albert das Leben genommen hat, weiß niemand so genau, aber ich ahne dunkel, daß es etwas mit Hulda zu tun hatte. Bei unseren Spielen war Albert die Mutter und ich der Vater.

Der Soziologiestudent hat einen Pferdeschwanz und Ohrringe, weswegen ich alte Törin ihn vorschnell eingeordnet hatte; eines Tages brachte er seine Freundin mit, und ich mußte mein Weltbild revidieren. Als ich das Essen kündigte, schenkte ich ihm Alberts Ring: eine Steinkamee aus Achat mit dem edlen Profil eines griechischen Philosophen. Es gibt geistige Verwandte, die ebenso wie die leiblichen erben sollten.

Genaugenommen gefallen mir die heutigen jungen Männer besser als die aus der Generation meiner Kinder oder gar die aus meiner eigenen Generation. Albert war der einzige Junge, mit dem ich kichern konnte. Man erzog die Männer dazu, Weinen und Lachen zu unterdrücken. Frauen durften ewige Kinder bleiben. Mit Albert hatte ich jene nicht endenden Lachanfälle, die für Lehrer wohl ein Kreuz sind, aber einem jungen Menschen so guttun. Felix und der philosophische Student haben damit keine Mühe. Sie können aus nichtigem Anlaß losprusten. Ich habe es fast ein Leben lang entbehren müssen.

Als ich zehn Jahre alt war, fragte mich Albert, ob ich lieber ein Junge wäre. Ich hatte bisher nicht darüber nachgedacht, aber mir fiel sofort ein, daß meine älteren Brüder größere Freiheiten hatten als die Schwestern. »Man darf mehr«, sagte ich.

»Man darf Soldat werden und sich im Krieg totschießen lassen«, sagte Albert, »man darf aber keine schönen Kleider tragen und keine Perlenketten auffädeln.«

Sein Hang zu schönen Kleidern, Parfüm, Puppen und weiblichen Handarbeiten wurde ihm wahrscheinlich zum Verhängnis. Mein Vater steckte ihn ins Internat. Es war gut gemeint, Papa hatte eine Reformschule ausgesucht, wo nicht preußischer Drill im Vordergrund stand, sondern die Förderung des ganzheitlichen Menschen. Damit war dem Problem jedoch nicht abgeholfen, denn Albert, der pummelig und unsportlich war, wurde auch dort zu Leibesübungen herangezogen, die ihm zur Qual wurden. Sein einziger Trost war die Schulköchin.

Albert hätte sich bestimmt mit meinem Enkel Felix und dem Studenten – heißt er Patrick? – besser verstanden als mit den rohen Kameraden aus dem Internat. Manchmal schmiede ich kühne Pläne: ich möchte Felix und Patrick zu einer Gedächtnis-Teestunde für Albert einladen. Erstens sollen sich diese beiden jungen Männer einmal kennenlernen, zweitens möchte ich über meinen toten Bruder sprechen.

Aber zuvor müßte ich aufräumen. Das heißt, ich wollte schon längst ausmisten, seit meine Freundin Mielchen nicht mehr lebt. Die Wände hängen voller Kitsch, den sie mir im Laufe unserer langjährigen Freundschaft geschenkt hat und den ich aus Pietät zu ihren Lebzeiten nicht beseitigen konnte. Miele war eine herzensgute Frau, aber ohne Geschmack, das muß einmal gesagt werden. Mit Dürers Hasen, über den man ja noch streiten kann, fing es bereits in unserer Jugend an. Es folgten ein selbstgeklebtes Bild aus getrockneten Blumen, Hufeisen, Glastierchen, geschnitzte und bemalte Holzpantoffeln, Setzkästen mit Miniaturgeschirr, gehäkelte Elefantenkissen, Trachtenpuppen und schmiedeeiserne Barometer.

Wahrscheinlich glauben mir die jungen Männer erst, daß ich dieses Zeug noch nie mochte, wenn es wirklich verschwunden ist. Aber wohin damit? Und anschließend müßte man wahrscheinlich tapezieren oder zumindest streichen –

das alles sind Gründe dafür, daß ich meine Party mit Hulda und den jungen Männern noch nicht arrangiert habe. Vielleicht im Frühjahr, wenn es mir erfahrungsgemäß bessergeht, wenn ich mehr Energie und Lebenslust verspüre. Ich werde Waffeln backen, das müßte ich doch schaffen, dazu starken Kaffee servieren (oder trinken sie nur dünnen Kräutertee?) und viel Schlagsahne. Albert liebte Sahne. Hinterher einen Sherry – oder lieber vorher? Hulda soll mein lichtgelbes Seidenkleid mit dem Spitzenkragen und die elfenbeinfarbenen Spangenschuhe aus Papas Werkstatt anhaben. Ich selbst trage seit zwei Jahren Turnschuhe, das hätte ich mir früher auch nicht träumen lassen, erst recht nicht unser Papa. Aber man kann sagen, was man will, sie sind erheblich billiger als Schuhe mit Fußbett, so bequem wie Pantoffeln und gleichzeitig völlig trittfest. Mielchen ist tot, ihre Benimmregeln habe ich hinter mir gelassen.

Mielchen war zwar eine Klassenkameradin, aber durchaus nicht meine Schulfreundin. Erst als sie sich mit meinem Bruder Heiner verlobte, kamen wir uns näher, denn seitdem erschien sie täglich in unserem Elternhaus. Sie war gerade zwanzig, als die Verlobung leider – oder Gott sei Dank – in die Brüche ging, weil Heiner sich in eine andere verguckte. Natürlich hatte unsere ganze Familie seinetwegen ein schlechtes Gewissen; ich tat alles, um Miele zu trösten. Bis zu ihrem Tod blieben wir Busenfreundinnen. Übrigens hat Mielchen nach dem Desaster mit Heiner ziemlich schnell geheiratet, einen braven Langweiler. Als sie mit siebenundvierzig Jahren Witwe wurde, machte sie die überwältigende Entdeckung der körperlichen Lust; von da an wurde sie tragischerweise zur romantischen Nymphomanin. Jahrzehntelang mußten arbeitslose Kellner und windige Einzelgänger ihre gehäkelten und gestickten Liebesandenken ertragen. Habe ich schlecht von meiner Freundin gesprochen? Das wäre falsch. Mielchen hatte ein großes Herz, von wem kann man das schon sagen?

Mit ihr konnte ich über Albert sprechen. Damals, nach seinem Tod im Jahr 1933, rätselten wir Geschwister nächtelang über den Grund. Für die großen Brüder stand fest, daß Albert irgendwie »vom anderen Ufer« gewesen sein mußte, auch wenn sie sich nichts Genaueres darunter vorstellen konnten. Mangels Erfahrung mußten wir Schwestern ihre Theorie hinnehmen. Albert hatte nie einen Freund gehabt, er war ein einsamer Mensch gewesen. Vielleicht war ich die einzige, mit der er lachte und spielte. Obgleich er lange Zeit das jüngste Kind meiner Eltern blieb, war er keineswegs ihr Liebling – ich übrigens auch nicht. Meine Mutter war einfach überfordert nach insgesamt zehn Geburten, wobei drei Geschwister sofort starben. Meinem Vater hingegen gefiel dieser dickliche Knabe überhaupt nicht, und um nicht ungerecht gegen ihn zu sein, übersah er ihn meistens. Arm waren wir damals nicht, aber auch nicht besonders reich. Das Internat für Albert konnten wir uns eigentlich nicht leisten, doch wahrscheinlich wollte unser Vater mit dem hohen Schulgeld sein schlechtes Gewissen beruhigen.

Heute schaukelt Hulda wie eine Wilde, mir wird ganz schwindelig davon, ich rücke mir meinen Stuhl ans Fenster, um sie nicht mehr im Blickfeld zu haben. Meine Sehkraft läßt immer mehr nach, ich brauche viel Licht. Es ist die Frage, wann ich erblinden werde. Um ihren Anblick noch ein wenig zu genießen, habe ich auf meine alten Tage damit begonnen, mir Blumen zu kaufen; früher hätte ich mir einen solchen Luxus nicht gegönnt. Allerdings trage ich auch jetzt keine breughelschen Prachtsträuße nach Hause, sondern nur wenige Einzelexemplare. Vor mir steht ein Glaskrüglein, das in meinem Elternhaus mit Öl oder Essig gefüllt war. In das Glas ist ein funkelnder Stern eingeschliffen, Henkel und Tülle sind aus Zinn. Um die Stiele der drei weißen Rosen schweben Hunderte von Luftbläschen, das Nordlicht meines Fensters verwandelt die Wasseroberfläche in flüssiges Silber. Ich verstehe die holländischen Maler, die solche Schönheit für alle Zeiten festhalten wollten und ihre Blumenstilleben mit Muscheln, Insekten und appetitlichen Früchten anreicherten.

Morgen muß ich mir neue Blumen kaufen, die drei Rosen welken in Schönheit dahin. Wahrscheinlich werde ich mich für weiße Lilien der Sorte Casablanca entscheiden. Ich habe mich ganz auf weiße Blumen spezialisiert, vielleicht erinnern sie mich an die vielen Gräber meiner Lieben, jedenfalls erscheinen sie mir edler als ihre bunten Schwestern.

Zum Einkaufen trage ich einen grasgrünen Jogginganzug, den mir meine Tochter Veronika aus Los Angeles mitgebracht hat, dazu die Turnschuhe und einen orangefarbenen Rucksack. Wie eine würdige Greisin sehe ich nicht aus, dafür bemerken mich die verblüfften Autofahrer schon von weitem. Durch den Rucksack habe ich für Stock und Blumenstrauß die Hände frei. Ich bin glücklich, daß mir mein Alter die Freiheit gibt, niemandem mehr gefallen zu müssen. Nun, ich will nicht lügen, wenn ich Besuch bekomme, verwandle ich mich ganz gern in eine, wenn auch welke, Edelrose.

Sollte Felix in nächster Zeit einmal auftauchen, darf ich nicht wieder vergessen, ihn um eine Gefälligkeit zu bitten. Meine Küchenlampe füllt sich langsam, aber sicher mit toten Fliegen, ich mag nicht mehr auf die Leiter steigen, um die Glocke abzuschrauben. Außerdem muß der Myrtenbaum auf die Terrasse geschleppt werden, ich nehme an, daß es nun keinen Frost mehr gibt. Vielleicht könnte ich Felix auch um Rat fragen, wohin man Mieles Kitsch bringen soll, ich kann mich nicht entschließen, ihn in die Mülltonne wandern zu lassen.

Als mein Enkel das letzte Mal zusammen mit einem Freund den defekten Fernseher wegbrachte, habe ich die beiden mit einem Balladenstündchen belohnt. Die jungen Herren staunten nicht wenig, als ich sowohl den *Handschuh*, den *Erlkönig* als auch Bürgers *Lenore* aus dem Gedächtnis rezitierte. Sie lernen heutzutage andere Dinge. Sollte ich einmal blind werden, so besitze ich einen Schatz an Liedern und Gedichten, aber auch an inneren Bildern, die mich begleiten werden. Aber Briefe werde ich nicht mehr lesen können. – Hulda, haben wir heute Post zu erwarten? – Ich gehe mal an den Briefkasten. Meine Kinder sind natürlich längst hier ausgezogen. In Darmstadt lebt nur noch Regine, die Mutter von Felix. Von den Enkeln erhalte ich gelegentlich eine Postkarte aus fernen Ländern. Thailand, Mexiko, Indien, Australien – sie scheinen vor nichts zurückzuschrekken. Ich überlege, ob ich einen der alten Goldrahmen mit diesen exotischen Bildern anfülle. Aber diesmal liegt keine Karte im Kasten, sondern ein richtiger Brief. Hugo hat geschrieben, er wird uns demnächst besuchen.

Wer ist das? fragt Hulda.

Hugo ist der rote Faden in meinem Leben, sage ich.

Darauf kann Hulda sich keinen Reim machen. Ich weiß übrigens nicht genau, wie alt sie ist. Wie früher die Puppen meiner Töchter ist sie aus Pappmaché gemacht, nicht etwa aus Plastik. Deswegen ist sie empfindlich gegen Nässe, und man sieht an ihrem linken Arm eine leichte Zerstörung, die wohl durch feuchte Lagerung entstanden ist.

Hugo kommt! Ich habe ihn seit Idas Tod nicht mehr gesehen. Als ich ihn kennenlernte, war ich fünfzehn und Alice, das Nesthäkchen, erst sieben. Fanni war siebzehn, Ida zwanzig. Da man die Kleine nicht rechnete, sprach man von einem Dreimädelhaus, das sehr anziehend auf junge Herren wirkte. Hugo kam häufig in unser Elternhaus und tat anfangs, als hätte er sich mit meinen beiden großen Brüdern angefreundet.

Ich war mir absolut sicher, daß er mich heimlich liebte, und glühte vor Begeisterung.

Hugo flirtete mit mir und der kleinen Alice; mit Fanni und Ida unterhielt er sich stundenlang. »Nun, wer ist denn die Auserwählte?« fragte sogar unser Papa eines Tages gut gelaunt und sah die großen Schwestern neugierig an.

Sie wurden beide rot, aber die Antwort kam von mir: »Ich!«

Alles lachte. Leider war ich nicht geistesgegenwärtig genug, um mitzulachen. Ich lief hinaus und weinte. Später erfuhr ich, daß die älteste Schwester Ida bereits heimlich mit ihm verlobt war.

Hulda schüttelt den Kopf. Das ist lange her, sagt sie, du wirst ihn doch nicht immer noch lieben?

Nachdenklich sehe ich sie an. Übrigens Hulda, das Peinliche war nicht, daß die Eltern mein Geheimnis errieten, es war vielmehr die Angst, daß Ida ihrem Verlobten von meinem Liebestraum berichten würde. Gemeinsam würden sie sich über das naive Kind amüsieren. Von da an vermied ich Hugos Gegenwart. Erst einige Monate später, als ich vom Fenster aus zusah, wie er im Hof meinen großen Schwestern das Radfahren beibringen wollte, wagte ich mich aus meinem Versteck. Fanni und Ida stellten sich ziemlich dämlich an. Da ich viel sportlicher war, wußte ich genau, daß ich sie diesmal ausstechen konnte. Hugo hielt mich fest, aber schon bald sahen alle, wie ich ohne fremde Stütze triumphierend im Kreis herumfuhr.

Allerdings nützte mir diese Kunst nicht viel, denn meine Eltern hielten es für unschicklich, daß ein junges Mädchen allein mit dem Rad auf öffentlichen Straßen unterwegs war. Im Gegensatz zu meinen Freundinnen durfte ich nur in Gesellschaft meiner Brüder radeln. Und obwohl Albert mich sicher sehr gern hatte, kam er doch nie auf die Idee, sich meinetwegen auf einen Drahtesel zu schwingen.

Nun wird es also ernst mit dem Ausmisten. In zwei Wochen kommt Hugo, da soll nichts mehr an Miele erinnern. Kurz entschlossen hänge ich den Setzkasten ab, hole einen Waschkorb und bette den Miniaturkitsch hinein. Vielleicht hat irgendein Kind Freude an diesen Dingen. Wie zu erwarten war, zeigt sich an der entblößten Tapete ein helles Viereck. Entmutigt höre ich wieder auf.

Heute ist es milde, Ende März fängt bekanntlich der Frühling an. Ich beginne wieder mit dem Blindentraining. Um mich nicht mißverständlich auszudrücken – ich kann noch ausreichend sehen, hören, riechen, nur weiß ich nicht, wie lange noch. Auf dem kurzen Weg zwischen den Schrebergärten hindurch bis zur kleinen Quelle versuche ich, immer wieder fünf bis zehn Schritte mit geschlossenen Augen zu gehen. Andererseits ist es natürlich schade: In allen Gärten blühen Forsythien, der Holunder grünt, Veilchen sind aufgeblüht, die Waldanemonen leuchten wie weiße Sterne. Wenn ich endlich auf der Bank sitze, schließe ich für längere Zeit die Augen. Das Brünnlein plätschert, Meisen zwitschern. Laut höre ich den Wind in den Baumkronen rauschen, und es gibt einen unheimlichen Ton, wenn zwei Äste aneinanderschaben. Auch ein Specht, ein Hund, ein Auto sind zu hören, schließlich ein Flugzeug, eine Motorsäge, die ferne Autobahn. Ich flüstere ein Gedicht von Theodor Storm:

>>Kein Klang der aufgeregten Zeit
Drang noch in diese Einsamkeit.<<

Vor über hundert Jahren gab es wohl noch einsame Orte in Deutschland, wo man tatsächlich nur Naturtöne vernahm. Beim nächsten Ausflug werde ich mir außerdem die Ohren zuhalten und nur mit Nase und Haut auf Wind, Gerüche und Wärme reagieren.

Der Frühlingswind macht mich sehnsüchtig und romantisch wie eine Braut. Ich muß kichern. Albert war der einzige Junge, mit dem ich herumalbern konnte, Hugo der einzige Mann. In zwei Wochen kommt er endlich wieder zu mir, nur ist er mittlerweile nicht weniger als achtundachtzig Jahre alt.

2

Früher konnte ich Hugos Schrift ausgezeichnet lesen, aber jetzt habe ich schon beim allerersten Wort Probleme. *Liebe Charlotte* erwarte ich, aber mit diesem kleinen Schnörkel könnte man es auch als *liebste* auslegen. Allerdings hat er mich bisher nie mit *liebste Charlotte* angeredet. Soll ich dieser neuen Version eine tiefere Bedeutung beimessen? Ist es nur ein Trugbild meiner schwachen Augen oder gar eine Folge seiner zittrigen Hand? Überhaupt bin ich mir nicht im klaren darüber, in welcher Verfassung mir Hugo gegenübertreten wird. Er hört schlecht und will nicht mehr telefonieren, das weiß ich, und er trägt bei Gesprächen im allgemeinen ein Hörgerät. Vielleicht trägt er aber auch Windeln. Mit alten Männern habe ich wenig Erfahrung; im großen ganzen werden sie die gleichen Zipperlein wie wir Frauen haben, abgesehen davon, daß wir uns nicht mit einer Prostata herumquälen müssen. Aber das interessiert mich weniger, wichtig ist mir, ob Hugo geistig noch auf der Höhe ist. Andererseits könnte er sonst schwerlich allein auf Reisen gehen, oder kommt er womöglich am Arm seiner ältlichen Tochter?

Seit ich die Achtzig überschritten habe, bin ich voller Dankbarkeit, daß meine Kinder mir meine Selbständigkeit noch nicht genommen haben. Ist es nicht auch für sie einfacher, mich hier wohnen zu lassen? Ein Leben im Altersheim wäre für mich schwer zu ertragen. Im Gegensatz zu mir wohnte Hugo nie allein; seit dem Tod meiner Schwester Ida wird er von seiner einzigen Tochter Heidemarie betreut, was ihn wohl weitgehend entmündigt hat. Warum ist er nicht bereits vor Jahren zu mir gekommen? Es ist fünf vor zwölf, liebster Hugo.

Nur noch wenige Menschen sind am Leben, die Albert gekannt haben, Hugo gehört zu ihnen. Als Hugo zum ersten Mal in unser Haus kam, war Albert bereits seit Jahren im Internat.

Bei einer Schulweihnachtsfeier hatte Albert seinen ersten Bühnenerfolg als Engel. Er war noch nicht im Stimmbruch und sang im weißen Gewand *Vom Himmel hoch* mit angeblich überirdischer Stimme. Als er in den Ferien heimkam, kannte er nur eines: mit mir zusammen »Maria und Joseph« spielen. Hulda, der wir längst entwachsen waren, gab sich noch einmal als Jesuskind die Ehre. Albert übernahm die Rolle der Maria, einiger Engel und des Ochsen, ich mußte für Esel und Joseph herhalten. Wir lachten dabei Tränen. Andererseits wußten wir, daß es ein ziemlich kindischer Spaß war, und hielten unsere Proben vor dem Rest der Familie geheim. Unsere Weihnachtskomödie fand auf dem kalten Dachboden statt.

Als Albert in seiner Theatergruppe die Rolle der Maria Stuart spielte, war er natürlich älter. Vielleicht war es der größte Erfolg seines Lebens, und es störte ihn nicht, daß er fortan in der Schule »Maria« genannt wurde. Ich war das Theaterspielen inzwischen leid und stieg daher in den Ferien ohne große Begeisterung mit Albert auf den Boden. Dort zog er mein Ballkleid an und deklamierte Dramen;

eigentlich betrachtete ich meinen Bruder als zu alt für derlei Unfug, aber aus Treue blieb ich ihm wenigstens als Publikum erhalten. Allerdings hatte ich den Verdacht, daß er auch mutterseelenallein vor dem Spiegel seine Rollen probte, denn immer wieder fehlten mir Kleider, Schmuck und Schuhe.

Unser Vater hatte ein steifes und zu kurzes Bein, das ihn im Ersten Weltkrieg vor dem Kriegsdienst bewahrt hatte. Da sein Bruder in Verdun gefallen war, schien er ein schlechtes Gewissen zu haben, denn seine beiden ältesten Söhne mußten mittels einer gewaltigen Zinnsoldatenschar historische Schlachten nachspielen und wurden von ihm zu martialischer Gesinnung herangebildet. Andere Eltern kauften ihren Söhnen damals in den Nachkriegsjahren lieber kleine Bauernhöfe oder Zootiere aus Elastolin. Ich will nicht unbedingt behaupten, daß Heiner und Ernst Ludwig bloß wegen dieser Erziehung im Zweiten Weltkrieg fielen. Doch hätte Miele meinen Bruder Heiner geheiratet, wäre sie noch früher Witwe geworden.

Mein Vater war zwar gelernter Schuhmacher (wobei seine besondere Liebe orthopädischen Schuhen galt, die er ja auch selbst benötigte), er hatte aber in einen großen Schuhladen eingeheiratet und arbeitete nicht mehr eigenhändig in der zugehörigen Werkstatt. Es war ein großes Problem, welcher der Söhne das Geschäft übernehmen sollte: Die Großen gaben sich uninteressiert, Albert wurde nicht für voll genommen. Als sich Ida mit Hugo verlobte, witterte mein Vater Morgenluft, denn Hugo stammte auch aus einer Kaufmannsdynastie; allerdings ging es dort um feinere Ware:

Sein Vater besaß einen Juwelierladen. Hugo durchkreuzte die Pläne beider Väter und studierte. Aus romantischen Gründen wollte er Förster werden. Als ich ihn kennenlernte, trug er bereits einen grünen Anzug, obgleich er die Forstakademie erst seit kurzem besuchte.

Ida begann damals, Lieder von Hermann Löns zu singen, Fanni begleitete sie auf dem Klavier. Ständig war von Wald und Heide, von roten Rosen und heißen Küssen die Rede. Ich hörte es voller Wut und störte sie durch alberne Fragen oder Poltern im Nebenzimmer. Eines Tages sang Ida:

> »Was die grüne Heide weiß,
> geht die Mutter gar nichts an,
> niemand weiß es außer mir
> und dem jungen Jägersmann…«

Früher hatte ich meine große Schwester, die fünf Jahre älter als ich war, geradezu verehrt, jetzt begann ich sie zu hassen. Ich stiftete die kleine Alice dazu an, Idas Abzieh- und Reklamebildchen von Stollwerk und dem Erdalfrosch zu stehlen. Albert und ich teilten ihre Künstlerpostkarten unter uns auf. Der Schwarm aller jungen Mädchen war damals der Schauspieler Lothar Müthel, und Ida besaß zwanzig Karten mit seinem Autogramm.

Ida war schlank und elegant, ein rechtes Stadtkind, sicherlich für ein Leben in einem Odenwälder Forsthaus völlig ungeeignet. Seit sie achtzehn war, half sie meinem Vater im Geschäft. Entweder saß sie an der Kasse, oder sie beriet besonders betuchte Kunden. Mein Vater hatte eine kleine Vitrine mit handgefertigten Schuhen – die große Masse stammte damals bereits aus einer Fabrik –, die fast zu schön zum Tragen waren. Ida verstand es unnachahmlich, einen solchen Schuh mit dem Absatz in vier Finger der linken Hand einzuklinken und anzuheben, um ihn wie einen neugeborenen Prinzen dem Käufer überaus zierlich darzubieten. Und diese zarten Hände sollten Hasen abbalgen?

Übrigens konnte ich mir Hugo auch nicht gut bei solchen Tätigkeiten vorstellen, und ich sollte recht behalten. Bereits beim ersten Rehbock, den er schoß, wurde es brenzlich für Hugo. Er sollte das tote Wild aufschneiden und ausnehmen – wobei er sich bei seiner Erzählung weidmännischer ausdrückte. Es war ein entsetzlicher Augenblick, als alle Jagdkumpane sahen, wie ihm der Angstschweiß ausbrach und seine Hände zitterten.

Vielleicht war es ihm gar nicht so unrecht, daß Ida kurz darauf schwanger wurde. Ich erfuhr es von Fanni. Die Aufregung muß alles übertroffen haben, was meine Eltern in ihrem bürgerlichen Alltag bisher erlebt hatten, leider ließen sie mich nicht daran teilnehmen. Die beiden Familienoberhäupter tagten hinter geschlossenen Türen. Sofortige Heirat, forderte mein Vater. Sofortiger Abbruch des Studiums, verlangte Hugos Papa. Vielleicht wurde es von den Vätern sogar heimlich begrüßt, daß Hugo zur Strafe nun vor die Wahl gestellt wurde, in welchem der beiden Geschäfte er arbeiten sollte.

Er begab sich in die Dienste des Schwiegervaters. Mein Vater war glücklich; mit fortschreitendem Alter litt er stärker unter seiner Behinderung. Unser Elternhaus in Darmstadt lag direkt am Marktplatz; im Parterre befand sich das Geschäft, in der ersten Etage die Wohnung, im zweiten

Stock und in den Mansarden waren die vielen Schlafzimmer untergebracht. Die steilen Treppen setzten meinem Vater sehr zu. Ida war als einzige der Familie am Schuhgeschäft interessiert und entlastete ihn damals schon. Hugo war kein Dummkopf, die akademischen Flausen würden ihm sicher bald vergehen. Bei sofortiger Hochzeit konnte man in einigen Monaten ohne Skandal eine Frühgeburt anzeigen. Nur ich war über alle Maßen traurig : Hugo – ein Schuhverkäufer? Ida, die nicht gefragt wurde, wäre lieber im Juwelierladen eingezogen und hätte auf graziöse Weise Ringe und Ketten verkauft, aber sie mußte froh sein, so glimpflich davonzukommen.

Albert nahm die Dinge gelassen hin, er interessierte sich bloß für das Hochzeitskleid. Ich sehnte mich danach, mit meinem vertrauten Lieblingsbruder über Idas Schwangerschaft zu sprechen, ich war – heute glaubt mir das niemand – nur unvollständig aufgeklärt. Die großen Brüder und Schwestern getraute ich mich nicht zu fragen, mit Albert aber konnte ich wie mit einer guten Freundin reden. Aber er mochte nicht. »Ich bin in Trauer«, sagte er, »Valentino ist gestorben.«

Vielleicht hätte ich Hugo schnell vergessen und mich in einen anderen Mann verliebt, wenn er nicht täglich bei uns erschienen wäre. Seit er im Geschäft meines Vaters eingearbeitet wurde, saß er bei jedem Mittagessen dabei. Ich sehe unseren Tisch noch vor uns, groß genug für zwölf Personen. Am Kopf- und Fußende präsidierten Vater und Mutter. Die Jüngsten waren nach alter Tradition der Mama zugeteilt, die Ältesten dem Papa. Wenn Albert nicht im

Internat war, saß ich zwischen ihm und Fanni, Hugo bekam einen Platz neben Ida zugewiesen, mir genau gegenüber. Sobald ich von meiner Suppe hochsah, begegnete ich seinen Blicken. Er hatte schnell bemerkt, daß Albert und ich am lustigsten waren, und brachte uns mit allen möglichen Tricks zum Lachen. Wenn die Eltern nicht herübersahen, ließ Hugo die Messerbänkchenhasen wie Löwen durch die Serviettenringe springen oder am Salznäpfchen nuckeln.

Mein Vater war zwar in manchen Dingen sehr streng, aber beim Essen ging es einigermaßen ungezwungen zu. Er selbst diskutierte mit Heiner und Ernst Ludwig am oberen Tischende mit lauter Stimme über das Trauma seines Lebens: die inzwischen längst überwundene Inflation von 1923. Gern zeigte er einen Geldschein über eine Billion Mk. oder belehrte uns, daß ein Telefongespräch damals 500 000,– Mk. gekostet habe.

Ein Dienstmädchen brachte die Speisen herein, aber für das Tischdecken war ich, für das Abräumen Fanni zuständig. Wir aßen nur sonntags vom Meißner Porzellan, an Wochentagen nahm man Steingutgeschirr. Die Messer lagen artig auf silbernen Messerbänkchen in Form eines springenden Hasen. Es gab langweiligerweise immer Suppe, Gemüse, gekochtes Fleisch, Kartoffeln und Kompott. Nur freitags konnten wir mit Reibekuchen und Apfelmus rechnen, an Waschtagen mit gelbem Erbseneintopf.

Einen von den alten blau-weißen elterlichen Desserttellern habe ich noch. Bis vor kurzem war er mit Nüssen gefüllt. Der Rand verläuft in zarten Bögen, an drei Stellen geht er in Flechtwerk über, dazwischen sorgen je drei rosettenförmige kleine Blumenbilder für festen Halt im durchbrochenen Porzellan. In der Mitte ist mein Teller zierlich mit chinesisch inspirierten Blüten und Blättern bemalt. Von diesen Kunstwerken wurde einmal in der Woche Kuchen gegessen, sonntags zum Kaffee im Salon. Ein fragiler, kaum gebrauchter Schreibtisch aus Kirschholz fand sich dort, dazu ein Büfett und ein mannshoher Spiegel, der auf einer Konsole ruhte. Sofa und Sessel waren mit lindgrünem Plüsch bezogen, die schweren Vorhänge aus dunkelgrünem Samt.

Über dem Sofa hing ein Stich von Böcklins »Toteninsel«, über dem Büfett ein Bild der Königin Luise. Hier wurden alle Töchter mit ihren Verlobten fotografiert. Die Bilder machte unser Bruder Heiner, der eine Lehre bei einem Fotografen absolviert hatte und bei einer Zeitung arbeitete.

Auf Idas Hochzeit konnte ich nicht tanzen, denn ich wurde zwei Tage vorher krank. Es war eine schwere Lungenentzündung, aber ich selbst glaubte, Gott habe mir als Strafe die Schwindsucht geschickt. Bis zum letzten Moment hatte ich gehofft, gebetet und durch Zauberei versucht, Hugos Heirat zu verhindern. Da Ida aber schwanger war, konnte ich vom Schicksal nur noch ihren baldigen Tod im Kindbett erhoffen. Ich wollte Hugo über dieses Leid hinwegtrösten, ihn nach einem Jahr heiraten und das Kind meiner Schwester in Liebe aufziehen.

Gottes Strafe bestand nicht bloß aus einer Lungenentzündung. Mein Vater beschloß, da sich Ida nicht mehr im Laden zeigen sollte, mich zum Schuhverkauf heranzubilden. Eigentlich war Fanni die nächste, aber sie hatte ein Jahr zuvor eine Ausbildung begonnen, besuchte das Fröbelseminar und wollte Kindergärtnerin werden. Fanni war stark genug, sich dem Ansinnen unseres Vaters zu widersetzen, allerdings auf meine Kosten. Ich hatte gerade die mittlere Reife bestanden, an Ostern 1926, und wollte auf jeden Fall das Abitur machen und am Ende sogar studieren. Schon bei den Söhnen hatten meine Eltern ein Studium abgelehnt, bei einer Tochter war eine solche Extravaganz indiskutabel. Ob ich wollte oder nicht, ich mußte Schuhe verkaufen, und zwar von morgens bis Ladenschluß Tag für Tag mit Hugo zusammen.

Meine kleine Schwester Alice, 1919 geboren, behauptet gern, unsere Eltern hätten das Ende des Krieges mit ihrer Zeugung gefeiert. Bei Idas Hochzeit war sie acht Jahre und durfte als Jüngste beim Ringtausch in der Stadtkirche den Blumenstrauß halten. Auch Fanni glänzte als Brautjungfer, während ich weinend und fiebernd im Bett lag.

Ich habe ein Foto von Alice in einem Messingrähmchen mit gewölbtem Glas, das Heiner bei Idas Hochzeit gemacht hat. Alice sitzt artig auf dem dicken Fauteuil und blickt genauso nachdenklich in die Welt wie heute. Wir älteren Schwestern trugen in ihrem Alter die Haare noch zu verschiedenen Zopffrisuren geflochten, bei Alice sieht man schon moderne Zeiten nahen. Das seidige Kinderhaar ist zu einem kurzen Bubikopf geschnitten, die Ponyfransen reichen bis zu den Augenbrauen. Für die Hochzeit und das Foto bekam sie ein neues kurzes Kleidchen, in der Taille gesmokt; über der Brust hängt ein niedliches Silbermedaillon mit einem eingelegten Vergißmeinnichtkränzchen aus

Email. Weiße Kniestrümpfe, schwarze Spangenschuhe und ein Teddy runden die Komposition ab.

Ach Hulda, ich lebe viel zu sehr in der Vergangenheit, das ist im Augenblick unangebracht. Bald kommt Hugo, ich möchte ihm nicht als sentimentale Greisin entgegentreten. Bevor er eintrifft, muß geputzt und aufgeräumt, ausgemistet und eingekauft werden. Ich werde heute noch Felix anrufen, schließlich ist er der einzige Enkel, der in der Nähe wohnt. Felix hat mir schon viel Arbeit abgenommen, mich zum Arzt gefahren – mein Gott, zum Friseur muß ich auch – und hat meine Rente abgeholt. Er kriegt jedesmal einen Geldschein, aber ich weiß, daß er auch ohne helfen würde. Vielleicht könnte er mit seinem Freund noch schnell die Wohnung streichen – ich werde nachher schon einmal alle Staubfänger abhängen, wenigstens im Wohnzimmer. Ob Hugo bei mir übernachten wird? Kann man einem so alten Mann das Klappbett im Kabäuschen anbieten?

Natürlich ist Felix nicht da. Er studiert Maschinenbau und besitzt vielleicht deswegen diesen entsetzlichen Anrufbeantworter, auf den ich meine Botschaft sprechen soll. Ich hänge sofort wieder ein, hole dann aber doch einen Zettel und schreibe auf, was ich sagen will. Ohne ein einziges »äh« und »hm« wird meine Nachricht aufgenommen. Meine Tochter Regine, die Mutter von Felix, hat mir wiederholt eingeschärft, daß man einen jungen Mann nicht vor zwölf Uhr mittags anrufen darf. Ich halte das aber für einen Scherz, denn die Vorlesungen werden ja wohl nicht samt und sonders am Nachmittag beginnen.

»Ich liebe dich, Mom«, sagt Hulda plötzlich. Wahrscheinlich bin ich am hellichten Tag vor laufendem Fernseher ein wenig eingenickt; in diesen blöden amerikanischen Serien sagen Eltern, Kinder, Brüder und Schwestern unentwegt solche Sätze zueinander, gelegentlich auch einmal Liebespaare. In meiner Kindheit war es unmöglich, daß Familienmitglieder derart miteinander sprachen, obgleich sie sich doch sicher nicht weniger mochten als die Amis im Fernsehen. Habe ich es meinen eigenen Kindern je gesagt? Ich bin dazu erzogen worden, die Liebe zu leben und nicht zu zerreden! Soll ich Hugo etwas gestehen, was ich seit über sechs Jahrzehnten verschwiegen habe? Er weiß es doch sowieso.

Ob ich Hulda verschwinden lasse, wenn er kommt? Kennt er mich gut genug, um diesen kleinen Scherz richtig aufzufassen? Am Ende hält er mich für meschugge, verkalkt, verblödet. Meinerseits muß ich natürlich auch aufpassen, daß ich seine möglichen Spleens nicht ebenso in die senile Schublade einordne. Hugo war zweifellos ein schöner Mann, sonst wären wir nicht alle auf ihn geflogen: Ida, Mielchen, Fanni, ich und noch so manche andere. Aber das Aussehen allein war es nicht, er hatte Charme und Witz und war, wie man heute sagt, sehr sexy. Was mag davon übriggeblieben sein?

3

Nicht nur ich war an Idas und Hugos Hochzeit unglücklich, auch Albert zeigte eine merkwürdige Unruhe. Trotzdem kümmerte er sich als einziger der Familie ein wenig um mich, während die anderen von hektischer Betriebsamkeit erfaßt wurden. Das Geschäft blieb für einige Tage geschlossen, für die Verkäuferinnen und Lehrlinge war es aber Ehrensache, am Hochzeitstag nach Kräften zu helfen. Nach der Trauung wollte man ein großes Essen geben. Wohn-, Eßzimmer und Salon wurden mit langen Tischen ausgestattet, in der Küche versetzte eine fremde Köchin unsere eigene in Verwirrung. Vom Bett aus hörte ich das Rücken, Schleifen, Klirren, das Rufen, Weinen, Kichern. Albert tauchte immer wieder bei mir auf, brachte Tee und Zwieback und erzählte, daß das Dienstmädchen die Meißner Terrine zerbrochen, Alice von der Torte genascht und unsere Mutter ihre Amethystkette verlegt habe. Fiebrig und matt hörte ich mir alles an. »Sicher möchtest du Ida im weißen Kleid bewundern«, sagte Albert. Ich lehnte ab.

»Wo ist deine Spitzenbluse«, fragte er dann und ging zielstrebig an den Kleiderschrank. Wofür brauchte er sie? »Man wird sich noch über mich wundern«, sagte er, wirkte dabei aber unsicher.

Ich war zu krank, um weiterzufragen. Später wurde mir alles erzählt: Die Geschwister hatten sich Überraschungen ausgedacht. Hugos Schwestern führten ein kleines Theaterstück auf, Heiner hatte eine Hochzeitszeitung mit Kinderfotos des Paares gedruckt. Ernst Ludwig und Fanni tanzten in höfischen Kostümen ein Menuett. Selbst unser Pfarrer feierte mit und wurde lustig; natürlich gab es auch ernsthafte oder rührselige Reden. Als das Programm eigentlich zu Ende war, erschien ein Chorknabe in meiner Bluse, die er als langes Spitzenhemd über seine kurze Hose hängen ließ. In aufgedrehter Stimmung brach Heiner in Gelächter über dieses Schloßgespenst aus, aber Fanni warf ihm einen warnenden Blick zu, setzte sich ans Klavier und begleitete Albert. Er sang das *Ave Maria*.

Der evangelische Pfarrer wurde unruhig, katholischer Gesang war ihm zuwider. Mein Vater hörte plötzlich voller Scham, daß sein jüngster Sohn mit Kastratenstimme sang, ein dicker, weichlicher Knabe, der in Liebe und Verlegenheit das Brautpaar anstrahlte. Als man noch überlegte, ob es sich um papistischen Kitsch handelte und ob man klatschen sollte, bemerkte Hugos betagter Großvater überlaut: »Ein allerliebstes Mädchen!«

Meine Mutter bewies zum ersten Mal in ihrem Leben Geistesgegenwart, denn sie sagte entschieden: »Ja, ohne unsere Fanni müßten wir auf Klavierbegleitung verzichten.«

Albert erwartete Beifall, aber irgendeine Scheu hielt alle davon ab. Wer war dieses Wesen, das gerade wie eine Frau gesungen hatte, wie ein Meßdiener gekleidet war und dem Tränen der Rührung in den Augen standen? Heute hätte man ihn umarmt, damals ließ man ihn einfach links liegen. Auch Ida schämte sich vor der neuen Verwandtschaft.

Unser Bruder Albert, der sich aus Liebe vor allen entblößt hatte, schlich wie ein getretener Hund davon. Am Fußende meines Bettes sank er auf die Knie. Er konnte nichts erklären, ich weinte schließlich mit ihm.

Später wurde auch Fanni getadelt. Wieso sie ihren jüngeren Bruder bei diesem peinlichen Auftritt unterstützt habe, wollte mein Vater wissen. Fanni war ihrerseits gekränkt. Sie hatte eine katholische Freundin und verriet zum ersten Mal, daß sie häufig die heilige Messe besuchte und von den dortigen Gebräuchen nachhaltig beeindruckt sei. Als mein Vater sich entsetzte, bekam er zu hören, daß diese bis dahin unproblematische Tochter ans Konvertieren dachte.

Vielleicht hat die heftige Reaktion unseres Vaters Fannis Trotz geweckt, denn man könnte sagen, daß damals die Weichen für ihr späteres Leben gestellt wurden. Alberts *Ave Maria* hatte ihr Herz gerührt, und gerade das Unverständnis des Pfarrers und ihres Vaters ließ sie zur Märtyrerin werden. Albert wiederum hatte einfach deswegen gesungen, weil er seinen Gesang für unvergleichlich schön hielt.

Übrigens hatte Albert ein Laster, gegen das die Familie nichts einzuwenden hatte: Seit er 1922 mit zehn Jahren »Das indische Grabmal« gesehen hatte, war er kinosüchtig. Unsere Eltern gehörten nicht zu jenen Bildungsbürgern, die ein Theater- oder Konzertabonnement besaßen; es war schon viel, daß sie für Fanni ein Klavier anschafften und Idas Begeisterung für Autogramme männlicher Filmschauspieler gelassen hinnahmen. Beim Kino witterten sie nicht den verdächtigen Geruch nach Kunst, sie sahen es als Volksbelustigung an, und wir durften häufig mit Albert den Ort seines Glücks aufsuchen. Er wußte gut Bescheid, kannte nicht nur die Namen aller Stummfilmstars, sondern auch die Regisseure und sogar die Filmarchitekten. Wenn ich in meinem späteren Leben ins Kino ging, war mir oft, als säße Albert neben mir, lutschte Bonbons und krallte seine Wurstfingerchen in die Vorderlehne. Manchmal drehte sich eine erboste Hausfrau nach uns um, weil Albert sich mit seinem Ring in ihrem Haarnetz verfangen hatte.

»Du bist wie mein Vater«, sage ich im Scherz zu Hulda, »er war genau so ein Stubenhocker wie du.« Mein Vater wußte sein steifes Bein als Alibi einzusetzen, um nur in schwerwiegenden Fällen das Haus zu verlassen; am liebsten sah er es, wenn sich die ganze Familie um ihn, den Patriarchen, scharte. Meine Mutter hatte in jungen Jahren viel getanzt und wäre wohl sehr gern im Sommer ans Meer gefahren. Immerhin setzte sie es durch, daß sie gelegentlich mit einem der Kinder eine Operette besuchte. Unser Vater hegte tiefes Mißtrauen gegen Studierte und Künstler, erstere hielt er für arrogant, letztere für wahnsinnig. Einzig für technischen Fortschritt konnte er sich begeistern, und das war der Grund dafür, daß sein zweiter Sohn eine Fotografenlehre absolviert hatte. Inzwischen war Heiner bei einer Zeitung angestellt und schrieb kurze Bildberichte über lokale Ereignisse wie Turnertreffen, Kaninchenzüchter, goldene Hochzeiten oder Kirmes. Vater las die Zeitung gern, freute sich, wenn H. S. unter einem Artikel stand und betrachtete den Beruf seines Sohnes als eine halbwegs solide Angelegenheit, wenn auch nicht mit einem Handwerk vergleichbar. Sein ältester Sohn arbeitete bei Merck als Chemielaborant.

Ernst Ludwig war ein Jahr älter als Ida, bei ihrer Hochzeit also zweiundzwanzig. Alle Söhne und Töchter wohnten zu Hause, denn noch hatte keiner eine eigene Familie gegründet. Doch für Ida, die demnächst ein Kind bekam, mußte eine neue Bleibe gesucht werden. Sie zog mit Hugo in eine Dreizimmerwohnung ganz in der Nähe, so daß mein Vater weiterhin alle Kinder um seinen Tisch versammeln konnte.

Über die Jahre war ihm durch mangelnde Bewegung und gutes Essen ein stattlicher Bauch gewachsen, darüber thronte ein Doppelkinn. Er hatte schon früh seine Haare verloren, nur wenige kurzgeschnittene Reste umrahmten die polierte Glatze, dafür gediehen die Augenbrauen um so üppiger. Der Schnurrbart hing traurig nach unten und ließ ihn immer ernst erscheinen. Vater war aber kein unzufriedener Mann, er hatte es zu etwas gebracht und wurde respektiert. Wenn er klagte, dann über sein »Hinkebein«, die Verrohung der Jugend und die Zunahme radikaler politischer Bewegungen.

Manchmal, wenn ich mich über die Gegenwart aufrege und der guten alten Zeit nachtrauere, dann ist mir, als hörte ich meinen eigenen Vater predigen. Hör auf damit, sage ich mir, immer schon gab es Krieg und Brutalität, Gemeinheit, Egoismus und Habsucht, vor allem aber Blindheit gegenüber den Verführungen des Teufels. Der Mensch ändert sich nicht. Wenn man allen Ernstes glaubt, daß früher alles besser war, dann ist man alt. Das bin ich ja nun weiß Gott mit meinen über achtzig Jahren, aber im Kopf möchte ich noch eine Weile jung bleiben. Hulda sieht mich zweifelnd an: Ob du möchtest oder nicht, scheint sie zu denken, dein Hirn ist so alt wie der Rest.

Ich bin Mitglied bei Greenpeace und wähle die Grünen, ich zahle für ein Patenkind in der Dritten Welt und habe mich bei einem Ostermarsch vor drei Jahren fast eine halbe Stunde lang mitgeschleppt. Das soll mir erst einmal einer nachmachen; die Frage ist, ob ich Hugo von diesen Aktivitäten überhaupt etwas sagen soll.

Tu es nicht, rät Hulda, du hast mir doch erzählt, wie sehr er die Kommunisten haßt. Ostermarsch – das versteht er bestimmt nicht. – Quatsch, sage ich, ihr müßt nicht immer alles in einen Topf werfen; aber ich sehe ein, alte Männer sind konservativ und stur. – Hulda ist zufrieden mit mir und beginnt zu schaukeln. Ein Schuh fliegt vor meine Füße. Ich hebe den zierlichen Spangenschuh auf und sehe wieder einmal, daß solide Wertarbeit so viele Jahre fast ohne Spuren übersteht.

Den Schuh hatte Vater für mich gemacht. Er bot seiner schwangeren Tochter an, ihre Hochzeitsschuhe persönlich anzufertigen.

Ida wand sich. »Du hast schon so lange keine Schuhe mehr gemacht, Papa«, sagte sie sanft, »ich möchte dir das nicht zumuten.« Sie blickte dabei ohne Vertrauen auf Vaters eigene orthopädische Halbstiefel.

Er war tatsächlich leicht gekränkt, und weil Hugo dabei war, sagte ich flink: »Mir kannst du aber welche machen, Papa, ich werde sicher auch bald heiraten!«

Alle musterten mich aufmerksam, hatte ich mit meinen sechzehn Jahren etwa einen heimlichen Liebhaber? Vater aber war so von seiner Idee angetan, einmal ein Paar elegante Damenschuhe herzustellen, daß er einwilligte. »Bei vier Töchtern kann es nicht falsch sein«, sagte er.

Das Resultat war der elfenbeinfarbene Schuh in meiner Hand, der so wunderschön geriet, daß sich Ida schwarz ärgerte.

Seit meine Schwester im Geschäft half, hatte sich Vater aus dem Laden zurückgezogen. Er saß in seinem Büro, las Zeitung und rauchte Zigarren, prüfte Rechnungen und Bestellungen und tauchte nur manchmal unvermutet auf, um seine Allgegenwärtigkeit zu demonstrieren. Später kam dann Hugo, schließlich auch ich ins Geschäft, und Vater konnte sich darauf verlassen, daß ständig ein Familienmitglied zur Kontrolle anwesend war.

Ein gewisses Fräulein Schneider, das er bereits von seinem Schwiegervater als Fachkraft übernommen hatte, war außer ihm meine Vorgesetzte. Sie wußte über alles Bescheid und kannte Vater besser als wir. Zwischen Mutter und ihr bestand eine leichte Rivalität, aber beide waren klug genug, sich mit dem eigenen Territorium zufriedenzugeben. Fräulein Schneider wies mich an, wie man sich seitlich auf den niedrigen Anprobenhocker setzt – ohne daß dabei der Rock hochrutscht –, den Fuß des Kunden vor sich auf die Schräge bettet, rasch und geschickt die Schnürsenkel löst und den alten Schuh auszieht. Dabei mußte eine liebenswürdige und unerschrockene Miene angesichts der Überraschung durch fremde Socken, Strümpfe, Füße aufgesetzt werden.

Wenn ich mir heute Schuhe kaufe, dann gibt es nur noch wenige Läden, in denen man von Fachpersonal beraten wird. Meistens sind es Kettengeschäfte mit Selbstbedienung, die Verkäufer lehnen desinteressiert an der Wand und plaudern miteinander, fühlen sich durch Fragen gestört und reagieren ungehalten. Da ich aber inzwischen nur noch Turnschuhe kaufe, ist es mir gleichgültig; ich gehe in ein Kaufhaus, suche die richtige Größe und trage den Karton an die Kasse.

Ungeachtet des Verfalls meiner eigenen Schuhmode schaue ich im Wartezimmer und in der Straßenbahn den Leuten zuerst auf die Füße. Was man in der Jugend gelernt hat, das prägt. Obgleich ich heute selbst ein schlechtes Beispiel für die Schuhpsychologie unseres Vaters abgeben würde, so beurteile ich einen Fremden nach der Qualität seiner Schuhe. Zum Glück verhindern meine schlechten Augen, daß ich meine Vorurteile allzusehr pflege.

Als ich meine Lehre als Verkäuferin begann, blieb Ida zu Hause und strickte Babysachen. Hugo mußte keinem Kunden Schuhe an- und ausziehen, er langweilte sich an der Kasse. Mitunter verschwand er im Lager. Ich hielt es für eine gute Idee, mich unter einem Vorwand dorthin zu begeben, wo Hugo auf einer Kiste saß und rauchte. Er hat mich damals zwar nicht verführt, wie ich es mir wünschte, aber er animierte mich zum Rauchen. Hugo hätte sich zwar auch in Vaters Büro eine Zigarette anstecken können – im Laden war es verboten –, aber er wollte den Schwiegervater nicht auf die Häufigkeit seiner Pausen aufmerksam machen. Wir wurden Komplizen.

Hugo war nur wenige Monate älter als seine Frau und damals einundzwanzig. Er war vernarrt in sie; mich hielt er für ein Kind. Ida sah es allerdings nicht gern, daß ich ihre Stelle im Laden einnahm. Sie setzte sich, wenn auch nicht ganz selbstlos, dafür ein, daß ich weiter zur Schule gehen sollte. »Papperlapapp«, sagte Vater nur. Für mich war dieses Thema sowieso gestorben, denn ich verliebte mich täglich mehr in Hugo, und angesichts von Idas dickem Bauch malte ich mir wider jede Vernunft und Moral weiterhin ihren baldigen Tod im Kindbett aus.

Hugos und Idas Tochter wurde Heidemarie getauft, was die Brüder zu witzigen Anspielungen veranlaßte, allerdings nicht in Gegenwart meiner Eltern. Hugo sagte dazu nur: »In und um Darmstadt gibt es keine Heide.«

Sowohl Ida als auch Heidemarie überstanden die Geburt nicht nur lebend, sondern in bester Verfassung. Hugo hatte mich als Patin vorgeschlagen, aber Ida zog Fanni vor.

Ob Heidemarie ihren Papa demnächst bei mir abliefern wird? Inzwischen ist sie sechsundsechzig, grau wurde sie schon mit fünfzig.

Ich sagte bereits, daß Hugo zwar früh im Leben Ehemann, Vater und Juniorchef wurde, aber im Grunde noch gar nicht genau wußte, was er wollte. Wahrscheinlich hätten ihm ein paar Jahre Studium unter Gleichaltrigen gutgetan, so leistete nur ich ihm Gesellschaft.

Die Damenabteilung in Vaters Laden war die größte, deshalb befand sich auch dort die Kasse. Papa hätte mich aus pädagogischen Gründen lieber bei den Kindern gesehen, aber er ließ mir (vielleicht aus schlechtem Gewissen) die Wahl. Ich verkaufte Damenschuhe, weil ich von dort aus zu Hugo hinübersehen konnte. Wenn Fräulein Schneider in der Herrenabteilung und Vater im Büro war, dann versuchte ich, um Hugo zu imponieren, den Käufern Ladenhüter oder völlig unpassendes Schuhwerk anzudrehen.

Eines Tages erschien meine frühere Lehrerin, Fräulein Schneegans, im Geschäft. Erfreut, mich zu sehen, ließ sie sich sofort schnaufend bei mir nieder.

Sie brauche schwarze Schuhe, die zu ihrer grauen Garderobe paßten, bequem und langlebig, nicht unbedingt dem Modediktat unterworfen und auch kein Vermögen wert. Ich holte ein Paar der gewünschten Sorte, zusätzlich aber noch einige Paradiesvögel – rote Tanzschuhe, Lack- und Flechtpumps, hochhackige Abendschuhe und römische Schnürsandalen. Anfangs lächelte sie mitleidig. »Charlotte, du bist noch nicht sehr lange in der Lehre.« Aber ich beschwatzte sie, den gelben Sommerschuh mit schwarzer Krokokappe doch wenigstens einmal anzuprobieren. Es war ein extravagantes Exemplar aus handschuhweichem Leder. Ich brach in Entzücken aus und winkte Hugo herbei, auch er war Feuer und Flamme. Was für einen zierlichen Fuß sie habe, und wie dieser Schuh den hübschen Fuß erst zur Geltung bringe! Das ältliche Fräulein war verwirrt. Als sie mit gelben Füßen den Laden verließ, wollten wir uns ausschütten vor Lachen.

Am nächsten Tag rauschte sie erneut, aber grußlos, in den Laden und verlangte, meinen Vater zu sprechen. Sie gab die Schuhe zurück und beschwerte sich. Mein Vater hat sich wohl auch amüsiert, denn er haßte Lehrerinnen. Nur aus

Prinzip mußte ich ein fürchterliches Donnerwetter über mich ergehen lassen. Daß Fräulein Schneegans ihm ans Herz legte, mich wieder in die Schule zu schicken, gab ihm trotzdem zu denken.

In einem der Lagerräume standen zimmerhohe Regale; wenn es sich ergab, pflegten wir dort wie die kleinen Kinder Fangen und Verstecken zu spielen. Einmal wurden wir von Fräulein Schneider erwischt, aber nicht verpfiffen, lediglich heftig angeräuspert. Wir waren anders als die heutige Jugend – in der frühzeitigen Übernahme von Pflichten ihr voraus, in der geistigen Reife hinterdrein. Wenn ich sehe, wie lange heute die Kinder gutverdienender Eltern finanziell abhängig bleiben, andererseits aber völlig selbständig die Welt bereisen, wie sie zwar mit ihren Liebsten unangefochten zusammenleben, aber in einer Welt ohne Zukunft, dann weiß ich nicht, ob sie es besser haben.

Albert allerdings hätte es heute leichter gehabt. Immer wenn ich an ihn denke, fühle ich Scham- und Schuldgefühle in mir hochsteigen. Er liebte es, wenn die Großen von seiner Geburt erzählten. Im Kinderzimmer hatten die Geschwister mit Hingabe den Untergang der Titanic gespielt, wobei das für Albert vorbereitete Babybettchen als Luxusschnelldampfer diente. Die Erwachsenen kümmerten sich nicht sie, denn unsere Mutter lag im Schlafzimmer und litt. Fanni und mich hatte man zur Großmutter gebracht. Als Albert endlich auf der Welt war, schickte man das Dienstmädchen hinauf, um die Kinder zu holen. Sie fand das umgeworfene Bettchen, viele weiße Kissen-Eisberge auf dem Boden und drei Ertrinkende, die entsetzlich um Hilfe schrien. Man schalt sie aus, daß sie im Augenblick der Geburt eines kleinen Bruders solchen Blödsinn trieben, und sie gerieten in Wut auf den Störenfried.

Albert hörte das gern. Zuweilen behauptete er, ihm sei durch die Stunde seiner Geburt ein Tod durch Ertrinken bestimmt. Später sorgte er selbst dafür, daß sich seine Prophezeiung nicht bewahrheitete.

4

»Wo brennt's denn, Oma?« fragt Felix. »Du hast es doch tatsächlich fertiggebracht, auf meinen Anrufbeantworter zu sprechen.«

»Was soll schon dabei sein, das kann ja jedes Kind. – Sag mal ehrlich, wie sieht es hier aus?«

»Vielleicht solltest du dir mal eine Putzfrau gönnen«, meint Felix vorsichtig.

»Ich mag keine fremden Gesichter um mich, das weißt du. Außerdem muß erst tapeziert und gestrichen werden, dann kommt der große Frühjahrsputz.«

Mein Enkel ahnt endlich, warum ich ihn hergebeten habe.

»Hugo kommt zu Besuch«, erkläre ich, »das ist der Anlaß, aber nicht der Grund.«

Wer denn Hugo sei?

Die jungen Leute heutzutage kennen sich mit der eigenen Verwandtschaft nicht mehr aus. »Der Mann meiner verstorbenen Schwester Ida, also mein Schwager.«

»Ist wohl auch nicht mehr der Jüngste«, bemerkt Felix.

Ich zeige ihm zwei Kartons voller Miele-Kitsch. Ob er alles in eines der oberen Zimmer tragen könne oder Verwendung dafür habe? Er weiß Rat: den Flohmarkt.

Felix wirft sich in einen Sessel, schubst Hulda an und fragt sie: »Na, altes Mädchen, geht's dir gut bei meiner Großmutter?«

Wie schon oft hat Felix sowohl den struppigen Köter aus seiner Wohngemeinschaft als auch ein buschiges Geschenk mitgebracht. Man kann dieses Gebinde nicht Blumenstrauß nennen, denn es besteht hauptsächlich aus Zweigen, die er im Vorbeigehen abgerupft hat; üppig genug, daß ich meinen blau-grauen Gurkentopf damit füllen kann. Schön sieht der Strauß aber dennoch aus, Felix ist der geborene Dekorateur. Winzig kleine violette, ins Braune schimmernde Fliederknospen, die wohl nimmermehr aufblühen werden, das helle, fast gelbe Grün von jungen Ahornblättern, weiße Sauerkirschblüten an spilligen Gerten, olivfarbene Weidenkätzchen, dunkle Holundertriebe und sogar ein Johannisbeerzweig vereinigen sich zu einer Komposition in frischem Frühlingskolorit.

»Grün tut gut bei müden Augen«, sagt mein guter Junge und greift zum Telefonhörer. Er macht Nägel mit Köpfen, das heißt, er ruft seine Freunde an. Binnen einer Stunde hat er einen Trupp handwerklich versierter Studenten zusammengetrommelt, die morgen bereits mit dem Ausräumen beginnen sollen. »Am besten, du ziehst für ein paar Tage aus«, schlägt Felix vor.

Das will ich aber nicht. Mein Sohn Ulrich hat nie Zeit und nur ein schlechtes Gewissen, wenn ich zu Besuch komme, meine Tochter Regine, die Mutter von Felix, ist geschieden, berufstätig und ungemütlich. Und Veronika lebt schließlich in Amerika, das wäre ein teurer Blitzbesuch. »Ich bleibe hier, Kind, ihr werdet euch ja nicht alle Zimmer gleichzeitig vorknöpfen.«

»Also gut, Oma, dann mußt du aber auch für meine Kumpel kochen«, sagt er, um mich zu ärgern. Er weiß genau, daß ich mit diesem Kapitel ein für allemal abgeschlossen habe.

»Welche Farbe sollen die Wände denn bekommen? Kalkweiß, schneeweiß oder leichenblaß?«

»Eierschale«, sage ich wild entschlossen.

»Und was ist mit dem oberen Stock?«

Ich schüttle mein greises Haupt.

Felix nimmt Papier und Bleistift und notiert, was er braucht: Rauhfasertapete, Farbe, Kleister und Abdeckfolie muß er kaufen, Quast und Pinsel besitzt er, einen Tapeziertisch kann er ausleihen. »Susi und ich werden hinterher die Putzaktion starten.«

Ich glaube, Susi ist seine Freundin, obgleich sie beim letzten Mal Simone hieß.

Als er verschwindet, lege ich mich schnell aufs Sofa. Es ist anstrengend, einen lebhaften jungen Menschen bei sich zu haben, aber auch ein großes Glück. Felix ist rundherum gut geraten, von wem er das bloß hat? Meine eigenen drei Kinder waren schwierig (speziell seine Mutter), und meine anderen Enkel sind genauso. Am meisten Kummer bereitet mir Cora, die als kleines Mädchen mein Liebling war. Ich habe sie lange nicht mehr gesehen, hin und wieder schickt mir mein Sohn Ulrich ein Foto. Als Cora klein war, hatte ich das Gefühl der eigenen Wiedergeburt. Exakt meine Haarfarbe, dachte ich stolz und übersah ganz, daß Coras Mutter ebenfalls rothaarig war. Merkwürdigerweise ist ausgerechnet Felix, den ich als kleinen Bub nicht hübsch fand, meine große Altersliebe geworden – von Hugo einmal abgesehen.

Jedesmal, wenn Felix fort ist, fällt mir ein, was ich ihn fragen und wovon ich selbst erzählen wollte oder was er noch schnell für mich hätte tun sollen. Ich wollte ihm von Albert erzählen, aber dann habe ich es doch wieder vergessen.

Nach Idas Hochzeit und Heidemaries Geburt sahen wir Albert längere Zeit nicht, weil er in den großen Ferien im Internat blieb. Er war in seinen Leistungen abgesunken und erhielt Nachhilfe.

Als er an Weihnachten endlich wieder heimkam, hatte er sich verwandelt, glich einem gerade erst aus dem Kokon geschlüpften Insekt. Albert war leicht verspätet in die Pubertät gekommen, war in die Länge geschossen und hatte dabei seine Rundungen verloren. Wie so mancher Knabe in diesem Alter wirkte er ungelenk und unausgewogen, das Näschen war zum Zinken mutiert, auf der prallen Babyhaut sprossen Pickel, und vor allem die Stimme klang fremd. »Ich darf nicht mehr mitsingen«, klagte Albert. Er fühlte sich nicht wohl in seiner Haut, obgleich klar war, daß seine Gestalt im Umbruch und keineswegs fertig war. »Wie sehe ich aus?« fragte er mich.

Ich hätte beinahe »abscheulich« geantwortet. Es war lächerlicher als früher, daß Albert immer noch meine Kleider anprobieren wollte, die ihm nun zu klein waren. Außerdem machte er ein solches Geheimnis darum, weihte selbst mich nicht mehr ein. Aber ich überraschte ihn dabei, wie er auf dem Dachboden eigenartige Frauenrollen probte. Nachdem ich geschworen hatte, ihn nicht zu verraten, durfte ich zuschauen, wie er eine Kurtisane darstellte.

Ich war über seine Detailtreue schockiert, denn sie führte dazu, daß er meine Unterwäsche trug.

In unserer Familie, und wohl in den meisten, ging es für heutige Begriffe prüde zu. Zwar las man in der Zeitung, daß im fernen sündigen Berlin eine Josephine Baker nur im Bananenschurz auftrat, aber es war klar, daß es sich um eine unzivilisierte Exotin handelte. Ich habe meine Eltern nie unbekleidet gesehen, ebensowenig meine Brüder oder Ida. Nur mit Fanni habe ich als kleines Mädchen gemeinsam in einer Badewanne gesessen, später mußte ich die acht Jahre jüngere Alice an- und ausziehen. Es kam mir sündhaft vor, Albert in Unterrock und Mieder vor mir zu sehen, und ich wagte kaum, ihn richtig zu betrachten. Schüchtern schlug ich ihm vor, lieber Buster Keaton, Charlie Chaplin oder gar den Nosferatu zu imitieren. »Ich habe nun mal anderes im Sinn«, sagte er.

Anderes im Sinn hatte auch die übrige Familie: Vater hatte zu Weihnachten einen »Detektor-Empfänger« angeschafft. Wie gebannt saßen wir alle um den Eßtisch herum, auf dem das schwarze Radio stand, mit abwesendem Blick, die Kopfhörer auf den Ohren, ein glückliches Lächeln um die Lippen. Albert machte sich nichts daraus, und keiner vermißte ihn. Da Vater fortschrittsgläubig war, soweit es die Technik betraf, hörten wir das Rundfunkprogramm schon fünf Jahre später aus einem Lautsprecher. Wäre Papa heute ein junger Mann, dann würde er sicher seine Tage und Nächte vor einem Computer verbringen. Ich erinnere mich, daß Lindberghs Flug von New York nach Paris mit einem Punsch gefeiert wurde, an dessen Folgen Ida drei Tage lang litt.

Es ist seltsam, daß mir mein Vater viel häufiger ins Gedächtnis kommt als meine Mutter, obgleich sie ihn um Jahre überlebte. In meiner Vorstellung sehe ich sie stets stopfen, seit wir ein Radio besaßen, mit Musikbegleitung. Manchmal sang sie selbst: *Vilja, o Vilja* oder *Mädel aus dem schwarzen Wald*. Wenn es etwas zu entscheiden galt, schickte sie uns zum Papa; sie wich der erzieherischen Verantwortung aus, so daß wir uns kaum mit ihr auseinandersetzen konnten. Leider begann ihre Entwicklung zur Persönlichkeit erst, als er tot war.

Meine Mutter liebte Hugo und legte immer wieder bei Vater ein gutes Wort für ihn ein, was auch nötig war, denn bald schon wurde Hugo der Kaufmannsberuf langweilig. Handwerkliche Qualität konnte er nicht wie mein Vater von minderen Erzeugnissen unterscheiden, und er konnte die Schuhe auch nicht überzeugend anpreisen. Wie ein Schuljunge begann Hugo damals unter dem Kassentisch Romane zu schmökern. Anfangs las er Conan Doyle, später hatte er mit Shaw, Hamsun und Galsworthy heimliche Stelldicheins. Fräulein Schneider wagte nicht, den Juniorchef direkt zu rügen, sie tat es ihrer treuen Art gemäß durch plötzliches Erheben der Stimme. Als Vater dahinterkam, war er außer sich. Erstens wurde die Reputation seines angesehenen Geschäfts ruiniert, zweitens hielt er das Lesen von unterhaltsamen Büchern für eine mittlere Perversion.

Auch ich hielt nicht viel davon. Ich wollte mit Hugo Blicke tauschen, ihn anlächeln, ihm gefallen. Er hatte sich angewöhnt, nur hochzuschauen, wenn Fräulein Schneider ihn auf nahende Kunden aufmerksam machte, dann ließ er mit einer hastigen Bewegung das Buch verschwinden.

Allerdings traute sich Hugo nicht, bei seinen Zigaretten-pausen den Roman mitzunehmen; es konnte bei den Ver-käuferinnen den Eindruck erwecken, er hätte sich im Keller häuslich niedergelassen. Wenn wir gemeinsam rauchten, er-zählte er mir, was er gerade gelesen hatte. Hugos Begeiste-rung steckte mich an. Ida las nur illustrierte Zeitschriften, ich hatte ein Mittel entdeckt, sie auszustechen. Ohne Hugo wäre ich wohl nie eine Leseratte geworden und dann mein Leben lang geblieben.

Eines Tages wurden wir von Papa ertappt; er hatte uns im Laden nicht angetroffen und Fräulein Schneider befragt. Sie behauptete, wir holten Schuhe aus dem Lager. Vater, vor dem wir uns sicher wähnten, weil er Treppen haßte, stieg höchstpersönlich hinunter und traf uns dicht nebeneinan-der auf einer Kiste hockend und rauchend. Er erkannte die Situation recht gut – Hugos Arbeitsscheu, meine backfisch-hafte Verliebtheit und dazu die gemeinsame Qualmerei. Wir sprangen hoch, rot vor Scham. Vater sagte nichts, und das war schlimmer als ein Wutausbruch, denn wir wußten nicht, was noch käme.

Nach Ladenschluß rief mich Vater ganz offiziell in sein Büro. Für alle Fälle weinte ich gleich los, doch da er vier Töchter hatte, konnten ihn Tränen nicht mehr erweichen. »Vorne wird getrommelt un hinne kei Soldade«, sagte er bloß. Aber dann kam es überraschend sanft: »Möchtest du vielleicht wieder in die Viktoriaschule gehen?«

Erst zuckte ich mit den Schultern, antwortete aber dann: »In meiner alten Klasse komme ich nicht mehr mit.«

»Ich werde darüber nachdenken ...«, sagte Vater. Ohne

mit mir weitere Verhandlungen aufzunehmen, meldete er mich am nächsten Tag auf einer privaten Handelsschule an. Aber da es mitten im Schuljahr war, mußte er mich noch einige Monate im Laden ertragen.

Ich bin um vier Uhr morgens aufgewacht, obwohl die Kinder nicht vor neun anfangen wollten, ja es wird zehn, bevor Felix mit seinem Freund, einem zukünftigen Elektroingenieur, kommt. »Schon aufgestanden, Oma?« fragt er. »Als erstes setze ich Wasser für den Kaffee auf; wir werden zunächst eine Lagebesprechung abhalten und frühstücken.«

Eigentlich hätte ich mir das denken können, aber leider habe ich nur etwas vertrocknetes Graubrot in der Speisekammer. Felix beruhigt mich, es sei für alles gesorgt. Kurz darauf erscheint das zweite Paar, diesmal ist ein Mädchen dabei. Schließlich sitzen sie zu sechst am Tisch, trinken Milch aus der Tüte, Kaffee aus meinen Meißner Täßchen und Cola aus der Dose und packen türkisches Fladenbrot, Käse und Salami aus. Sie rupfen Brotstücke ab, belegen und verschlingen sie, ohne ein Messer zu benötigen, wie ich es neuerdings selbst gelegentlich mache. Einer sagt, so früh am Tag bringe er noch nichts herunter, obwohl es schon elf ist. Neugierig blicken sich die jungen Leute um. »Gehört das Häuschen Ihnen«, fragt Susi, »und wer wohnt oben?«

Ich muß wieder einmal erklären, daß ich keine Untermieter in meinem Haus haben möchte und die drei oberen Räume unbewohnt sind. Die Studenten sehen mich gierig an, ich weiß genau, daß sie fast alle auf Wohnungssuche sind. »Ich lebe hier seit meiner Heirat«, erkläre ich matt, »oben ist nur eine einzige Toilette, kein Bad und keine

Küche. Die Zimmer sind klein. Wenn ich nicht mehr da bin, kann meine Tochter das Haus abreißen und ein modernes hinbauen.«

»Das wäre aber schade!« kommt es wie aus einem Munde. Wahrscheinlich finden sie es romantisch, wenn die Mauern zerfallen, und nehmen an, daß ich nur wenig Geld zum Renovieren hätte. Felix weiß allerdings, daß ich von Mielchen eine ganz hübsche Summe geerbt habe und nicht knausern muß. Aber was soll ich schon damit anstellen? Ich habe bei Gott keine großen Ansprüche mehr. Regine wird das Haus erben, Felix das Geld. Ulrich und Veronika haben zu deren Gunsten verzichtet, sie haben selbst genug.

»Hören Sie mal, Frau Schwab«, sagt der praktische Elektrostudent, »wir könnten doch zu Anfang eines der oberen Zimmer für Sie herrichten, Ihr Bett und ein paar Sachen hinauftragen und dann hier unten alles in einem Aufwasch in Ordnung bringen. Man könnte Ihnen die ganze Unordnung und Unruhe ersparen, wenn Sie ein wenig ab vom Schuß sind.«

Gerade das möchte ich aber nicht.

Felix hat noch ein Argument. »Und außerdem«, sagt er, »mußt du wissen, Oma, daß wir beim Arbeiten den Ghetto-Blaster ganz laut aufdrehen.« Da ich einen solchen Gegenstand nicht kenne, deuten vier Zeigefinger auf ein Ungetüm, das eventuell ein Radiorekorder sein könnte.

Der Elektriker heißt Max. Mit einem dicken Schraubenzieher stochert er Tapete und Putz von der Wand und legt einen Stecker frei. »Äußerst gefährlich«, sagt er, »man müßte dringend neue Kabel einziehen.«

»Wieso gefährlich? Solange ich noch am Leben bin, muß es halten.«

Die anderen hören mir gar nicht zu und starren an, was das Innere der Wand an bröckligen Drähten freigibt.

»Wenn's einen Kurzen gibt und du Pech hast, Oma, ist dein Häuschen in fünf Minuten abgefackelt«, erklärt Felix.

Er mache es mir billig, sagt Max, aber er müsse sich zuerst den Sicherungskasten ansehen. Ohne mich zu fragen, geht er mit Felix aus dem Zimmer.

Mir dämmert es leider um Sekunden zu spät, daß sie in den Keller gehen. Dort hat keiner außer mir etwas verloren, ich werde nervös. Soll ich lauthals protestieren? Vielleicht werden sie dann erst recht hellhörig. Nein, ich will natürlich nicht wie eine Hexe verbrennen, aber ich will auch nicht, daß fremde Menschen in meinem Haus herumschnüffeln, sonst hätte ich auch richtige Handwerker bestellen können. Mein Plan war, nur Wohnzimmer, Küche und Schlafzimmer herrichten zu lassen.

»Völlig desolat«, sagt Max, als er wieder hereinkommt, »chaotisch, lebensgefährlich, das kann man nicht verantworten.«

Felix, der gute Junge, sieht mein entsetztes Gesicht und kommt mir zu Hilfe. »Max, du übertreibst«, sagt er, »es hat fast nie einen Kurzschluß bei meiner Großmutter gegeben.«

Obgleich das leider nicht der Wahrheit entspricht, nicke ich heftig.

Schließlich fährt Felix mit seinem Freund davon, um Tapeten, Farbe und zwei Kästen mit Bier und Limonade zu kaufen. Die anderen vier tragen die Wohnzimmermöbel ins Schlafzimmer und achten darauf, daß mein Bett nicht zugebaut wird. Hulda wird im Schaukelstuhl zu mir in die Küche gesetzt.

Susi, die Freundin von Felix, sucht einen Putzeimer. Bei Huldas Anblick ruft sie: »Nein, was für irre Schuhe! Darf ich sie anprobieren?«

Zum Glück sind sie zu klein. Susi will kaum glauben, daß mein Vater sie geschustert hat. Ich frage, ob sie auch Maschinenbau studiere, denn heutzutage stehen den Frauen ja alle Berufe offen.

Nein, Architektur. Wann dieses Haus gebaut worden sei? »In den dreißiger Jahren? Also im Dritten Reich?« fragt sie überflüssigerweise.

Weil ihr die Neugierde im Gesicht geschrieben steht, sage ich ungefragt, daß ich persönlich weder in der Partei war, noch das Mutterkreuz erhalten habe. Über die Nazis in unserer Familie lasse ich mich nicht aus.

Susi lacht. »Felix hat mir viel von Ihnen erzählt, ich weiß, daß Sie der Star einer Friedensdemo waren!«

Also ist der Junge stolz auf mich, ich könnte Susi umarmen. »Wenn die Schuhe passen würden, hätte ich sie Ihnen überlassen«, sage ich großzügig.

»Nein, das hat keinen Zweck, aber vielleicht das Kleid?« Ohne lange zu fackeln, zieht sie erst Hulda, dann sich selbst aus. Sie trägt nur ein Höschen, ich wende mich diskret ab. Als sie in mein Jungmädchenkleid hineingeschlüpft ist, muß ich es ihr wirklich schenken, denn sie sieht bezaubernd aus. Für Hulda habe ich noch etwas sehr Hübsches, das werde ich aber jetzt nicht heraussuchen. Am Ende will es dann die andere Studentin haben.

Susi küßt mich, das tut gut. Ich verwinde den Verlust meines Kleides ziemlich schnell und sage mir, daß ein lebendiges Mädchen mehr davon hat als eine tote Puppe. Hulda nickt zustimmend, sobald wir allein sind. Ich hülle sie in die karierte Küchentischdecke.

Als ich schließlich im Bett liege, höre ich teuflische Musik, dann singen sie sogar. Max grölt: *Wir versaufen unsrer Oma ihr klein Häuschen!*

Felix scheint ihn zu rüffeln. Kurz darauf steht er vor mir. »Oma, wir machen Schluß für heute, morgen geht's weiter. Hast du noch einen Wunsch?«

»Jetzt nicht, aber wenn Hugo kommt...«

Felix amüsiert sich. »Immer dieser Hugo! Wenn du nicht jenseits von Gut und Böse wärst, würde ich...«

Ich unterbreche ihn scharf. »Ein blöder Spruch, kein Mensch ist jenseits von Gut und Böse!«

»Okay. Und dein Wunsch?«

»Wenn Hugo kommt, sollst du uns mit dem Auto in die Stadt fahren, ich möchte mit ihm die alten Spazierwege am Großen Woog entlanggehen, zur Mathildenhöhe und vielleicht zum Schloß Kranichstein...«

»Ist geritzt. Wie soll ich deinen Galan nennen, ›Sie‹ oder ›du‹, ›Onkel‹ oder ›Herr Sowieso‹?«

Ich überlege. »Am besten ›du‹ und ›Onkel Hugo‹.«

Die Tür schlägt zu, es herrscht Ruhe. Hugos früh ergraute Tochter Heidemarie hat keine Kinder. Sicher wird ihm Felix ausgezeichnet gefallen.

5

Im Laufe meines Lebens hatte ich immer wieder das zweifelhafte Vergnügen, in der Nähe von eineiigen Zwillingen zu leben. Auch jetzt, auf meine alten Tage, plage ich mich damit, zwei junge Männer aus der Nachbarschaft auseinanderzuhalten. Es könne mir doch völlig gleichgültig sein, welcher nun wie heißt, meint Hulda. Stimmt schon, aber ich würde so gerne beweisen, wie gut mein Gedächtnis noch funktioniert, und die hübschen Zwillinge damit in Erstaunen setzen. Wahrscheinlich ist es eine der wenigen Möglichkeiten, von ihnen überhaupt wahrgenommen zu werden, wenn ich sie spontan mit »Konradin« oder »Stephan« begrüße. Heute lese ich in der Zeitung, daß beide Jünglinge das Abitur bestanden haben und Konradin schon immer Konstantin hieß.

In meiner Kindheit wohnten zwei alte Frauen neben uns, die sich nicht wie ein Ei dem anderen glichen, sondern eher wie zwei Blutwürste: von untersetzter Gestalt, klein und kurzbeinig, platzten sie fast aus ihren blaßlila oder rosa Kostümen. Früh verwitwet, hielten sie sich von menschlicher Gesellschaft fern. Waren schon die Zwillinge in hohem Maße unfreundlich, so war ihr ekelhafter Pudel ein echter Misanthrop. Wir fürchteten ihn.

In der Werkstatt unseres Vaters wurden auch Reparaturen vorgenommen, hauptsächlich, um treuen Kunden einen zusätzlichen Weg zu ersparen. Die Zwillinge waren arm, kauften nie bei uns, ließen aber dafür ihre Treter regelmäßig besohlen. Aus Gründen der guten Nachbarschaft verlangte unser Vater bloß einen symbolischen Preis und war von seinem eigenen raren Edelmut so angetan, daß er sich dazu verstieg, seine Kinder zu einem furchtbaren Dienst zu zwingen: Wir mußten ihnen die besohlten Schuhe ins Haus bringen.

Wenn es soweit war, begannen wir zu würfeln oder Streichhölzer zu ziehen. Immer wieder traf es Albert. Bereits beim ersten Mal schnappte der Pudel nach ihm, und er meinte nun, ein Argument zu haben, um den Dienst zu verweigern. Aber erfolglos. Wir Geschwister behaupteten, daß die Bestie uns geradezu verschlingen würde und Albert ihr erklärter Liebling sei. Und so kam es schließlich auch. Nicht bloß der Pudel fraß meinem Bruder die mitgebrachten Speckstücke aus der Hand, auch seine widerlichen Herrinnen hatten einen Narren an Albert gefressen, der seinerseits wiederum gern Schokolade aß. Mit diesem Köder wußten sie ihn – wie den zur Mast erkorenen Hänsel – in ihr Hexenhaus zu locken. Er erzählte von Bergen klebriger Süßigkeiten, die in Eimern und Waschschüsseln lagerten. Albert hatte mir dieses Schlaraffenland so blumig geschildert, daß ich beim nächsten Mal freiwillig mit ihm tauschte.

Der Pudel namens Mufti sprang mir gegen die Brust, stieß mich um und beleckte mein Gesicht, was mir schlimmer vorkam, als wenn er nach meiner Wade geschnappt hätte. Ich schrie nach Kräften.

»Warum schickt ihr nicht das dicke Brüderchen«, bekam ich zu hören, »ihm gehorcht Mufti aufs Wort.« Ich machte, daß ich heimkam, auf die Süßigkeiten war mir der Appetit vergangen. Seitdem stand Albert im Ruf, wie der heilige Franz wilde Tiere besänftigen zu können.

Während wir – die Studenten und ich – beim Kaffee sitzen, erzähle ich von Mufti, weil mir ihr Wohngemeinschafts-köter beharrlich die Beine abschleckt. Über diesen Umweg komme ich auf Albert zu sprechen. Wahrscheinlich geraten meine Worte allzu bewegt, vielleicht sogar theatralisch, jedenfalls sind alle still und hören zu.

»Der war nicht schwul, Oma«, sagt Felix, »ein eindeutiger Fall von Transsexualität.«

Ich nicke. Im Fernsehen haben Männer und Frauen davon berichtet, daß sie durch einen Irrtum der Natur im falschen Geschlecht leben müssen. Heutzutage versucht man, ihnen zu helfen. Aber mein armer Bruder Albert hat niemals gewußt, daß er Leidensgenossen hatte. »Mein Bruder hat sich umgebracht«, sage ich, »weil niemand ihn verstanden hat, weil er sich keinem offenbaren konnte und auch ich versagt habe, obgleich ich seine Vertraute war.«

Felix und seine Freunde schweigen einen Moment lang. Dann wollen sie wissen, auf welche Weise Albert sich das Leben genommen hat.

»Er hat sich erschossen. Hier in Darmstadt, auf dem elterlichen Dachboden habe ich ihn gefunden«, sage ich, »und zwar in Mädchenkleidern. Es war, als ob er der ganzen Familie im Tod sein Geheimnis offenbaren wollte.«

Wie alt er damals war, fragen sie mich. »Albert war ein-undzwanzig, ich zweiundzwanzig. Wir waren an jenem Sonntag ausnahmsweise in der Kirche gewesen, außer Papa natürlich und Albert. Als es Mittagessen gab, sollte ich die Familie zusammentrommeln, aber Albert war nicht zu finden. Ich vermutete, daß er wieder einmal Theater spielte, und suchte ihn auf dem Speicher.

Wahrscheinlich erlitt ich einen Schock; schreiend rannte ich hinunter, um die Familie zu alarmieren. Unser Vater war seit Jahren nicht mehr auf den Speicher hinaufgestiegen, damals nahm er Hugo und Ernst Ludwig mit nach oben, alle Frauen mußten unten bleiben. Meine Mutter stand in der Küche – die Köchin hatte frei –, klapperte mit dem Geschirr und begriff nicht, warum es im Nebenzimmer so einen Tumult gab.«

»Das wußte ich alles nicht«, sagt Felix.

Ich erzähle weiter: »Später lag der tote Albert auf seinem Bett und trug wieder eigene Kleider. Wahrscheinlich haben ihn Hugo und Ernst Ludwig umgezogen. Mein Vater nahm mir das Versprechen ab, keiner Menschenseele von Alberts Kostümierung zu erzählen. ›Aber er spielte doch nur Theater‹, sagte ich schluchzend.«

»Und Ihre Mutter?« fragt Susi, die Freundin von Felix.

»Unsere Mutter hat die näheren Umstände nie erfahren. Ein Unglücksfall, wurde ihr gesagt, ihr Sohn habe beim Waffenreinigen unvorsichtig hantiert. Natürlich war diese Lüge allzu durchsichtig, denn Albert haßte Waffen und wäre nie darauf verfallen, eine zu reinigen. Übrigens gehörte die Pistole unserem ältesten Bruder.«

Betreten, aber auch sensationslüstern, blicken sie mich an.

»Alberts Tod blieb ein Tabu in der Familie. Aber seit langem habe ich den Wunsch, ihm einen würdigen Platz in der Familiengeschichte zu verschaffen, damit er nicht verachtet und vergessen wird. Mein Schwager Hugo ist außer mir und Alice der einzige Überlebende, der Albert noch gekannt hat. Er half, ihn vom Dachboden herunterzutragen, ihn umzuziehen und aufzubahren. Selbstverständlich wurde auch er von unserem Vater zu Stillschweigen verurteilt. Aber ich denke, Hugo weiß Dinge, die ich nie erfahren habe – vielleicht hatte Albert beispielsweise einen Abschiedsbrief bei sich. Und warum hat unser Vater den Schuß nicht gehört? Wenn Hugo kommt, werde ich ihn ausquetschen wie eine Zitrone. Wer weiß, wie lange wir beide noch am Leben sind. Wenigstens meine Enkel sollen über ihren toten Großonkel die Wahrheit wissen.«

Schließlich sitze ich – ziemlich erregt über meine eigenen Worte – wieder allein in der vollgestellten Küche, und meine Studenten streichen das Wohnzimmer. Ein Mädchen, das wohl eine Studienfreundin von Susi ist, erscheint und schwingt sich auf den Kühlschrank. »Ein ehemaliger Klassenkamerad von mir...«, beginnt sie. Ich lächele sie ermunternd an. »...wußte lange nicht, ob er Mann, Frau, schwul oder Transvestit ist. So ähnlich erging es wohl auch Albert.«
Ich schüttele den Kopf.
Sie fährt fort: »Nach verschiedenen Operationen hat er – oder vielmehr sie – den Job verloren. So ist es immer noch. Das kleinste Übel ist, daß man sie belächelt. Aber immerhin – es gibt jetzt Selbsthilfegruppen und Beratungsstellen.«
Auf einmal möchte ich nichts mehr über Albert sagen, vor allem, weil Felix nicht im Zimmer ist. Das Versprechen, das ich meinem Vater gab, meldet sich als schlechtes Gewissen. Ich lasse die junge Frau ein wenig über ihr Studium

berichten. Architektur war in meiner Jugend kein Frauenberuf. Es studierten zwar Frauen am Bauhaus in Weimar, aber man steckte sie am liebsten in die Weberei, Töpferei oder Buchbinderei.

Schon wieder erzähle ich, das Alter macht so ichbezogen. Plötzlich sage ich gar nichts mehr, die Studentin redet, und ich schlafe peinlicherweise dabei ein.

Immer wieder habe ich den gleichen Traum: Albert liegt tot auf schmutzigen Holzdielen vor mir, geronnenes Blut klebt an den Kleidern. Meine Sachen passen ihm schon längst nicht mehr. Auf den ersten Blick erkenne ich, daß er Fannis großen rosa Flanellunterrock trägt, Fannis Bluse, Fannis Strümpfe. Sie war die größte von uns Schwestern und auch die stämmigste. Weder besaß sie Spitzenwäsche noch Seidenkleider, denn bei ihrer Lebensauffassung und ihrer Arbeit im Kindergarten war Luxus überflüssig. Fanni war so ziemlich das Gegenteil von Ida, die nach feinsten Stoffen und eleganter Mode geradezu gierte. Wie mochte Albert darunter gelitten haben, daß ihm ausgerechnet nur noch Fannis Kleider paßten. Aber auch ich bedauerte es, daß er nicht wenigstens in meinem Spitzenhemd gestorben war. Vielleicht hätte ich ihm in seiner einsamen letzten Stunde auf diese Weise ein wenig nahe sein können. Nur ein Spiegel war bei ihm gewesen, und der war zersprungen.

Erst Jahre später erfuhr ich, warum Albert kurz vor dem Abitur das Internat verlassen mußte: Er war beim Stehlen erwischt worden. Es handelte sich nicht um ein paar Mark aus der Tasche eines Kameraden, sondern um ein Nacht-

hemd der Köchin. Dabei wußte ich, daß Albert Mädchen-
und Frauenkleider stets als Leihgabe betrachtete und nach
einer ausführlichen Anprobe wieder ordentlich in den
Schrank hängte. Wahrscheinlich hatte er das auch im Internat vor, aber er hatte keine Gelegenheit mehr dazu. Als man
ihn erwischt hatte, wurden ihm auch andere unaufgeklärte
Taten in die Schuhe geschoben. Meinen Vater setzte man in
Kenntnis.

Albert wollte Regisseur werden, und zwar nicht für das
Theater, sondern für Kinofilme. Unser Vater ließ ihn sich
immerhin bewerben, weil er wohl die dunkle Ahnung hatte,
daß dieser Sohn nicht für eine bürgerliche Laufbahn taugte.
Albert stellte sich ungeschickt an, er bekam nur Absagen.
Schließlich steckte man ihn in den Juwelierladen von Hugos
Vater, wo er in der Werkstatt eine Goldschmiedelehre ab-
solvieren sollte, denn im Schuhgeschäft wollte man ihn
unter keinen Umständen herumstehen sehen. Es war ein
großes Entgegenkommen von Idas Schwiegervater, daß er
Albert aufnahm, aber es wurde ein einziges Fiasko. Unser
Bruder entpuppte sich als handwerklich unbegabt und faul.
Dabei hatte er bereits als Kind eine Vorliebe für Perlen
gehabt, so daß man ihm etwas mehr gestalterische Fähig-
keiten zugetraut hätte. Hugos Vater kündigte ihm, es gab
Streit zwischen beiden Familien. Mein Vater stellte Hugo
als Nichtsnutz hin, der die älteste Tochter geschwängert
und mich zur Raucherin gemacht habe und im Geschäft
eine Niete sei, mit dem er es aber dennoch ausgehalten habe;
nun hätte er erwartet, daß man sich im Gegenzug ähnlich
großzügig zeigte.

Dann strebte Albert eine Lehre als Kostümbildner an, aber man wollte den Bock lieber nicht zum Gärtner machen. Alle möglichen Berufe fern jeder fetischistischen Versuchung wurden erörtert. Es gab damals unter den jungen Akademikern eine unverhältnismäßig hohe Zahl an Arbeitslosen, und von daher schien es sinnlos, Albert auf einer anderen Schule das Abitur machen zu lassen. Um wenigstens etwas Geld zu verdienen, saß mein Bruder jeden Abend an der Kinokasse.

1927 hatte ich die Höhere Töchterschule hinter mich gebracht, dann ein Jahr im Schuhgeschäft verplempert und mich schließlich in einer Handelsschule mit Stenografie und Maschinenschreiben geplagt. In dieser Zeit lernte ich Miele kennen, die ebenfalls einen kaufmännischen Beruf erlernen sollte. Aber erst ein Jahr später, als Heiner die Verlobung mit Miele auflöste, wurden wir Freundinnen. Sie brachte mir Charleston bei und schleppte mich zum Friseur, wo ich meine erste Dauerwelle erhielt. Ich versuchte, ihr kesses Auftreten ein wenig zu imitieren. Für Hugo blieb zwar eine gewisse Schwäche erhalten, aber ich verliebte mich in der neuen Schule ziemlich rasch in einen jungen Lehrer. Aus den Augen, aus dem Sinn.

Zwei Tage nach Alberts Tod wurde Hitler Reichskanzler. Ich nahm es nur am Rande wahr, ich trauerte um meinen Bruder.

Ich habe viel erzählt, diesmal ist Max, der Elektrostudent, mein Zuhörer. Er stellt keine Fragen nach Transsexualität, nach dem Dritten Reich oder nach Hugo. Seine Interessen

liegen auf anderem Gebiet. »Seit wann gibt es Schreibma-
schinen?«

So genau weiß ich es nicht, aber sicher seit über hundert
Jahren.

Und Steno?

Auch schon sehr lange, aber die Einheitskurzschrift, die
ich lernen mußte, erst seit 1924.

War es damals schon selbstverständlich, daß Frauen einen
Beruf erlernten?

Ich muß verneinen, viele haben früh geheiratet, aber tra-
ditionelle Frauenberufe wie Krankenschwester, Putzma-
cherin, Lehrerin – insbesondere für Hauswirtschaft und
Handarbeit – waren beliebt.

War es also etwas Besonderes, daß ich eine Bürotätigkeit
anstrebte?

Eigentlich nicht, seit Anfang des Jahrhunderts drangen
Frauen allmählich in alle Berufe vor, auch in akademische.
Ich beneidete eine Freundin, die Innenarchitektin wurde,
eine andere, die auf der Duncan-Schule für Freie Tanzkunst
barfuß im griechischen Chiton »Schönbewegung und Kör-
perbildung« übte.

»Man könnte Ihnen stundenlang zuhören«, sagt Max,
»aber dafür bezahlen Sie mich ja nicht. Sicher ist es Ihnen
recht, daß ich neue Steckdosen, Schalter und Kabel gekauft
habe, damit wir keine halben Sachen machen.«

Mein Mißtrauen ist sofort erwacht. Was ist mit dem
Keller?

Er beruhigt mich. Das Wohnzimmer werde heute fertig,
er habe bis jetzt nur dort neue Leitungen verlegt, unter
Putz, wie sich das gehöre.

»Über den Kabelsalat hätten Sie viel zu leicht stolpern können«, meint er.

Nun ja, es gab nur eine einzige Steckdose im Wohnzimmer. Mit diversen Doppelsteckern und Verlängerungsschnüren wurden von da aus Fernseher, Radio, zwei Lampen und gegebenenfalls Staubsauger, Bügeleisen und Plattenspieler mit Strom versorgt. »Lohnt sich der ganze Aufwand?« frage ich. »Vielleicht bin ich nächstes Jahr schon unter der Erde.«

Max lacht. Da sollte ich einmal seine Großmutter sehen, die viel jünger als ich sei, aber schon seit Jahren in einem Heim lebe, weil sie allein überhaupt nicht mehr zurechtkäme. Felix sei stolz auf seine rüstige Oma. Das hört man gern.

Freundlicherweise haben sie mir den Fernseher in der Küche aufgebaut, und ich sehe mir ein Fußballspiel vom Vortag an. Nicht, daß ich irgend etwas davon verstünde oder es mich gar interessierte, aber ohne Antenne bekomme ich in der Küche nur ein einziges Programm. Andererseits muß ich zugeben, daß es hübsche Jungs sind, die da über den Rasen tollen. Früher waren die Hosen schwarz und die Hemden weiß, oder umgekehrt, jetzt sind sie bunt und mit modischen Mustern und phantasievollen Zeichen verziert. Auf dem Hemdrücken steht außer einer Zahl sogar der Name. Ich beschließe, mir ein paar Namen zu merken und damit die jungen Leute in Erstaunen zu versetzen.

Es kommt mir so vor, als ob Hulda grinst. Immer hinter den Jünglingen her, scheint sie zu denken.

Jeder weiß, daß viele alte Männer eine Schwäche für junge Mädchen haben; wenn sie nicht dank ihres Geldes an sie rankommen, bleibt es zum Glück meistens beim Anstarren. Falls einer zu grapschen versucht, nennt man ihn einen Lustgreis oder einen »dirty old man«. Die heimlichen Neigungen alter Frauen dagegen sind tabu. Dabei muß ich zugeben, daß es für mich nichts Netteres gibt als einen hübschen Burschen zwischen siebzehn und siebenundzwanzig. Und wenn ich einem jungen Mann mal übers Haar streiche, dann wird man ausschließlich großmütterliche Gefühle voraussetzen.

Mittags machen meine Werkstudenten eine Pause. Der Backofen wird geleert – von all den großen Töpfen, die ich früher brauchte –, angeheizt und eine Keramikform mit Lammfleisch, Auberginen, Zwiebeln, Paprikavierteln und Tomatensaft hineingestellt. Ein wunderliches Essen, aber es schmeckt ihnen. Ich weiß jetzt, daß die zweite Architekturstudentin Tanja heißt. Sie hat Ketchup für Max, grünen Pfeffer für Felix und provenzalische Kräuter mitgebracht, für jeden sein Lieblingsgewürz. Verwöhnt sind sie allemal: Sie unterhalten sich darüber, ob dieses oder jenes Chinarestaurant bessere Pekingente zubereite, wo man den besten Balsamico-Essig kauft und daß man eine Papaya am besten nur mit frischem Limettensaft beträufelt. Sie trinken Bier, Cola und Weinschorle. Ich erzähle, daß es in meinem Elternhaus und auch später im eigenen Haushalt bloß sonntags Wein gegeben habe.

»Und wochentags immer Runkelrüben«, sagt Felix.

»Bitte noch ein Stückchen Aubergine«, verlange ich. Niemand scheint sich zu wundern, daß ich dieses violette Zeug sofort richtig identifiziert habe. Meine Schwiegertochter hat mir bei einem Toskana-Urlaub mühsam beigebracht, wie all das fremdländische Obst und Gemüse heißt, damit ich nicht Blumenkohl zu Broccoli sage und sie blamiere.

»Oh, was für niedliche Löffelchen«, sagt Felix begehrlich.

Ich habe sie aber bereits meiner Enkelin Cora versprochen.

»Cora hat doch Geld wie Heu«, sagt er mißgünstig.

Da hat er recht, außerdem hat sich das Biest schon lange nicht mehr bei mir blicken lassen. Ursprünglich besaß ich zwölf Teelöffel, aber in den letzten zwei Jahren habe ich wohl versehentlich einige Joghurtbecher mitsamt dem Löffel in den Mülleimer befördert. »Steck sechs Löffel ein«, sage ich, »damit du die Weisheit damit fressen kannst.«

Haben, haben, denken auch die anderen Studenten und mustern plötzlich mein gesamtes Inventar mit neuem Blick. Felix fragt: »Ist das alles Jugendstil?«

»Junge, du mußt aber noch viel lernen«, sagt Tanja. »Und du willst in Darmstadt geboren sein?«

Ihr Blick fällt auf Huldas museale Kleider. »Ach, übrigens: Hat Fanni nicht das Blut an ihren Kleidungsstücken bemerkt? Wie hat sie reagiert? Oder hat man alles verbrannt, was Albert in seiner Todesstunde trug?«

Fanni hatte gesehen, wie Albert in ihren Sachen die Treppe heruntergetragen wurde. Da sie, im Gegensatz zu mir, nichts von seinen heimlichen Verkleidungsorgien wußte, konnte sie sich keinen Reim darauf machen. Zu jener Zeit beschäftigte sie sich intensiv mit Glaubensfragen;

Selbstmord war eine Sünde, und hier mußte der Teufel persönlich am Werk gewesen sein. Fanni war tagelang verstört, dann überraschte sie die Eltern mit dem endgültigen Entschluß, zum katholischen Glauben überzutreten.

Unser gebeutelter Vater konnte nichts dagegen machen.

6

Meine Eltern hatten ihren ersten Sohn nach dem allseits beliebten Großherzog von Hessen Ernst Ludwig benannt. Anläßlich der Verlobung des Großherzogs sang mein Vater, als junger Mann Mitglied des Darmstädter Männergesangvereins, gemeinsam mit fünfhundert Sängern aus achtundzwanzig Vereinen *Es steht ein Baum im Odenwald*. Von diesem Ereignis erzählte er mit Stolz. Im selben Jahr heirateten meine Eltern und fühlten sich den Hoheiten stets auf besondere Weise verbunden.

Es muß für meinen Vater bitter gewesen sein, daß man dreißig Jahre später einem anderen Herrn huldigte und die Fürsten ohne Amt waren. Immer wieder betonte er, man brauche in schweren Zeiten nichts anderes als einen »gelernten Großherzog«. Er konnte den Text der hessischen Fürstenhymne (nach der Melodie von *God save the Queen*) auswendig:

Heil unserm Fürsten, Heil, Heil Hessens Fürsten, Heil,
Ernst Ludwig, Heil!
Herr Gott, dich loben wir, Herr Gott, wir fleh'n zu dir:
Segne ihn für und für!
Ernst Ludwig, Heil!

Und so weiter, ein Heil jagte das nächste. Aber leider rief gerade unser ältester Bruder Ernst Ludwig schon früh ein anderes Heil und hob dazu den Arm. Bald spaltete sich die Familie in mehrere Lager: Vater, Hugo und Fanni, sonst völlig uneins, waren überzeugte Gegner der Nationalsozialisten; Ida lief im Gefolge von Ernst Ludwig mit wehenden Fahnen zum neuen Glauben über; Mutter, die kleine Alice und ich waren gänzlich desinteressiert; Heiner hielt es kurzfristig mit den Sozis, bis auch er aus opportunistischen Gründen Parteimitglied wurde.

Nicht nur in unserer Familie kam es zu Zerwürfnissen, auch die Ehe von Hugo und Ida wurde durch politische Meinungsverschiedenheiten getrübt. Wie gesagt, ich hegte damals für Hugo eine nostalgische Sympathie, aber meine glühende Liebe galt einem neuen, verheirateten Mann. Hugo hatte plötzlich an Ida noch andere Dinge auszusetzen: ihr mangelndes Interesse an geistigen Inhalten, ihre Oberflächlichkeit und Genußsucht. Er war ungerecht, denn ihre Qualitäten – Schönheit und Organisationstalent – schien er zu übersehen. Ida war nur einfach unfähig zu eigenständigem Denken, sie folgte politischen Überzeugungen wie Kleidermoden. Hugo erinnerte sich wehmütig an die lustigen Zeiten mit mir und versuchte, beim mittäglichen Zusammentreffen wieder daran anzuknüpfen. Als ich ihm – in einer sentimentalen Anwandlung unter vier Augen – verriet, daß ich hoffnungslos in meinen Lehrer verliebt war, schien ihn das zu treffen. Er versuchte, mir meinen neuen Schwarm auszureden, doch vergeblich. Ich solle bloß keine Dummheiten machen.

»Das mußt gerade du sagen«, antwortete ich.

Hugo verliebte sich genau in jenem Augenblick in mich, als er keine Chancen mehr hatte. Immerhin verdanke ich es ihm, daß ich nicht aus purer Einfalt, wie meine Schwester Ida, den Führer anhimmelte. Im Grunde war auch Hugo kein politischer Mensch, schon gar kein Held und Märtyrer, aber dafür ein leidenschaftlicher Leser. Wenige Monate nach Alberts Tod brannten allerorts die Scheiterhaufen. Unter Absingen scheußlicher Lieder wurden Bücher von Heine, Tucholsky, Remarque, Freud und vielen anderen den Flammen übergeben. Hugo entsetzte sich darüber und konnte mir seinen Abscheu so bewegt vermitteln, daß ich ihm recht gab.

Bei Vater verhielt es sich anders, er war aus tiefster Seele konservativ und wollte ein gekröntes Haupt an der Spitze seines Landes wissen. Fanni hingegen erkannte als frischgebackene Katholikin, daß die Kirchen im Dritten Reich keine guten Karten hatten. Im übrigen verließ sie uns kurz nach Alberts Tod und zog als Kindermädchen mit einer ebenso reichen wie frommen Familie ins Rheinland. Meine Eltern, die hartnäckig an die Mär des frühzeitigen Verwelkens ehe- und kinderloser Frauen glaubten, waren erleichtert, daß sie nicht Nonne wurde; vielleicht ergab sich in der Fremde eine passable Heirat, denn mit vierundzwanzig Jahren sollte sie lieber dieses Ziel verfolgen, als fremde Kinder zu wickeln. Auch Heiner war umgesiedelt, er arbeitete als Bildjournalist an einer großen Frankfurter Zeitung, in einer guten Stellung. Ernst Ludwig wurde von einer Bauerntochter umworben und grübelte, ob er zugreifen sollte; es gab keinen männlichen Erben auf dem Hof. Sah er in Gedanken viele blonde Kinder Ährenkränze flechten? Obgleich es nicht die große Liebe war und sein Heuschnupfen die Arbeit im Freien von Saison zu Saison stärker erschwerte, hat er das Bauernkind dann geheiratet. Zum Vorteil der ganzen Familie, wie sich in mageren Zeiten herausstellte.

So waren wir im Jahre 1934 plötzlich nur noch halb so viele am großen Tisch: die Eltern, Alice und ich, Hugo häufig, Ida mit der kleinen Heidemarie gelegentlich. Ich hatte Glück, daß meine Arbeitsstelle nah am Elternhaus lag, so daß ich meine kurze Mittagspause dort verbringen konnte. Seit ich die Handelsschule erfolgreich abgeschlossen hatte, arbeitete ich als Stenotypistin für einen Abteilungsleiter der Deutschen Bank.

»Mein geliebter Lehrer war schnell vergessen.« Ich muß wohl die letzten Worte halblaut gemurmelt haben, denn der jüngste und schnellste der Studenten – sie nennen ihn Speedy – hebt meine Schiefertafel, auf die ich schreibe, was besorgt werden muß, in die Höhe und fragt: »A propos Schule – was zum Teufel ist denn das hier?«

»Eine Hasenpfote«, sage ich belustigt, »zum Auswischen der Schrift.«

Speedy ist fasziniert. Ob früher alle Kinder mit Ranzen, Tafel und Hasenpfote zur Schule gegangen seien? Nein, in die Schule nahm man ein Schwämmchen mit. Aber ein Vetter meines Vaters besaß in Frankfurt-Sachsenhausen eine Apfelweinkneipe. Einmal im Jahr, und zwar am Wäldchestag, lud er unsere ganze Familie ein. Auch wir Kinder bekamen ein wenig Äppelwoi, der Stöffchen genannt wurde, aus dem blaugrauen Bembel ausgeschenkt, dazu Handkäs oder Schmalzbrot. Über der Theke hingen die Tafeln für die Skatspieler, jede mit einer angebundenen Hasenpfote ausstaffiert. Sonntags gab es in der Kneipe Kaninchenbraten, und im Laufe der Zeit fielen die niedlichsten Hasenpfoten dabei ab, so daß man uns Kindern stets eine frische schenken konnte. Was gab es Schöneres als dieses seidenweiche Fellchen, mit dem man sich wie mit Mutters Puderquaste streicheln konnte, wenn man sich nicht mit der Laufseite kratzen wollte; als Tauschartikel waren diese Hasenpfoten auch bei anderen kleinen Mädchen stets willkommen.

Ich krame ein Foto aus meinen ersten Schultagen heraus: Ein ABC-Schaubild und eine Landkarte schmücken die bis auf halbe Höhe holzgetäfelten Wände, dazu ein großes Rechenbrett und einige ausgestopfte Vögel. Nicht zu übersehen sind die zugebundenen Handarbeitskörbchen, die große Glocke und die vielen Kinder, die mit gespitztem Griffel aufs Diktat warten.

Von allem bleibt nur diese letzte Hasenpfote, die den Krieg und meine drei Kinder überstanden hat und inzwischen mumifiziert ist.

Mumifiziert – es läuft mir kalt den Rücken hinunter, wenn ich an jene menschliche Mumie denke, die hoffentlich erst nach meinem Ableben ihr steinernes Gefängnis verlassen wird. Es hatte mir neulich gar nicht gefallen, daß die beiden Architektinnen *just for fun* einen Grundriß meines Häuschens aufzeichneten. »Haben Sie das Haus fertig gekauft oder nach eigenen Wünschen bauen lassen?« fragte Susi.

»Solche Eigenheime waren schon eine Art Fertighäuser«, sagte ich, »gedacht für junge Familien, sehr billig und vom Staat gefördert. Mein Mann bekam als Junglehrer ein Darlehen und von seinem Großvater ein kleines Erbe. Zusammen mit meiner Mitgift reichte es so eben für dieses Haus, wir hatten sogar die Möglichkeit, es später zu vergrößern.«

Speedy hätte mir die Hasenpfote gern abgeluchst, aber nun ist es genug: Huldas Kleid, die Silberlöffel und einen ganzen Batzen Geld haben sie schon eingesackt, das reicht.

»Richtig«, sagt Hulda, »außerdem brauchst du ihnen nicht alles zu erzählen. Aber mir kannst du beichten. Du hast also deinen Lehrer geheiratet, war der nicht bereits vergeben?«

Hulda entgeht nichts, sie ist eine aufmerksame Zuhörerin. Natürlich war es nicht der Lehrer aus meiner Handelsschule, sondern ein völlig anderer. 1937 war ich bereits sechsundzwanzig Jahre, für damalige Zeiten fast ein spätes Mädchen. Auch Fanni hatte noch keinen Mann gefunden, und meine Mutter begann sich Sorgen zu machen. Vater hatte seinen ersten Schlaganfall erlitten, und Ida half wieder halbtags im Geschäft – schließlich war Heidemarie schon zehn Jahre alt, und weitere Kinder waren nicht gekommen.

Ich lernte Bernhard bei der Schulabschlußfeier von Alice kennen. Meine jüngste Schwester hatte es tatsächlich als einzige der Familie erreicht, ihren Willen durchzusetzen und Matur zu machen. Vaters Schwäche kam ihr zu Hilfe, er hatte keine Lust mehr zum Diskutieren. »Macht doch, was ihr wollt«, war seine Devise seit Alberts Tod.

Bernhard Schwab war wenige Jahre älter als ich und unterrichtete Latein und Deutsch. Wir heirateten drei Monate nach dem ersten Treffen, und zwar aus dem einzigen Grund, weil wir uns nichts anderes vorstellen konnten. Vater hat anläßlich der großen Feier unmäßig getrunken und geschlemmt, der zweite Schlaganfall traf ihn wenige Tage nach meiner Hochzeit. Er lebte nicht mehr lange.

»Und Hugo?« fragt Hulda.

»Der hat sich an meiner Hochzeit auch vollaufen lassen«, sage ich nachdenklich. Hugo war wohl auch der Grund, warum ich selbst relativ spät und kurz entschlossen geheiratet habe. Mein Ehemann konnte Hugo nicht das Wasser reichen, er besaß weder Charme noch Originalität. Bernhard war zwar ein lieber Kerl, aber von langweiliger Besserwisserei durchdrungen. Er konnte nicht anders, er mußte mir ständig widersprechen, nur in den verliebten Anfängen war er mit wunderbarer Sprachlosigkeit geschlagen.

Hulda ist neugierig. Gab es davor denn keinen einzigen Freund, nur backfischhafte Schwärmereien für zwei verheiratete Männer? Doch, Hulda, da waren noch einige Poussierstengel, wie mein Vater sie nannte, Kollegen aus der Bank oder Brüder von Freundinnen, mit denen ich gelegentlich ausging. Etwas heftiger küßte ich mich mit einem jungen Journalisten, den mir Heiner zugeführt hatte. Ansonsten war ich bei meiner Heirat noch reichlich unerfahren.

»War es eine gute Ehe?«

»Ach Gott, Hulda, du kannst Fragen stellen! Was verstehst du überhaupt davon. Nach neun Jahren war ich Witwe, und von dieser kurz bemessenen Zeit hatte ich nur die ersten zwei Jahre ständig mit Bernhard zusammengelebt. Bei Kriegsausbruch brachte ich Veronika zur Welt, bald darauf wurde Bernhard eingezogen, 1940 kam das zweite Kind, unser Sohn Ulrich. Ich hatte ganz andere Sorgen als meine Selbstverwirklichung, wie sie es heute nennen.«

»Was für Sorgen, Oma?« fragt Felix.

»Daß ihr nicht fertig seid, wenn Hugo kommt«, sage ich geistesgegenwärtig. Ständig werde ich von jungen Leuten erschreckt, die, ohne anzuklopfen, hinter mir stehen. Ich muß mich vorsehen, die Selbstgespräche sind mir allzusehr zur Gewohnheit geworden. Es gibt Dinge, die hören niemals auf zu schmerzen, aber wen geht es etwas an?

»In einem halben Jahr haben wir deinen Schuppen in eine Luxusvilla verwandelt«, scherzt Felix, »Hugo wird Augen machen. Vielleicht beißt er an, der alte Knabe!« Er umarmt mich. »Oma, wahrscheinlich sind wir schon übermorgen fertig. Du willst uns wohl loswerden, um das junge Glück ohne Zuschauer zu genießen ... Übrigens, was für einen Beruf hatte dein Hugo überhaupt?«

Ursprünglich wollte Hugo Förster werden, dann wurde er durch Einheirat Juniorchef unseres Schuhgeschäftes. Als Vater 1937 starb, berief Mutter eine Familienzusammenkunft ein. Die großen Brüder waren zwar auf der Beerdigung erschienen, aber nun hatten sie keine Zeit. Ihnen sei alles recht, was die Weiterführung des Ladens anbelange, ließen sie ausrichten. Ernst Ludwigs Frau gebar damals gerade einen nordischen Junghelden, Heiner steckte mitten in der Arbeit für eine Fotodokumentation über die Hitlerjugend. Auch Fanni, die inzwischen als Haushälterin bei einem alten katholischen Pfarrer in Rheindorf diente, konnte nicht abermals Urlaub nehmen.

So saßen wir – Mutter, Hugo, Ida, Alice, Bernhard und ich – um den Familientisch, als Mutter den Wunsch äußerte, selbst in die Geheimnisse der Geschäftswelt eingeführt zu werden. Ich hatte schon gefürchtet, daß die Reihe abermals an mir wäre. Hugo machte indes etwas gedankenverloren einen Vorschlag: Wir könnten alle zusammen das Schuhgeschäft in einen Buchladen umwandeln. Vielleicht hätten dann auch Alice, er selbst und ich Freude an der Arbeit. Er spielte auf die ihm verhaßten fremden Schweißfüße an, als er meinte: »Literatur statt Pilzkultur.«

Meiner Mutter blieb die Spucke weg, aber nicht sie, sondern Ida protestierte scharf. Es handle sich um ein alteingesessenes und renommiertes Geschäft mit Stammkundschaft, man könne es der Familie nicht zumuten, auf eine sichere und solide Einnahmequelle zu verzichten. Wir schwiegen alle und ließen ihre Worte nachwirken. Schließlich war es Alice, die ihren Schwager ein wenig unterstützte. »Seit langem habe ich das Gefühl, daß Hugo als Vaters Nachfolger nicht den richtigen Beruf gefunden hat. Seine Leidenschaft gilt den Büchern – warum soll er diese Liebe dem Mammon opfern?«

Hugo lachte über die pathetischen Worte, aber sie gefielen ihm.

Schließlich kam es zu einem tiefen Konflikt zwischen Hugo und Ida. Nach einem Jahr übernahm Ida die Leitung des Schuhladens, und Mutter saß an der Kasse, während Hugo sich anderswo zum Fachbuchhändler ausbilden ließ. Er bekam kein Gehalt, sondern mußte froh sein, kein Lehrgeld zahlen zu müssen. Alice schuftete – nicht gerade freiwillig, sondern im Rahmen des Reichsarbeitsdienstes – in einem Krankenhaus, aber sie half in ihrer spärlichen Freizeit auch ein wenig mit, während ich gelegentlich einen Geschäftsbrief tippte. So war Vaters Laden ein reiner Frauenbetrieb geworden, was anfangs von der Kundschaft argwöhnisch beäugt wurde. Es war aber, als wäre unsere Mutter auf einmal wieder jung geworden, so gut gefiel ihr die späte Berufstätigkeit. Eigenschaften, die wir nie an ihr kennengelernt hatten, kamen zutage: Ehrgeiz und Selbstbewußtsein.

Ida setzte es durch (Hugo hatte ihr gegenüber ein schlechtes Gewissen), daß sie in das elterliche Haus zurückzogen, das für Mutter und Alice tatsächlich zu groß war. In jener Zeit verliebte sich Hugo in eine Kollegin, was Ida nicht entging. Es war sogar von Scheidung die Rede. Bernhard und ich wurden von Mutter als Vermittler bestellt.

Hugo und Bernhard pflegten sich stundenlang über Weltliteratur zu unterhalten. Anfangs war ich stolz, daß mein Mann sozusagen Experte war, daß er am Gymnasium den älteren Schülern Schiller und Goethe nahebrachte. Aber irgendwann ging mir das ewige »Was will uns der Dichter damit sagen?« gewaltig auf die Nerven.

Bei Hugo war es anders. Er lebte mit den Romanfiguren und konnte in einem naiven Ton, aber wie besessen von ihnen erzählen, so daß man das Buch auf der Stelle verschlingen wollte. Überdies verstand er es, den Glöckner von Notre-Dame oder Kapitän Ahab mit einer Begeisterung nachzuspielen, daß einem die Tränen in die Augen stiegen.

Bernhards Interpretationen waren blutleer, Hugos strotzten vor Lebendigkeit. Es war merkwürdig, daß diese Debatten ihnen dennoch Freude machten. Bernhard hielt dabei Plädoyers für Gerhart Hauptmann, Hugo für Tschechow.

»Also Buchhändler«, sagt Felix.

»Ja doch, Hugo wurde Buchhändler, und zwar ein exzellenter. Wenn das Schuhgeschäft nicht in einer schrecklichen Bombennacht in Schutt und Asche zerfallen wäre, dann hätte er vielleicht nach dem Krieg einen schönen Buchladen in Darmstadt eröffnet...«

»Oma, soll ich die Bilder im Wohnzimmer genauso aufhängen wie gehabt?«

»Nein, nein, alles neu macht der Mai.«

Er sieht mich ratlos an. »Vielleicht nur die Familienfotos?« schlägt er vor.

»Nein, *mid is shit*. Ich will weiße Wände, vielleicht eine einzige moderne Graphik?«

Felix fragt mißtrauisch: »Ein Friedensdemo-Poster? Meinst du, das gefällt dem alten Herren?«

»Nein, Kunst, Picasso.«

Felix lacht. »Aber Oma, der ist doch nicht modern, den rechnet man längst zur Klassik.«

Ich krame im Kleiderschrank. Da ist es ja schon, das große zusammengerollte Plakat, das mir Hugo 1956 geschenkt hat: eine kleine Artistenfamilie – Vater, Mutter, Kleinkind – und ein Affe. Harlekin und Tänzerin wenden sich ausschließlich dem Hemdenmatz zu. Hugo und mir hatte es der eifersüchtige Anthropoide angetan, der mit abgründiger Trauer das Glück der anderen und seine eigene Ausgrenzung wahrnimmt.

»Vergleichst du Albert mit diesem Affen?« fragt Felix intuitiv.

»Junge, versündige dich nicht. Albert war menschlicher

als meine gesamte übrige Familie, Alice vielleicht ausgenommen. Aber was Gefühle anbelangt, beispielsweise die Fähigkeit zur Trauer, können Tiere, wie zum Beispiel Hunde, dem Menschen überlegen sein.«

Felix hat die Angewohnheit, übergangslos das Thema zu wechseln. Er verlangt die Schlüssel zur oberen Wohnung. »Nein«, sage ich, »oben ist es schmutzig, unaufgeräumt, verkommen. Es ist mir peinlich.«

Aber ich sei doch nie ein spießiger Putzteufel gewesen, ob ich dort vielleicht eine Leiche versteckt hätte?

Dort nicht, denke ich und krame die Schlüssel aus dem Gänsebräter. Strahlend zieht die ganze Bande die steile Treppe hinauf. Jahrelang war ich nicht mehr oben, Ulrich hat als letzter seinen Steinbaukasten evakuiert, als er mir vor einigen Jahren die Gasheizung einbauen ließ. (Mein Gott, war das eine Zitterpartie!)

Ich weiß genau, daß sie in einer halben Stunde mit allen möglichen Gegenständen beladen vor mir Männchen machen werden.

7

»Sei nicht so geizig, wenn die Kinder etwas von dir wollen«, sagt Hulda, »aber eines möchte ich doch noch wissen: Warst du wenigstens als frischvermählte Frau glücklich? Es klingt alles so negativ, was du bisher von deinem Mann erzählt hast.«

Das war ungerecht von mir, Bernhard hat es nicht verdient. Natürlich war ich anfangs begeistert von der Ehe, denn eine große Last war von mir gewichen: die Angst, als alte Jungfer zu enden, so wie die verblühte Fanni. Ich fand es wunderbar, »mein Mann« sagen zu können, und ich genoß es, in einem Ehebett zu liegen, nachts Gesellschaft zu haben. Als ich schließlich schwanger wurde und unter Beweis stellen konnte, daß ich anderen Frauen in puncto Fruchtbarkeit nicht nachstand, war mein Glück fast vollkommen.

Ich sage »fast«, denn ich wäre gern fröhlicher gewesen. Bernhard belehrte mich wie eine Schülerin, verbesserte und ermahnte mich, liebte mich wohl auch, aber er verstand überhaupt keinen Spaß. Mit gefurchten Brauen schüttelte er das Haupt, wenn ich aus nichtigem Anlaß oder gar über ihn lachen mußte. Jeden Morgen tauchte er den klugen Schädel ins Waschbecken und »machte den Wasserkopf«, um schließlich mit dem Kamm einen haarscharfen Mittelscheitel zu ziehen und seine feinen braunen Haare grätenartig auf beiden Seiten zu verteilen. Ich sah gern zu und

kicherte, bis er es sich angewöhnte, die Badezimmertür ab-
zuschließen.

Unerwartet schnell poltern die Studenten von oben herunter, also haben sie tatsächlich nur die drei kleinen Räume
besichtigt und nicht das Unterste zuoberst gekehrt. Außer
Felix betritt keiner mein funkelnagelneues Wohnzimmer.
Er umklammert eine große Konfektschachtel. Also doch.
»Oma, darf ich ein bißchen in deinen Schätzen wühlen?«
fragt er gänzlich ungeniert.

Mir liegt die Bemerkung auf der Zunge, daß er sich nach
meinem Ableben in Ruhe bereichern könne. Aber ich sage
es nicht, packe mir die Schachtel mit den geprägten Rosen und mit dem verblichenen Aufdruck ›Stollwerks feinste
Pralinen‹ auf den Schoß und streife die Einmachgummis ab.
Ich weiß selbst nicht mehr genau, was ich vor Jahrzehnten
darin verwahrt haben mochte.

»Muscheln«, sagt Felix verwundert. Ein spanischer Fä-
cher, die Speisekarte eines teuren Lokals, Perlen einer geris-
senen Kette in einem Briefumschlag, nicht mehr zu identi-
fizierende Fotos von kleinen Kindern meiner Freundinnen,
Indianerschmuck von meiner ältesten Tochter. Felix und ich
wühlen auf einmal gemeinsam mit leidenschaftlicher Neugierde. Er ahnt, daß manche Gegenstände eine romantische
Bedeutung für mich haben. Als er ein kleines weißes Juwe-
lierkästchen öffnet, tritt mir der Schweiß auf die Stirn.

»Das Eiserne Kreuz erster Klasse«, sagt Felix interessiert, »von wem?«

»Von meinem Mann«, sage ich und lege das Ding schnell
wieder in sein Wattebett.

»Es sind so viele im Krieg gestorben«, meint Felix, mich naiv tröstend, als er sieht, daß ich ernst geworden bin.

»Das große Männersterben in unserer Familie setzte mit Alberts Selbstmord ein«, sage ich. »Vater starb vier Jahre später. Meinen Bruder Heiner erwischte es 1939 bei Kriegsanfang. Er hat als Wehrberichterstatter am Polenfeldzug teilgenommen. Mein ältester Bruder durfte zwar anfangs seinen Hof weiter bewirtschaften, da er als unentbehrlich galt. Später wurden seiner Frau polnische Zwangsarbeiter für die Landwirtschaft zugeteilt. Ernst Ludwig fiel 1942 bei Sewastopol.«

Felix deutet auf das Kästchen. »Und dein Mann?«

»Im Sommer 1943 am Dnjepr. Ich bekam einen Brief, in dem etwas von einem heldenhaften Verteidigungskampf stand, später schickte man mir diesen Orden, eine posthume Ehrung.«

»Also scheint nur ein gewisser zäher Hugo überlebt zu haben?« fragt mein Enkel und versucht, mich mit diesem Scherz von der traurigen Vergangenheit abzulenken.

»Hugo kam noch einmal davon, das heißt, er verlor zwei Finger der linken Hand. Außerdem geriet er 1944 in französische Kriegsgefangenschaft. Verglichen mit vielen anderen hat er großes Glück gehabt.«

»Und du anscheinend auch, beste aller Grandmas.«

Er geht wieder in die Küche, die schließlich fertig werden muß. Mir fällt siedendheiß ein, daß ich vielleicht zuviel verraten habe.

Am Nachmittag wende ich mich mit einer Bitte an die beiden Mädchen. »Können Sie mich in die Stadt fahren?«

»Wenn mir Max seinen Wagen leiht, sicherlich«, sagt Susi, »aber vielleicht sollten wir Ihnen Ihre Besorgungen abnehmen?«

Ich muß zum Friseur, aber zuvor möchte ich mir ein neues Kleid kaufen, und die Studentinnen sollen mich beraten. Bei aller Liebe ist Felix dafür ungeeignet.

Von Ida war Hugo Eleganz gewöhnt, außerdem hatte er immer eine Schwäche für gutgekleidete Frauen. Tanja sagt: »Ich finde Sie eigentlich so lustig in Ihrem Jogginganzug, daß ich an Ihrer Stelle nichts anderes…«

Und Susi meint: »Felix hat erzählt, daß Sie früher öfter in Amerika waren, dort haben Sie wahrscheinlich gesehen, wie die Senioren auf Konventionen pfeifen.«

Schmeißt doch nicht wieder alles durcheinander, möchte ich einwenden, drüben gibt es genauso viele Spießer wie hier, ein Trainingsanzug hat nichts damit zu tun. »Für gewisse Gelegenheiten habe ich nichts Passendes«, sage ich damenhaft. »Außerdem kenne ich mich in der jetzigen Mode nicht mehr aus, es wäre mir eine große Hilfe, wenn Sie mir ganz ehrlich einen Tip geben, was mir steht und was unmöglich ist.«

»Tanja, das machst besser du«, sagt Susi. »Ich trage immer nur Jeans.«

Schließlich fahre ich mit Tanja los. Kaum sitzen wir im Auto, fängt sie an zu rauchen und fragt mich, ob ich an ihrer Stelle einen 27 Jahre älteren Mann heiraten würde.

»Nein«, sage ich, »warum auch?«

»Aus Liebe«, antwortet sie etwas verlegen.

»Wieso fragen Sie mich? Wenn Sie es bereits vorhaben, werden Sie auf meinen Rat pfeifen.«

Sie errötet. »Ich dachte, Sie wären frei von Vorurteilen«, behauptet sie.

»Das ist niemand. Ist er wenigstens reich?« frage ich böse.

Tanja heult los. »Er ist geschieden, verdient gut, hat aber eine Frau und drei Kinder zu ernähren.«

Ich kenne diesen Mann nicht, wieso soll ausgerechnet ich wissen, ob er bloß nach jungem Fleisch giert, wie zu vermuten ist.

»Ich habe selbst viel falsch gemacht«, sage ich, »aber fremde Erfahrungen können bekanntlich wenig helfen. Außerdem gibt es keine Märchenprinzen, alle Menschen haben tückische Abgründe.«

Sie hat sich wieder gefaßt, und wir gehen Kleider anprobieren. Es ist mir eine Qual, mich in einer engen Kabine ständig aus- und anzuziehen, Tanja schleppt unermüdlich neue Sachen an und schafft unpassende weg. Es wäre allzu demütigend, sie darum zu bitten, mir in die Ärmel zu helfen, also mühe ich mich ohne Beistand damit ab – wie ein plumper Käfer im Spinnennetz. Durch den Vorhang sehe ich, wie die Verkäuferin mit Tanja einen verschwörerischen Blick wechselt. Ich habe keine richtige Konfektionsgröße mehr – die Kleider sind am Busen zu weit, in der Taille zu eng, im ganzen entweder zu lang oder zu kurz, zum Verzweifeln.

Zwischendurch erscheint eine Amerikanerin und bittet Tanja darum, einen Moment ihr Baby zu halten, das beim Anprobieren störe. Meine Begleiterin hält bewundernd ein farbiges Kind auf dem Arm, die Mutter verschwindet in einer der vielen Kabinen und taucht zu unserem Befremden nicht wieder auf. Schließlich sieht Tanja unter alle Vorhänge und sucht vergeblich nach dunklen Beinen.

»Wir behalten die Rumkugel einfach«, scherzt sie, und ich stelle mir Hugos Verblüffung vor, wenn ich ihm ein Negerbaby präsentiere; in diesem Moment kommt die Kindsmutter zurück und entschuldigt sich höflich.

Endlich entdeckt Tanja ein Kleid in der Teenagerabteilung, das mir paßt. Kleine hellblaue Streublümchen, Puffärmel und ein braver weißer Kragen stehen sowohl einer Vierzehn- als auch einer Achtzigjährigen. Wir sind alle erleichtert, dann fährt mich Tanja zum Friseur und läßt sich ebenfalls die Haare schneiden – mein Dankeschön für ihre Geduld.

Ach Hugo, in jungen Jahren mag ein Nachmittag, der ausschließlich der Verschönerung dient, genußvoll sein, jetzt ist er so anstrengend wie ein langer Marsch durch Wüstensand. Wehe, du siehst mich nicht mit bewundernden Augen an.

Im Auto komme ich auf ihren angejahrten Liebhaber zurück. »Meine Enkelin Cora hat einen reichen Mann geheiratet, der gut und gern ihr Vater sein könnte. Sie ist in Ihrem Alter und bereits Witwe.«

Tanja schweigt und verstellt den Rückspiegel, um ihre neue Frisur bewundern zu können. Sie hat sich die langen Haare ganz kurz schneiden lassen. Ständig zündet sie sich eine neue Zigarette an, in den unmöglichsten Verkehrssituationen, anstatt die Hände am Steuer zu lassen. Ich habe für uns beide das gleiche Parfüm gekauft, Hugo liebte früher *Je Reviens*: »Fabelhaft«, pflegte er zu sagen. Als Miele ihn in späten Jahren verführte, schenkte er ihr allerdings Maiglöckchenduft, wie sie mir selbst gestand. Es tat weh damals, aber ich hatte kein Recht, es ihr übelzunehmen.

Felix spottet natürlich, als ich heimkomme, setzt mir eine Sonnenbrille auf und sagt »Greta Garbo«. Speedy lenkt von mir ab, weil er Tanjas Frisur umwerfend findet; dabei dachte ich immer, Männer liebten lange Mähnen. Hoffentlich umwirbt er sie erfolgreich. Später höre ich, wie sie Felix nach seiner Kusine Cora ausfragt.

»Ein arrogantes Luder«, sagt er, »aber ein Haus in der Toskana ist nicht zu verachten.«

Morgen werden sie wahrscheinlich fertig, ich bin fast ein wenig traurig, aber auch sehr erleichtert. Wohn-, Schlaf- und Badezimmer sind gestrichen, geputzt und aufgeräumt. Die Küche strahlt sonnengelb, Flur und Abstellkammer nehmen sie sich heute vor. Felix hat noch allerhand Gerümpel nach oben getragen. Wie es dort aussieht, ist mir völlig gleichgültig – nach mir die Sintflut.

»Du hast übrigens Post, Oma«, höre ich. Wer mag mir geschrieben haben (etwa Cora, über die ich gerade gelästert habe)?

Hugo hat auf eine Karte (ohne Anrede und Unterschrift) gekritzelt: *Ich reise. Alles, was lange währt, ist leise.*

Ringelnatz. Wie wunderbar konnte Hugo *Kuttel Daddeldu* oder das *Abendgebet einer erkälteten Negerin* zitieren. Wir stritten uns über die Zeile: »...drüben am Walde kängt ein Guruh...« Ich meinte: »Warte nur, balde ruhst auch du, mein Guruh.« Hugo war anderer Meinung: »Die

Katze jungt, das Guruh kängt.« Es war eines unserer Lieb-
lingsspiele, Fetzen aus Gedichten richtig einzuordnen. Wir
hatten beide einen stattlichen Vorrat im Kopf.

Weiß Hugo noch, wie das Gedicht auf seiner Karte wei-
tergeht?

> Die Zeit entstellt
> Alle Lebewesen.
> Ein Hund bellt.
> Er kann nicht lesen.
> Er kann nicht schreiben.
> Wir können nicht bleiben.

Schlaflos liege ich im Bett. Das Eiserne Kreuz in der Pra-
linenschachtel hat vieles wieder aufgewühlt. 1943 wurde ich
plötzlich zur Witwe mit kleinen Kindern: Veronika war
vier, Ulrich erst drei Jahre alt. Mein Elternhaus war zerstört; Mutter, Ida und Heidemarie wohnten zusammen mit
vielen Flüchtlingen auf dem Bauernhof, den mein ältester
Bruder erheiratet hatte. Ernst Ludwig war gefallen, meine
Schwägerin, die ich für ein nationalsozialistisches Bauern-
trampel gehalten hatte, entpuppte sich als Mutter Courage.
Angesichts des Massensterbens junger Männer hatte sie ihre
Weltanschauung gründlich revidiert und zeigte Größe im
Organisieren und Teilen. Selbst mir schickte sie durch ei-
nen buckligen Vetter mit einem Pferdegespann Kartoffeln,
Kohlköpfe, Eier und gelegentlich eine Speckseite. Trotz-
dem ging es uns miserabel.

Als der Krieg zu Ende war, erkrankten meine Kinder an
Typhus. Wir waren trotz der bäuerlichen Spenden abgemagert und froren selbst im Sommer. Ich machte kilometer-

lange Märsche, um meine handbestickte Aussteuerwäsche gegen Milch für die Kinder einzutauschen. Vorübergehend wohnte meine ausgebombte Freundin Miele samt ihren Eltern bei mir.

Eines Tages stand Hugo hier vor der Tür. Er war aus einem Gefangenenlager entlassen worden und suchte seine Familie. Wir schlossen uns weinend in die Arme, aber er blieb nur wenige Stunden. Wir weinten darüber, wie elend der andere aussah, aber es waren auch Tränen der verpaßten Liebe.

Drei Wochen später traf Hugo, etwas aufgepäppelt, wieder hier ein. Er brachte einen Rucksack voller Äpfel und einen Klumpen Quark mit. Heidemarie sei gesund und kräftig, Ida mache ihm dagegen Sorgen. Sie leide unter einer hartnäckigen Augenentzündung und sei völlig mutlos. Dennoch redete sie Hugo zu, den Schuhhandel wieder in Gang zu bringen. Es war nämlich so, daß unter den Trümmern am Darmstädter Markt das große Lager im Keller mit einem für diese Zeiten unbezahlbaren Vorrat an Schuhen unversehrt geblieben war. Die Kisten mit dem Familiensilber und anderen Schätzen sollten aus dem Luftschutzkeller geholt und bei mir in Sicherheit gebracht werden.

Hugo begann, mit einem Fahrrad über Land zu ziehen und Schuhe gegen Lebensmittel, Brennmaterial, Seife oder Glühbirnen einzutauschen. In seinem verspritzten Kleppermantel und mit dem schmierigen Rucksack stellte er sich allabendlich wieder bei mir ein. Der Handel lief gut, Hugo konnte sogar zwei Paar solide Winterschuhe gegen einen rostigen zweirädrigen Fahrradanhänger eintauschen. Am

Wochenende fuhr er zur Familie aufs Land, wobei er mir großzügig die Hälfte der erbeuteten Ware zurückließ. Den Kindern ging es langsam besser, aber sie waren matt und brauchten viel Schlaf.

Es bot sich an, daß Hugo bei mir wohnte. Das Schuhdepot lag in der Nähe, als Ausgangspunkt für Hugos Reisen war mein Haus viel geeigneter als Ernst Ludwigs abgelegener Hof, wo Ida mit der Tochter hingegen gut untergebracht war. Meine Schwester war dankbar, daß ich für Hugo kochte und wusch, und hielt es für ganz normal, daß er dafür auch ein wenig für mich und die Kinder mitsorgte. Im übrigen waren die Schuhe gewissermaßen Familienerbe. Alice, die in einem Gießener Krankenhaus arbeitete, bekam gelegentlich auch eine Zuwendung. Sie schickte ihrerseits Medikamente für meine Kinder und Ida.

Eines Nachts legten Hugo und ich uns schließlich mit großer Selbstverständlichkeit zusammen ins Ehebett. Es war kein plötzlicher Entschluß, geschah nicht aus himmelstürmender Verliebtheit, sondern aus einem glücklichen, heiteren Zusammengehörigkeitsgefühl heraus. Unsere Liebe war zwar zart und unpathetisch, aber stabil, wie ich glaubte.

»Wenn es Ida bessergeht und ich mir wieder eine Existenz aufgebaut habe, lasse ich mich scheiden«, sagte Hugo.

Wir waren sehr glücklich. Den Gedanken an meine kränkelnde Schwester verscheuchte ich.

Im Augenblick gab es keine Möglichkeit für Hugo, wieder als Buchhändler zu arbeiten, aber es ging bestimmt bald aufwärts. Wir beide gehörten für immer zusammen, meine Kinder liebten ihn. Seine eigene Tochter Heidema-

rie war nun bereits siebzehn und hatte leider weder Idas
Schönheit noch Hugos Charme geerbt. Hugo hatte eigentlich nur ihr gegenüber Schuldgefühle, weil er der armen Heidemarie, der er einen so kitschigen Namen gegeben hatte,
eine anregendere Umgebung hätte bieten wollen als einen
abgelegenen Bauernhof. Aber auch in Darmstadt hatten die
Menschen ums Überleben zu kämpfen und anderes im Kopf
als Kunst und Literatur. Hugo tauschte dennoch hin und
wieder ein Paar Schuhe gegen Bücher ein, was man damals
nur für die Tat eines Wahnsinnigen halten konnte.

Nach einem Jahr war der Vorrat an Schuhen aufgebraucht.
Aber es ging uns in jenem eiskalten Winter 1946 besser als
vielen anderen. Hugo hatte seine Fühler schon beizeiten
ausgestreckt und hielt sich mit diversen Schwarzmarktge-
schäften, illegalen Vermittlungen und Gelegenheitsarbeiten
über Wasser. Wir hatten genug zu essen und zu heizen, für
damalige Verhältnisse. Mein Schwager und Geliebter arbeitete sogar am Wiederaufbau einer Schule mit, wo er Beton-
mischen und Mauern lernte und richtig Muskeln bekam.
Viermal in der Woche saß er als Nachtportier in einem
Hotel, das die Amerikaner beschlagnahmt hatten, und versuchte, New Yorker Zeitschriften zu lesen. Es war ein be-
gehrter Job, den Hugo dank Beziehungen, dem Nachweis,
niemals Parteimitglied gewesen zu sein, und dank seiner
leidlich guten Englischkenntnisse ergattert hatte. Von den
Amis brachte er für die Kinder Kaugummi und Schokolade
mit und für uns beide Zigaretten. Ich hatte mir seit meiner Hochzeit das Rauchen abgewöhnt, denn Bernhard war
ein strikter Nikotingegner gewesen. Nun saßen wir, wie

früher im Schuhlager, qualmend und plaudernd traulich zusammen.

Immer häufiger blieb Hugo nun auch an den Wochenenden bei mir; Ida wußte, daß ihr Mann körperlich ausgelaugt war und Ruhe brauchte. Außerdem glaubte sie, daß er oft auch am Sonntag als Portier Dienst tat. Eigentlich, dachte ich immer wieder, müßte sie doch Verdacht schöpfen.

Es kam alles anders.

8

Hugo hatte Nachtschicht, die Kinder schliefen mit je einer Gummi-Wärmflasche, draußen war es kalt und dunkel, der Regen mit Schnee vermischt. Eigentlich war es nicht ungemütlich in meinem kleinen Haus; ich hockte in der Küche, die als einziger Raum beheizt wurde, las bei einer trüben Funzel Axel Munthes Buch von San Michele und gedachte, demnächst das Bett vorzuwärmen und Hugo träumend zu erwarten.

Da klopfte es heftig an die Haustür. Ich rannte sofort furcht- und arglos in den Flur und öffnete.

Draußen stand ein bleiches Gespenst, den Umrissen nach ein kranker fremder Mann. Er wankte wortlos herein und ließ seinen zerlumpten Mantel fallen. Dann griff er nach mir: »Charlotte, ich bin am Ende!«

Ich schrie auf und wich zurück. Mein toter Ehemann war dem Grabe entstiegen.

Bernhard setzte sich. Es sei klar, daß ich erschrecke, er sehe sicher entsetzlich aus.

Das stimmte allerdings, widerwillig begann ich ihn zu betrachten: Die Kleider hingen in Fetzen, er war bis aufs Skelett abgemagert, die Haut wies violette Verfärbungen auf, und ein bestialischer Gestank erfüllte den kleinen Raum. Mir wurde schlecht, aber mein noch schlechteres Gewissen ließ mich endlich fragen, wo er herkomme.

Vor mehr als drei Jahren hatten Bernhards Kameraden ihn schwer verwundet auf dem Schlachtfeld liegengelassen, da sie ihn für tot hielten. Aus einem russischen Lazarett wurde er in ein sibirisches Schweigelager überführt, wo es verboten war, Angehörigen zu schreiben. Er mußte schwerste Fronarbeit beim Straßenbau verrichten. Vor einer Woche schließlich hatte das Rote Kreuz seine Entlassung durchgesetzt, weil ein schwedischer Arzt ihn für unheilbar krank hielt. Man besorgte ihm eine Fahrkarte und setzte ihn in einen Zug.

Schließlich fragte Bernhard nach seinen Kindern. »Sie liegen längst im Bett«, sagte ich, »sie waren häufig krank, aber jetzt geht es aufwärts.«

Bernhard war zu müde, um sich die Kinder ansehen zu gehen. »Ich darf sie sowieso nicht an mich drücken, ich habe offene Tuberkulose«, sagte er.

So, dachte ich, aber mich wolltest du umarmen. »Hast du keinen Hunger?« fragte ich schließlich verlegen.

»Nein«, sagte Bernhard zuerst, aber dann: »Hunger ist gar kein Wort dafür.« Er brach in einen trockenen Husten aus.

In einigen Stunden würde Hugo heimkommen. Um meine zittrige Nervosität zu überspielen, schleppte ich alles an, was ich an Vorräten hatte, und das war viel. Ich hatte am Vormittag meine Wochenration an Lebensmittelmarken abgetrennt und eingelöst, Hugo hatte außerdem im Tausch gegen Großvaters Kuckucksuhr fünf große amerikanische Dosen Milch- und Eipulver, Corned beef, Nescafé und eine Stange Lucky Strike erhalten. Ich öffnete die viereckige Rindfleischkonserve, schnitt Brot, schnippelte Kartoffeln vom Vortag und briet sie in reichlich Schmalz. Bernhard sah mit starrem Blick zu. Auf einmal griff er nach einer Scheibe Brot und fing endlich an zu essen, immer schneller, gieriger, atemloser. Hoffentlich verträgt er's, dachte ich, er scheint ja zu denken, wir hätten es immer so üppig gehabt.

Mein totgesagter Ehemann deutete schmatzend auf Hugos Whiskey. »Tee wäre wahrscheinlich bekömmlicher«, murmelte ich und öffnete die Flasche.

Bernhard, der früher so feine Tischmanieren hatte, stopfte sich die Bratkartoffeln mit den Fingern in den Mund und trank aus der Flasche. Fett und Alkohol liefen ihm die Mundwinkel herunter, dazu tropfte seine Nase, und die roten Augen quollen hervor. Ich fühlte mich wie in einem Alptraum.

Immer weiterkauend zog sich Bernhard mit der rechten Hand die zerschlissenen Stiefel aus, und der Gestank seiner Füße raubte mir fast den Atem. Er muß baden, man muß alle seine Sachen verbrennen, dachte ich und konnte doch nicht anders, als seine Freß- und Sauforgie mit mitleidigem Ekel zu beobachten. Bis das Badewasser warm war, würden sicher gute zwei Stunden vergehen.

Bernhard, dieser ordentliche, säuberliche Mensch, war zum Tier geworden. »Was hat man dir angetan ...«, sagte ich.

Die Flasche war halb leer, Bernhard hatte den Schnaps wie Wasser heruntergekippt, wahrscheinlich würde er demnächst vom Stuhl sacken.

»Komm ins Bett, Charlotte«, sagte er plötzlich, »mein Hunger ist noch lange nicht gestillt.« Er begann, sich die grauen Lappen von den Füßen zu wickeln.

»Oben ist es aber kalt«, sagte ich, um Zeit zu gewinnen, »wir heizen nur in der Küche.«

Das »wir« war ein Fehler, aber Bernhard bemerkte ihn nicht. Er zog sich Hemd und Hose aus. Wollte er den harten Küchentisch zur Matratze machen? Oben im weichen Ehebett lag Hugos Schlafanzug. Nie im Leben wollte ich wieder mit Bernhard in diesem Bett schlafen.

Er stand jetzt nackt vor mir. »Zieh dich aus!« befahl er.

In früheren Jahren hatten wir uns stets in Nachthemden zur Ruhe begeben, ich hatte nur eine ungenaue Vorstellung von meinem unbekleideten Ehemann. Was sich da aber für eine übelriechende, mit eitrigen Pusteln bedeckte Schreckensgestalt vor mir aufbaute, ließ mich zittern vor Abscheu. Als er auf mich zuschwankte, stieß ich ihn mit aller Kraft von mir. Bernhard war so schwach, daß er hinstürzte und mit dem Kopf krachend gegen den Kohlenkasten schlug. Blut lief ihm über die Stirn.

Verzweifelt wartete ich eine Weile, dann näherte ich mich vorsichtig. Bernhard war entweder bewußtlos oder schlief seinen Rausch aus. Der Atem ging keuchend und schwer. Was sollte ich tun?

Schließlich holte ich Watte, Jod und Pflaster und verband die Wunde, die stetig, aber nicht allzu heftig blutete. Nackt, wie er war, konnte ich ihn nicht einfach auf dem steinernen Küchenboden liegenlassen. Bestimmt war er leicht genug, daß ich ihn ohne Hilfe nebenan aufs Sofa zerren konnte. Aber allein der Gedanke, ihn hochnehmen zu müssen, ließ wieder Panik in mir aufkommen. Mit Sicherheit wachte er in meinen Armen wieder auf! Sollte er doch liegenbleiben, bis Hugo kam und mir half. Ich meiner Not holte ich eine graue Pferdedecke und warf sie über den ausgemergelten Körper.

Allmählich wurde ich etwas ruhiger, trug die Essensreste in die Speisekammer, weichte die Pfanne ein und zündete mir eine amerikanische Zigarette an.

Dann überkam mich plötzlich das Gefühl, Unreinheit von mir abwaschen zu müssen. Mit dem schweren Wasserkessel lief ich ins kalte Badezimmer. Als ich zurück in die Küche kam, drangen gurgelnde Geräusche unter Bernhards Decke hervor, gleichzeitig war der Gestank so infernalisch geworden, daß ich am liebsten die Fenster aufgerissen hätte. Aber die kalte Zugluft hätte dieser Schnapsleiche wohl den Rest gegeben, ich unterließ es und flüchtete nach nebenan ins eisige Wohnzimmer. Wäre Hugo doch schon da! dachte ich; aber damit wären die Probleme auch nicht aus der Welt geschafft. Mit klappernden Zähnen wickelte ich mich in einen kleinen Teppich und hatte das Gefühl, von Bernhard bereits angesteckt worden zu sein.

Als ich endlich das Geräusch des Schlüssels an der Haustür hörte, stürzte ich hinaus und fiel dem ahnungslosen Hugo schluchzend in die Arme. Ich konnte nicht sprechen, er mußte mir immer wieder beruhigend auf den Rücken klopfen. Natürlich war auch Hugo müde und durchgefroren und strebte in die warme Küche.

»Nicht, Bernhard ist da«, stotterte ich.

Hugo hielt mich für krank, befühlte mit seiner kalten Hand meine schweißnasse Stirn und machte energisch die Küchentür auf. Er roch es sofort. »Hast du dich übergeben…«, begann er, da sah er das Bündel unter der Decke.

Ich begann, unzusammenhängend zu berichten.

Hugo hörte kaum hin, trat an den Liegenden heran und faßte ihm ebenso prüfend an die Stirn wie gerade mir. »Was ist passiert?« fragte er, und ich erklärte es abermals.

Hugo zog behutsam die Decke über Bernhards Kopf. »Er ist tot«, sagte er.

Ich bekam einen Schreikrampf.

Hugo hielt mir den Mund zu. »Du weckst die Kinder…«, aber es wirkte nicht.

»Ich habe ihn umgebracht!« kreischte ich.

Gott sei Dank blieb Hugo einigermaßen gefaßt. Er schenkte mir einen Schnaps ein und zwang mich, das Gläschen auszutrinken. »Hat er meinen guten Whiskey ganz allein… Nun, es hilft nichts, ich werde einen Arzt holen«, sagte er. »Meiner Meinung nach ist er am Erbrochenen erstickt. Du hättest ihm lieber Kamillentee und Haferbrei…«

Ich heulte wieder hysterisch auf: »Ich habe ihn umgebracht!«

Natürlich hatte weit und breit keiner unserer Nachbarn ein Telefon. Bis zum Arzt mußte Hugo eine halbe Stunde radeln, bis zu seinem amerikanischen Hotel, wo es natürlich mehrere Anschlüsse gab, war es fast genauso weit. Trotzdem zog sich der müde Hugo bereits den Mantel wieder an.

»Nein«, schrie ich, »man steckt mich ins Gefängnis! Was soll dann aus den Kindern werden!«

Hugo sah sich noch einmal die Wunde an. »Haben die Kinder ihn gesehen?« fragte er.

Ich schüttelte den Kopf und trat ans Fenster. Inzwischen

schneite es. »Bitte, Hugo«, flehte ich, »wenn du mich je im Leben geliebt hast, dann schaffe ihn weg...«

Er sah mich ganz entsetzt an: »Aber wieso denn? Und wie stellst du dir das vor?«

»Leg ihn auf den Anhänger und fahre ihn auf irgendein Trümmergrundstück...«

Hugo hielt mich für verrückt. Er wollte unverzüglich beim Arzt und der Polizei »Meldung erstatten«, wie er sich nach langjährigem Kriegsdienst ausdrückte.

Was sollte dann aus uns werden? Natürlich hielt es Hugo auch seinerseits für eine peinliche Situation, wenn Ida durch ein Gerichtsverfahren von unserer Beziehung erfuhr. Andererseits argumentierte er, daß bei Bernhards erbarmungswürdigem Zustand jeder Arzt glauben würde, er sei an Schwäche gestorben.

»So, und mit einer blutenden Wunde, nackt, volltrunken und vollgekotzt«, sagte ich. »Da sieht doch jeder Blinde, daß es eine Szene gegeben hat. Man wird denken, er hätte dich in seinem Nest vorgefunden, und du hättest ihn im Streit erschlagen. Da du keinen Kratzer vorweisen kannst und Bernhard von einem Windhauch hätte umgeweht werden können, sieht es wohl kaum nach Notwehr aus.«

Hugo rauchte die zehnte Zigarette. Plötzlich meinte er: »Mir geht alles wie ein Mühlrad im Kopf herum, ich muß mich erst einmal hinlegen, bevor ich durchdrehe. Vorhin dachte ich schon, ich kriege die Grippe. Morgen bin ich wieder klar.«

In meiner Vorstellung sah ich Hugo bereits im oberen Stock gemütlich schlafen, während ich mit dem toten, stinkenden Bernhard allein gelassen in der Küche blieb. Ich fing wieder an zu schreien. Irgendwann gab sich Hugo geschlagen. Er wickelte die Leiche in seinen Kleppermantel und trug sie in den Keller. Mir überließ er es, den Küchenboden aufzuwischen. Ich riß alle Fenster auf und steckte in einem unüberlegten Moment die herumliegenden Lumpen mit der Feuerzange in den glimmenden Herd, wo sie aufloderten und qualmend abbrannten. Nur die Stiefel standen noch unter dem Tisch, als Hugo aus dem Keller kam.

»Ab ins Bett«, befahl er, »sonst sind wir morgen beide krank.«

Der erschöpfte Hugo schlief tatsächlich sofort ein, während ich – fest an ihn geklammert – immer wieder die Schreckensvision der letzten Nacht vor mir sah. Bernhard ist der Vater deiner Kinder, sagte ich mir, du hast auch an ihnen bitter Unrecht getan. Hugo hatte anfangs als mein Untermieter auf dem Wohnzimmersofa geschlafen, später war er endgültig ins Doppelbett umgesiedelt. Er kam oft spät heim und stand bereits früh auf, so daß ich zuerst verhindern konnte, daß die Kinder ihren Onkel Hugo als meinen Bettgefährten betrachteten. Aber auf die Dauer war es nicht zu vermeiden, denn oft genug kam Veronika nachts zu uns gekrochen. Sie hatte nach den furchtbaren Bombennächten im Luftschutzkeller noch immer angstvolle Träume, während Ulrich dafür gern früh am Morgen vor unserem Lager stand. »Ist der Onkel Hugo jetzt unser Papa?« fragte er einmal.

Hugo liebte die Kinder und pflegte sie an freien Tagen im großen Bett mit wunderlichen Geschichten zu amüsieren. Wir wärmten uns dann alle vier unter vielen Decken, tranken heißen Kakao und aßen amerikanische Cracker. Es waren kostbare Stunden. Veronikas Vorliebe für die Neue Welt wurde wahrscheinlich schon damals durch Bonbons – die guten Lifesavers mit dem zungenfreundlichen Rettungsloch – und Kaugummis geweckt. Wie schön wäre es gewesen, wenn sich diese Idylle parallel zu einem gewissen wirtschaftlichen Aufschwung weiterentwickelt hätte. Ich hatte mir, bevor Bernhard auftauchte, eine rosige Zukunft ausgemalt: Nach Hugos Scheidung hätte ich endlich einen Mann, der wirklich zu mir paßte, und für die Kinder einen liebevollen Vater. Irgendwann würde er wieder als Buchhändler arbeiten, einen eigenen Laden besitzen, es zu bescheidenem Wohlstand bringen ... Aber nun lag Bernhard im Keller, und alle meine Träume zerplatzten.

»Nein«, flüsterte ich, um Hugo nicht zu wecken, »keiner hat ihn hier gesehen, er war überhaupt nicht da.«

Bei Morgengrauen stand ich auf, räumte die Asche aus dem Küchenherd und fachte das Feuer wieder an. Unter dem Tisch fand ich Bernhards Jacke und Unterhose, die ich ebenfalls in die Glut steckte. Wohin mit den Stiefeln? Die Kinder durften sie nicht bemerken, also trug ich sie in den Keller und stellte sie neben das Klepperpaket.

Schließlich saß ich mit den Kindern beim Frühstück. Ulrich und Veronika gingen seit kurzem in die erste Klasse, da die Schulen jetzt erst wieder mit halbwegs regulärem Unterricht begannen. Alle Schüler mußten ein Brikett, in Zeitung eingewickelt, mitbringen.

Veronika war ein Jahr hinterher, aber viele Flüchtlingskinder hatten weit größere Lücken. Ich begleitete die Kleinen täglich über die große Kreuzung. Damals gab es zwar viel weniger Autos, aber ich fürchtete die schlechten Bremsen und Reifen der alten Lastwagen.

Als ich wieder in der Küche stand, kam Hugo die Treppe herunter und rieb sich die Augen. Er war nicht so freundlich wie sonst, ich bekam keinen Kuß.

»Wir müssen Bernhard anziehen und aufs Sofa legen. Dann sagen wir dem Arzt, wir hätten ihn heute morgen tot aufgefunden. Wo sind seine Sachen?«

Ich deutete auf den Herd und fing – weil ich die Vorwürfe bereits kommen sah – wieder an zu weinen. »Wo sind seine Papiere?« fragte Hugo ahnungsvoll. Dann angelte er mit der Zange die verkohlte Jacke aus dem Feuer. Tatsächlich gab es einen papierartigen Klumpen in der Tasche, der jedoch nicht mehr zu retten war.

Aber Hugo schimpfte nicht, er sah ein, daß er es mit vollendeten Tatsachen zu tun hatte. Er wußte auch allzu gut, daß er Bernhards Kleider aus zivilen Tagen höchstpersönlich gegen Eier und Kartoffeln eingetauscht hatte, weil sie ihm selbst nicht paßten. »Hat ihn wirklich keiner gesehen?« sagte er nur.

Ich hielt seine Frage für ein gutes Zeichen und schüttelte den Kopf, obgleich ich es letztlich nicht wissen konnte. »Es war stockdunkel und regnete«, sagte ich.

In Hugos Kopf arbeitete es. »Bring mir alle Zigaretten«, befahl er, »ich werde versuchen…« Ich sah ihn fragend an. »Der Polier ist ein süchtiger Raucher. Ich werde versuchen, ihm Mauersteine abzuschwatzen.«

Genau wußte ich zwar nicht, was Hugo mit dem Baumaterial vorhatte, aber ich gehorchte und brachte alle noch verpackten amerikanischen Lebensmittel, die Zigaretten und den Kaffee herbei und nahm auch den Rucksack aus dem Schrank.

Hugo schüttelte den Kopf. »Ich nehme besser den Anhänger«, sagte er und wickelte bloß die Zigaretten in Zeitungspapier, dann suchte er seinen Kleppermantel. »Ach so«, sagte er nur und fuhr im Pullover zur Baustelle.

Abends kam er keuchend heim. »Ich habe mich bei den Amis krank gemeldet.« Die Kinder saßen am Tisch und malten, er konnte keine Einzelheiten erzählen. Später trug er Ziegelsteine und einen Sack Zement in den Keller. »Morgen kommt die zweite Ladung«, versprach er.

Erst als Ulrich und Veronika im Bett lagen, stiegen wir gemeinsam hinunter. Hugo zeigte mir eine Ecke in der Waschküche, wo er Bernhard einzementieren wollte. Ich plädierte für den Kohlenkeller. »Nein«, sagte Hugo in kluger Voraussicht, »da gibt es keinen Kamin. Aber in der Waschküche ist die eine Ecke ausgemauert, wenn ich den Kamin verbreitere, wird es niemandem auffallen.« Wie genial sein Plan war, zeigte sich dann vierzig Jahre später, als im ehemaligen Kohlenkeller der Boiler für die Gasheizung installiert wurde.

Hugo arbeitete zwei Nächte lang. Als ihm der Schacht bis zur Brust reichte, stellte er den immer noch stocksteifen Bernhard aufrecht in den engen Schlund. Da der Tote abgemagert bis auf die Knochen war, paßte ihm die Röhre wie maßgeschneidert. Hugo wollte seinen Kleppermantel nicht mehr zurückhaben; er schämte sich und ließ ihn als Totenhemd und letztes Geschenk um Bernhards traurige Gestalt gehüllt. Am dritten Tag ließ er die Stiefel in die Friedhofsmauer gleiten und dichtete sie ab.

Meine Erleichterung und Dankbarkeit kannte keine Grenzen, aber Hugo schien verändert. Er sprach wenig, wurde nervös ohne Zigaretten und machte freiwillig ein paar zusätzliche Schichten bei den Amis, obwohl er dringend Schlaf nötig gehabt hätte. Ich hatte nicht nur meinen Kindern gegenüber ein schlechtes Gewissen. Wie konnte ich Hugo, der als junger Mann noch nicht einmal einen Rehbock ausnehmen mochte, zu solchen Taten zwingen. Immerhin hatte der Krieg auch ihn verändert, man könnte sagen, ihm manche Empfindlichkeit abgewöhnt. Die leicht defekte Leica meines Bruders Heiner (die auch im elterlichen Keller deponiert war) konnte Hugo gegen einen Parka mit pelzgefütterter Kapuze eintauschen. Er sah hinreißend darin aus.

Ich wagte kaum mehr, meinen Nachbarn in die Augen zu sehen, ich erwartete geradezu, daß man mich auf den abendlichen Besucher ansprechen würde. Aber vielleicht hatte man Bernhard wirklich nicht bemerkt.

In diesen Tagen, an denen ich am allerwenigsten an meine verstreute Familie dachte, kam ein Brief meiner Mutter. Sie würde demnächst ihren fünfundsechzigsten Geburtstag begehen und sehnte sich danach, ihre Töchter um sich zu versammeln, Söhne habe sie ja keine mehr. Außerdem war ein milder Vorwurf in ihren Zeilen enthalten, daß Hugo sich so lange nicht bei Ida gemeldet hatte. Vielleicht ginge es ihrer ältesten Tochter besser, wenn sie wieder mit ihrem Mann zusammenleben könne. Es war klar, Mutter hatte Verdacht geschöpft.

Als wir den Brief gelesen hatten, hielten wir uns beide für schlechte Menschen. Hugo sagte spontan: »Ich fahre morgen zu meiner Frau.« Diesen Ausdruck hatte er noch nie für meine Schwester verwendet, und er kränkte mich.

Aber auch ich wollte Mutter auf keinen Fall enttäuschen und ihr gerne vorführen, wie wohlgeraten meine Kinder waren. Doch dann fiel mir ein, daß Veronika und Ulrich kleine Verräter waren, die in aller Unschuld fragen würden, warum Hugo auf einmal neben Ida im Bett lag. Was sollte ich machen? Ich konnte die Kleinen schließlich nicht allein lassen. Hugo zuckte uninteressiert mit den Achseln. Er war in Gedanken weit weg von mir.

9

Eigentlich hatte ich erwartet, daß meine Mutter nach dem Ende des Krieges zu mir in die Stadt ziehen wollte. Verglichen mit anderen Soldatenwitwen hatte ich ausreichenden Wohnraum, und es war fast ein Wunder, daß er mir erhalten blieb. Aber Mutter hing an Ida und wollte in ihrer Nähe wohnen; außerdem hatte sie, als ihr erster und liebster Sohn Ernst Ludwig gefallen war, eine wahre Affenliebe zu seinen beiden Kindern entwickelt. Mutter hatte auf dem Bauernhof feste Pflichten: Sie kümmerte sich um Gemüsegarten und Enkel, sie fütterte die Hühner, strickte und stopfte. Wahrscheinlich war sie viel tüchtiger als ich. Hugos Tochter Heidemarie hatte eine Schneiderlehre begonnen. Und meine Schwägerin Monika, die in meinem Alter war, schien im Stall und auf dem Acker Schwerarbeit zu leisten. Nun, sie war es von Jugend an gewöhnt.

Hugo machte seinen Vorsatz wahr und fuhr bereits am nächsten Wochenende aufs Land; der fünfundsechzigste Geburtstag wurde erst zwei Wochen später gefeiert. Mit ernstem Gesicht kam er zurück. Ida sei auffallend kraftlos und matt, seiner Ansicht nach könne sie nicht nur auf die Vitamintabletten von Alice vertrauen. Der Dorfarzt habe zwar keine chronische Krankheit festgestellt, aber dringend empfohlen, Ida von einem Internisten untersuchen zu lassen, was sie bisher aus Antriebsschwäche versäumt hatte. Zu meiner Schande muß ich gestehen, daß ich sofort an eine Krebserkrankung dachte und – bei allem Mitleid – Toten- und Hochzeitsglocken hörte. Es ist mir bis heute ein Rätsel, warum der Arztbesuch dennoch ständig verschoben wurde. Erst die verantwortungsbewußte Alice holte Ida einfach ab und brachte sie zum Chefarzt ihres Krankenhauses. Aber das geschah erst, nachdem wir uns alle zum Geburtstagsfest unserer Mutter in Klein Felda getroffen hatten.

Mama sah gut aus, schlanker als früher, aber nicht mager. Früher hatte sie behauptet, zu den Stadtmäusen zu gehören, aber nun gefiel sie sich ausnehmend gut als Feldmaus. Sie trug zwar ein betagtes schwarzes Kleid, hatte es aber unter Heidemaries Beistand mit dem Spitzenbesatz eines verschlissenen Kopfkissenbezugs aufgeputzt. Hugo hatte ihr längst den Familienschmuck aus dem Luftschutzkeller wieder ausgehändigt, und sie hatte ihn zur Feier des Tages reichlich auf Hals, Busen, Fingern und Handgelenken verteilt.

An meiner Mutter klebte ständig Monikas jüngster Sproß Schorsch, der im Alter meines Sohnes war, aber um ein gutes Stück größer und breiter. Ich war froh, daß sich Hugo doch entschlossen hatte, bei meinen Kindern in Darmstadt zu bleiben. Wir hatten als Notlüge eine plötzliche Grippe erfunden. Der Vergleich zwischen meinem blassen stillen Ulrich und diesem pausbäckigen Landjungen würde auf Mutters Waagschale wohl zu Ungunsten meines Kindes ausfallen. Schorsch sah zwar seiner Mutter Monika ähnlich, aber für die stolze Großmutter waren er und sein älterer Bruder Hansi das Ebenbild ihres toten Vaters.

Weder um Mutter noch um Fanni mußte ich mir offenbar Sorgen machen. Allerdings war unsere katholische Schwester in diesen schlechten Zeiten keineswegs schmaler geworden, sondern hatte zugelegt. Ihr alter Pfarrer, dem sie lange den Haushalt geführt hatte, war vor kurzem gestorben; der neue war ein noch junger Mann, der dem Krieg in einem ausländischen Kloster entkommen war. Er war beliebt in der Gemeinde, was man an der Menge der geschenkten Viktualien ablesen konnte. Fanni war begeistert, um nicht zu sagen verliebt. Mußte man sich ihretwegen doch Gedanken machen? Um es vorwegzunehmen, die Liebe war und blieb einseitig.

Ich hatte Ida lange nicht gesehen und war erschüttert. Nicht, daß sie wie eine Schwerkranke im Bett lag, aber sie legte nur noch eine unendlich müde, höfliche Gleichgültigkeit an den Tag. Weder jammerte sie, noch wirkte sie ungepflegt oder frühzeitig gealtert, doch man hatte das Gefühl, sie verloren zu haben. Natürlich schrieb ich mir die Schuld dafür zu.

Alice war inzwischen Stationsschwester und verriet uns freudig ihre Zukunftspläne. Nächstes Jahr werde sie einen Arzt heiraten, der allerdings ein leichtes Verschüttungstrauma hatte. Nach der Heirat wollte Alice selbst ein Medizinstudium beginnen.

»Aber Kind, du wirst demnächst achtundzwanzig«, sagte Mutter, »du kannst doch nicht mehr studieren!«

Alice lachte nur.

»Du wirst dich noch wundern«, sagte meine Mutter, »sowie das erste Kind kommt, ist diese Schnapsidee vergessen.«

»Man muß nicht unbedingt sieben Kinder kriegen, Mama«, sagte Alice.

Ida, Fanni und ich sahen gespannt zu unserer Mutter hinüber. Wie würde sie eine solche Frechheit aufnehmen? Wie weit war Mutter überhaupt aufgeklärt? Auch wir waren, wie wohl jede Generation (ungeachtet der eigenen Existenz) der Meinung, daß unsere Eltern geschlechtslose Wesen seien.

Sie reagierte kühl. »Was läßt sich dagegen machen? Soll man die Babys ersäufen?«

Die fromme Fanni war entsetzt; obwohl als einzige – Heidemarie war gerade abwesend – nicht durch praktische Erfahrungen geschult, ergriff sie für eine gewisse Geburtenregelung das Wort: »Natürlich darf man dem lieben Gott nicht ins Handwerk pfuschen, aber gerade Er hat dem Menschen Wege gezeigt, um nur erwünschte Kinder zu empfangen.«

Jetzt waren Ida und ich verblüfft über unsere katholische Schwester. Aber Mutter meinte trocken: »Wenn du auf Knaus-Ogino anspielst, dann verdankst du jedenfalls dieser Verhütungsmethode dein Leben.«

Mein Vertrauen zu Alice war groß. Auf einem langen Spaziergang beichtete ich ihr meine Liebe zu Hugo, nicht jedoch Bernhards Kellerbestattung. Alice hörte gut zu, wertete nicht, urteilte nicht. Aber ich selbst wurde auf einmal bei meiner Rechtfertigung schwankend: Wie sollte es weitergehen? Alice versprach, sich persönlich um einen Arzttermin für Ida zu kümmern. »Ich habe zwar einen Verdacht«, sagte sie, »aber bevor man nicht genau weiß, was sie eigentlich hat, würde ich sie mit euren Problemen verschonen.«

Ich versprach es. Im übrigen hatte sie noch ein Bonbon für Hugo. Ihr Verlobter, der nervöse Arzt, hatte einen Schulfreund, der im Frankfurter Westend demnächst eine Buchhandlung eröffnen wollte – vielleicht eine Chance. Alice hatte ihren Schwager bereits wärmstens empfohlen, nun müsse er sich bewerben und persönlich vorstellen. »Aber eines sage ich dir gleich«, meinte sie, »so wie bei den Amis wird er nirgends absahnen.«

Ich wußte, daß die materielle Seite für Hugo wichtig, aber nicht vorrangig war. Er war auf seine Art so selten wie eine blaue Mauritius: ein praktischer Idealist.

Monika gab sich alle Mühe, eine richtige Geburtstagstorte aus Buttercreme herzustellen, deren fette Süße man in jenen mageren Zeiten für die höchste Völlerei hielt. Es gibt wenig Essensgenüsse, an die man sich ein Leben lang erinnert, jener Kuchen gehört dazu. Viele Schichten aus Mürbe- und Biskuitteig wurden abwechselnd mit gelber Creme, roter Marmelade und Früchten überzogen und stellten in ihrem kunstvoll hohen Aufbau ein königliches Fettschlößchen dar. Man unterschied streng zwischen »Butter« und »guter Butter«, und es war klar, daß Monika nur letztere benutzte. Die Krönung ihres Werkes waren Rosen aus Marzipan, die sie mangels geriebener Mandeln aus einer Kartoffelmasse fabrizierte. Ich hatte amerikanischen Pulverkaffee mitgebracht und als Geschenk für Mutter ein Paar rote Lederhandschuhe, die eine New Yorkerin in Hugos Hotel liegengelassen hatte. Mutter hat sie später an Ida weitergegeben. Alice war auf die Idee gekommen, medizinisch reinen Alkohol, vermengt mit Kirschsaft und Zucker, als Likör anzubieten.

Ein paar Stunden lang kamen wir Frauen – Mutter, Monika, Ida, Alice, Fanni, Heidemarie und ich – uns vor wie im Schlaraffenland. Gegen Abend jedoch begann uns männliche Gesellschaft zu fehlen. Keine außer Ida hatte einen Mann. Mutter, Monika und ich waren Witwen, Alice war verlobt, Fanni und Heidemarie waren ledig. Nur zwei sehr kleine Männer tobten manchmal herein und drängten sich an Monika oder Mutter.

Zum Abendessen gab es Kartoffelsalat, dessen Mayonnaise von vielen Dottern leuchtend gelb war; an Cholesterin dachte damals noch niemand. Bevor wir darüber herfielen, sprach Mutter ein Tischgebet, das sich über mehrere Minuten hinzog, weil sie ihres toten Mannes und der gefallenen Söhne gedachte.

»Du hast Albert vergessen«, sagte ich. Alle sahen mich bestürzt an.

Fanni sagte mild: »Gott wird unserem Bruder verzeihen.«

Mutter schwieg. Ich spürte, daß der Tod ihres jüngsten Sohnes ein nie ausgesprochener Vorwurf blieb.

Eine Woche später, ich war längst wieder hier, kam mir der plötzliche Verdacht, schwanger zu sein. Abwarten, dachte ich, nicht gleich in Panik verfallen, Hugo nicht schon wieder überstrapazieren. Zum Arzt war ich auch bei meinen ersten Schwangerschaften nicht gegangen, ich hielt es für keine Krankheit, ein Kind zu erwarten. Falls sich meine Ahnung als richtig erwies, konnte man immer noch überlegen, was zu tun war.

Hugo kam später als sonst. Alice hatte im Hotel angerufen und sehr ernst mit ihm geredet. Sie war endlich mit Ida beim Arzt gewesen, der ihren Verdacht bestätigte. Meine älteste Schwester war an multipler Sklerose erkrankt.

»Was bedeutet das nun genau?« fragte ich und konnte mich des Gedankens an eine tödliche Krankheit nicht erwehren.

»Eine entzündliche Erkrankung des Zentralnervensystems«, belehrte mich Hugo, der Verlauf erfolge schubartig, es gebe sowohl gutartige Formen als auch tödlich endende – jedenfalls könne man im Augenblick nicht sagen, ob Ida demnächst im Rollstuhl säße oder überhaupt keine wesentlichen Behinderungen zu erwarten seien. Und dann folgte ein Satz, der mich noch heute schmerzt: »Unter diesen Umständen kann ich meine Frau vorläufig nicht im Stich lassen...«

Und was wird aus mir? wollte ich schreien, aber ich brachte nichts heraus. Dabei hätte ich eine gute Nachricht gehabt – einen Brief vom Frankfurter Buchhändler – und hatte eigentlich gedacht, im Fall einer Zusage mit ihm feiern zu können.

Hugo lief im Zimmer auf und ab. »An meiner Stelle würdest du genauso handeln«, sagte er, wie um sich zu rechtfertigen. Dann bemerkte er den Brief auf dem Küchentisch, nahm ihn an sich und las: Er könne schon in drei Wochen in Frankfurt als Buchhändler anfangen, allerdings nur halbtags, weil für eine volle Stelle kein Geld vorhanden sei.

Ich konnte mich nicht mit ihm freuen. »Ich bin müde«, sagte ich und ging ohne weiteren Kommentar ins Bett.

Schon am nächsten Tag fuhr Hugo nach Frankfurt, um sich nach einem passenden Quartier umzusehen. In der Apfelweinkneipe unserer Verwandtschaft bot man ihm an, vorerst in der Mansarde zu logieren, wenn er dafür abends beim Ausschank half. Hugo sagte sofort zu, denn damit war seine Existenz erst einmal gesichert. In der Kneipe wurden noch immer Kaninchen geschlachtet, er würde nicht verhungern. Wenn er dann eine Wohnung gefunden hatte – was in der zerstörten Stadt wohl nicht leicht war –, wollte er Ida und Heidemarie zu sich holen. In seinem neuen Leben war kein Platz für mich.

Als Hugo sah, wie bedrückt ich war, wollte er mich trösten, aber ich entzog mich mit einer heftigen Bewegung. Sollte er doch schauen, wo er blieb mit einer Frau, die immer mehr Bedienung und Pflege brauchen würde, und einer trampeligen Tochter. Und was, wenn er wüßte, daß ich vielleicht einen Sohn von ihm erwartete? Am Ende kam dann alles wieder ins Lot. Ich, und nicht meine Schwester Ida, würde mit ihm in die Großstadt ziehen.

Nie wieder im Leben habe ich so stumm und trotzig gelitten wie damals. Ich sehnte mich nach einem Wunder. Aber es war nichts weniger als ein Wunder, daß sich meine Schwangerschaft bestätigte – bei unserer Lebensführung war es letztlich eine natürliche Konsequenz.

Nach all den Jahren noch, nachdem ich ein ganzes Leben hinter mir habe, muß ich immer noch weinen. Wie unglücklich und einsam ich damals war, hat außer Alice kein Mensch je erfahren.

Doch da klingelt das Telefon. Ich schneuze mich heftig

und nehme den Hörer ab. Es meldet sich keines meiner Kinder oder gar Enkel, sondern Heidemarie. Sie brüllt, als ob ich schwerhörig wäre. Nun gut, ihr Vater ist es seit langem. »Wir kommen morgen. Ich liefere Papa bei dir ab und fahre nach einem Täßchen Kaffee wieder weiter. Sicher habt ihr euch viel zu erzählen...«

Ich vergesse zu fragen, wie lange Hugo bleiben wird. Sie reist nach München, was will sie dort? Ich rege mich auf. Um welche Uhrzeit kommen sie?

Gegen vier.

Wahrscheinlich sagt sie noch sehr viel, vor Erregung höre ich nun wirklich nichts mehr, meine Ohren rauschen, mein Herz klopft. Nach dem Anruf muß ich mich hinlegen. Hugo, wie fühlst du dich wohl heute an? Wie hast du dich damals angefühlt? Fast habe ich es vergessen, aber eine Ahnung von sehr weicher Haut und einem angenehmen Duft kommt langsam zurück. Hugo liebte teure Rassierwässerchen, aber er achtete streng darauf, sie sparsam zu dosieren.

Zu allem Überfluß höre ich auch noch Schritte im Flur. Zum Glück ist es nur Felix. Er sieht mich besorgt an; ob mir etwas fehle?

»Hugo kommt morgen um vier...«

Felix nickt. Gott sei Dank ist er ein praktischer junger Mann. »Oma, was soll ich für dich einkaufen? Kaffee, Kuchen und« – nun muß er lachen – »eine Flasche Likör?«

Ich stampfe mit dem Fuß auf. »Du weißt ja doch alles besser. Sauren Wein trinkt ihr heute, also kaufe, was schlecht und teuer ist.« Wieder kommen mir die Tränen.

Mein Enkel drückt mich aufs Sofa. »Nur die Ruhe, es wird alles gut. Leg dich hin und pflege dich, damit du morgen schön bist. Ich fahre einkaufen.« Schon ist er weg, und ich habe vergessen, ihm Geld zu geben.

Ganz starr liege ich auf dem Sofa und sehe mich wieder als junge Frau, die gerade den schwersten Verlust ihres Lebens erlitten hat: den Tod der großen Liebe. Jeder Tag meiner beginnenden Schwangerschaft wurde zur Qual. Ich dachte an Abtreibung und verwarf diesen Gedanken gleich wieder. Im Grunde wünschte ich mir ein Kind von Hugo, aber wie sollte ich es großziehen? Außerdem war ich viel zu energielos, um mich nach entsprechenden Möglichkeiten auch nur zu erkundigen. Als ich Wochen darauf mit Alice sprach, war es bereits zu spät für einen Eingriff.

Hugo ahnte nichts. Er zog an den Main, arbeitete vormittags in der Buchhandlung und abends in der Kneipe. Anscheinend gefiel ihm dieses Leben ganz gut. Er lernte eine Menge Leute kennen, er hatte bald eine Auswahl spaßiger Frankfurter Sprüche parat, und er schien auch ganz gern dem berühmten Apfelwein zuzusprechen. Es kamen Briefe, die ich nicht beantwortete. Ganz naiv hatte er geschrieben: »Gestern habe ich bis in die Puppen gefeiert.« Ich vermutete, daß er es nicht ohne Puppen getan hatte.

Ich muß eingeschlafen sein. Selbst im Traum kommen immer wieder schreckliche Erinnerungen. Jahrelang bin ich aus dem Schlaf hochgeschreckt, verweint, verwundet, verstört. Es sind stets Abwandlungen des Verlassenwerdens, tiefe Verletzungen meines Selbstwertgefühls, die im Unterbewußtsein noch schmerzen. Hugo hatte meine Schwester mir vorgezogen, sich kaum Gedanken gemacht, wie ich diese Trennung verkraften könne.

Felix kommt mit Susi und Max. Sie schleppen Blumensträuße, eine Torte, Sekt, Weinflaschen, Schnaps, Kaffee, Mineralwasser, Sahne, einen halben geräucherten Lachs und vieles mehr. Mein Schatz räumt alles in den Kühlschrank, Susi stellt die Blumen in die Vase (leider sind es ganz bunte Sträuße, keine edlen weißen Blüten), Max setzt sich zu mir. »Frau Schwab, der Rest Ihrer Hilfstruppe läßt schön grüßen. Das ist unser kleines Geschenk zur erfolgreichen Renovierung.«

Taktvollerweise erwähnt er Hugos Namen nicht, aber ich bin mir so gut wie sicher, daß Felix eine entsprechende Bemerkung gemacht hat. Ich hole meine Börse und sage, daß ich diese Gaben auf keinen Fall annehmen werde – hungernde Studenten dürfen sich nicht derart in Unkosten stürzen.

Max ist so gekränkt, daß ich das Geld wieder einstecke.

Felix kommt aus der Küche und öffnet eine Flasche Sekt, einen Tag zu früh, wie mir scheint. Susi holt Gläser, und sie wollen mit mir anstoßen.

Ich muß lange suchen, bis ich in einer Schublade meinen silbernen Sektquirl gefunden habe. Sie kennen einen solchen Gegenstand nicht und müssen grinsen, als ich erzähle, daß ich meinen Miniaturquirl bei Einladungen stets in der Handtasche mitnahm, um den Champagner kräftig umzurühren und die letzten Bläschen aus dem Schaum auszutreiben.

Warum? fragen sie verblüfft.

Um nicht aufstoßen zu müssen, erkläre ich. Das gehörte sich nicht für eine Dame.

»Süß«, sagt das Mädchen.

Als sie gehen, höre ich, wie Felix zu seinen Freunden sagt: »Es fehlt ihr nichts, die Vorfreude ist einfach zuviel für sie.« Ach Kinder, es treibt mich nicht nur Freude um.

Ich versuche, mir Heidemarie vorzustellen. Mein Sohn Ulrich, der mich damals zu Idas Beerdigung gefahren hat, sprach boshaft vom »längsten Busen Europas«. Das ist nun auch schon bald zehn Jahre her, Heidemarie wird nicht gerade hübscher geworden sein. Ich entsinne mich schwach, daß sie schon lange nicht mehr als Schneiderin arbeitete, sondern sich in den seltsamen Beruf einer Fußreflexzonentherapeutin einweisen ließ. Spät hatte sie geheiratet, eigentlich waren wir alle verwundert darüber. Ihr Mann stammte von der Waterkant und war Reedereikaufmann, was sich gut anhört. Aber ein arbeitsloser Reedereikaufmann, der säuft, ist wiederum keine gute Partie. Sie hatten weder Glück noch Kinder; der Hamburger besaß jedoch den Anstand, relativ früh abzuleben. Heidemarie verließ den Norden und zog wieder zu den Eltern. Im übrigen erinnere ich mich, daß sie von klein auf eine krankhafte Angst vor Käfern hatte und Hugo sie immer wieder vor Marien-, Kartoffel- und Maikäfern retten mußte. Schlimme Ausmaße nahm ihre Phobie an, als Hugos erster VW-Käfer wegen ihr wieder verkauft werden mußte.

Hulda schimpft. »Du läßt kein gutes Haar an deiner Nichte, ich glaube dir kein Wort.«

Natürlich hat sie recht, es ist eigentlich unter meiner

Würde, meine ganze Gehässigkeit gegen Heidemarie aufzubieten. Aber es ist nun einmal so, daß mir ihre Existenz von Anfang an nicht gepaßt hat. Es gibt auch Gutes von ihr zu sagen: Sie hat stets rührend für ihre Eltern gesorgt, kein Vergleich zu meinen eigenen Kindern. Sie ist mit Hugo nach Ischia und Kopenhagen gefahren, nur weil er es sich wünschte. Und weil er es bezahlt hat, füge ich ganz leise hinzu.

Ob mir Hugo Blumen mitbringt? Hat er immer noch volles Haar? Sein Vater besaß einen Bleikamm, mit dem er angeblich das Weiß aus den Strähnen herauskämmen konnte. Ach ja, Hugo ist genauso eitel, fast hätte ich das vergessen. Aber er ist es auf sehr angenehme Art, denn er tut stets so, als wären ihm Äußerlichkeiten unwichtig. Seine Neigung zur Literatur beschränkt sich nicht bloß auf Bücher, sondern bedeutet gelebte Kultur, Ästhetik ganz allgemein. Ich werde verzagt bei diesen Gedanken; früher war ich einmal hübsch, was wird er zu der heutigen Hutzel sagen?

10

Mielchen hat mir vor Jahren einmal erzählt, daß Hugo als Kavalier alter Schule für den »korrekten Seitensprung« plädierte. Sein großes Vorbild war der untreue Albert Einstein, den man auch den »relativen Ehemann« nannte. Hugo hatte im Laufe seines Lebens eine ganze Menge Affären, die niemals zu Hause bekannt wurden. Nicht etwa, daß Ida nichts ahnte, aber sie machte gute Miene zum bösen Spiel und stellte sich blind und taub. Was sollte sie schon dagegen unternehmen? Ihre letzten zwanzig Jahre verbrachte sie im Rollstuhl. Ich habe sie selten besucht, meistens in Begleitung von Alice. Hugo deckte sich dann immer reichlich mit Arbeit ein. Die Ehe der beiden hielt bis zu Idas Tod, weil meine Schwester Haltung bewies. Sie war zwar schwer krank und deswegen verbittert, hat aber Hugo weder erpreßt noch tyrannisiert.

Während meiner dritten Schwangerschaft hinderte mich ein plötzlicher, leidenschaftlicher Stolz daran, mit Hugo ein offenes Wort zu reden. Und dann kam ja auch der Blinde.

»Wer kam?« fragt Hulda, das alte Mädchen.

Ein Kriegsblinder. Das war 1947. Im Briefkasten fand ich ein Schreiben, das an meinen verstorbenen Mann adressiert war. Sollte ich es ungeöffnet zurückschicken? Die Neugier siegte. Eine Kinderschrift:

Lieber Bernhard,
diesen Brief diktiere ich einem Neffen. Man hat mich ent-
lassen, weil ich durch eine Verätzung mein Augenlicht ver-
loren habe; ich hoffe, du hast inzwischen einen Termin in
einem Sanatorium, um deine Motten auszukurieren. Näch-
ste Woche muß ich mich in einem Darmstädter Kran-
kenhaus vorstellen und werde dich besuchen. Mensch, alter
Knabe, was wir alles in Rußland durchgemacht haben, das
glaubt uns keiner. Wenn es geht, hole mich am Dienstag um
14.30 Uhr am Bahnhof ab.

Dein Anton

Mein Gott, war das ein Schrecken. Unverzüglich schrieb ich
diesem Menschen, Bernhard sei gefallen, und man könne
ihn nie mehr besuchen.

Warum fällt mir – so kurz vor Hugos Besuch – der blinde
Anton wieder ein? Weil ich gerade die Pralinen, die mir die
lieben Studenten mitgebracht haben, in die Messingdose
fülle. Eine schöne Dose! Sie gehört zu mir wie so mancher
Gegenstand in meinem Haus, der mir im Laufe meines
Lebens in guter Absicht geschenkt wurde.

Eine ovale Form, ein am Deckel nachträglich angelöteter
unpassender Griff, ein zierliches Schlüsselloch – längst ging
der Schlüssel verloren –, und vor allem die Jugendstilorna-
mentik zeichnen mein Döschen aus. Vielleicht war es für
Zucker bestimmt, den man vor naschhaften Kindern weg-
schließen mußte. Die geschwungenen Ranken einer Phan-
tasiepflanze werden von gekreuzten Bändern gehalten und
schmücken die kleine Büchse auf erlesene Weise; früher einmal schimmerte sie wie reines Gold, mittlerweile ist daraus,

besonders im unteren Teil, ein matter Zinkton geworden. Als Anton mir die Dose seiner verstorbenen Mutter übergab, war sie gefüllt mit duftenden Rosenblättern, denn Pralinés konnte er sich damals nicht leisten.

Nachdem ich auf seinen Brief geantwortet hatte, erwartete ich nicht, je wieder etwas von Anton zu hören. Aber am besagten Dienstag hielt ein Taxi vor meinem Haus – eine kleine Sensation –, und ein Mann mit Blindenstock und dunkler Brille wurde vom Fahrer zur Tür begleitet. Der Chauffeur wartete, bis ich öffnete, dann verzog er sich. Meine Kinder starrten dem Wagen nach, ich eilte erst einmal zur Toilette, um mich zu übergeben. Meine dritte Schwangerschaft bekam mir nicht.

Anton war vor sechs Wochen aus Rußland gekommen und hatte sich schon ein wenig gemausert, trug saubere Kleidung und war rasiert, man konnte ihn also keinesfalls mit dem Schreckgespenst vergleichen, das mich in jener furchtbaren Nacht heimgesucht hatte. Natürlich war er abgemagert und erschöpft, aber trotz oder vielleicht gerade wegen seiner Blindheit nicht ohne Zukunftsvisionen.

Er verstand nicht, wieso Bernhard angeblich nie bei mir angekommen sei. Man habe ihn vorschriftsmäßig entlassen, sagte er. Ich solle sofort nach seinem Verbleib forschen. Andererseits wußte er wohl, wie krank mein Mann gewesen war, und wollte keine falschen Hoffnungen wecken. Es sei schon möglich, sagte er, den Verlust vorwegnehmend, daß Bernhard auf dem Transport gestorben sei. Anton war, was man eine rheinische Frohnatur nennt; später erfuhr ich, daß man ihn in seiner Heimat zu seinem Leidwesen gelegentlich

Tünnes nannte. Er wollte sich in Darmstadt zum Masseur umschulen lassen, denn das war einer der wenigen Berufe, die für ihn in Frage kamen. Ursprünglich war er gelernter Kachelofenbaumeister.

Anton fühlte sich wohl bei uns; er war nett zu den Kindern, die sich stets freuten, wenn ein männliches Wesen erschien.

»Tschöchen und bess demnäx«, sagte er beim Abschied ganz selbstverständlich, als wolle er nun ständig bei uns einkehren.

Wahrscheinlich fiel Hugo aus allen Wolken, als er bei einem unangekündigten Besuch einen Mann antraf, der sich bei mir als Untermieter eingenistet hatte. Hugo blieb nicht lange, er witterte alles, nur nicht meine Schwangerschaft. Wahrscheinlich meinte er, nun den Grund für meine Schreibfaulheit gefunden zu haben; zu meiner großen Genugtuung war er tief verletzt. Vielleicht hatte ich aus kindischem Trotz Anton allzu schnell angeboten, eines der Kinderzimmer zu mieten, denn ich konnte eine kleine Finanzspritze dringend brauchen. Und allzu schnell war er auch in meinem Bett gelandet und hatte mit seinen tastenden Händen mein Geheimnis erraten.

»Von wem isset, Liebschen?« fragte er ganz ohne Vorurteile. Ich erfand einen Besatzungssoldaten mit dem populären Namen John Brown. »Braun oder schwarz?« wollte er wissen. Da ich mit Sicherheit ein weißes Kind erwartete, bot er mir galant die Heirat an, falls ich wirklich Witwe sei. Ich erbat als brave höhere Tochter Bedenkzeit. Nach zwei Wochen lehnte ich dankend ab, denn ich wollte meine sichere Rente nicht gegen ein ungewisses Masseurgehalt eintauschen. Anton hätte mir gern geholfen, aber praktische Argumente leuchteten ihm ein. »Also, auf eine jute Onkelehe!« sagte er, »und dat et keine Josephsehe wird!«

Du mußt wissen, Hulda, daß die in der Nachkriegszeit sehr verbreitet war. Viele Soldatenwitwen wollten ihre mageren Renten nicht verlieren, und so sagten die Kinder einfach »Onkel« statt »Papa« zu dem neuen Mann. In der Bevölkerung wurde dieser Status wohlwollend geduldet.

Mit zwei Kindern an der einen und einem Blinden an der anderen Hand ging ich 1947 zum ersten Mal nach dem Krieg wieder ins Kino, in einen neuen Film mit Hans Albers. Vor seiner Einberufung war Anton ebenso filmbegeistert wie mein Bruder Albert gewesen, und so ging er, obwohl er nur noch den Ton mitbekam, als treuer Onkel mit. Abends hörte er gern Radio oder ließ sich vorlesen. Aber ich wußte, daß er in puncto Literatur dem Vergleich mit Hugo niemals standhielt. Anton mochte nicht über Krieg und Gefangenschaft reden, jedoch ließ ihm die Brutalität und Grausamkeit, die man den Soldaten aufgezwungen hatte, selbst im Schlaf keine Ruhe. Manchmal war es so schlimm, daß ich ihn wecken mußte. Seine toten Augen weinten. Ein einziges Mal sprach er mitten in der Nacht davon, wie er russische Kriegsgefangene auf langen Hungermärschen hatte erschießen müssen. Er haderte auch nie mit seinem Schicksal, sondern hielt es für eine gerechte Strafe.

Anton ging mit mir zum Arzt, ließ die Schwangerschaft attestieren und sorgte dafür, daß ich die mir zustehende

Sonderration an Lebensmittelmarken erhielt. Ich hätte mich vielleicht um gar nichts gekümmert. Als mein Bauch sichtbar dicker wurde, trat er stolz als werdender Vater auf. Wie ich später erfuhr, war er in der Gefangenschaft durch eine Infektion zeugungsunfähig geworden. Es war nicht nur Altruismus, der ihn in diese Rolle drängte, er gefiel sich ganz einfach als Papa. Mein Gott, Anton war ein guter Mensch, ohne den verfluchten Krieg wäre er als tüchtiger Handwerker das Oberhaupt einer großen Familie geworden.

Hulda ist ganz Ohr. »Du lobst deinen Tünnes ja über den grünen Klee«, sagt sie, »anscheinend hast du ein verdammt schlechtes Gewissen.«

Ja, das ist wahr. Ich habe Anton gern gehabt, nicht mehr und nicht weniger. Aber immerhin habe ich für ihn gekocht und gewaschen, ihn morgens ins Krankenhaus geführt und auf allen Wegen mitgenommen. Aber er – er hat mich herzlich geliebt: Als Regine geboren wurde, ließ er sich urkundlich als nichtehelicher Vater eintragen. Dabei wußte er natürlich, daß ihn diese Unterschrift zu jahrelangen Zahlungen verpflichtete.

Ich erinnere mich noch gut daran, wie Felix in der Schule die jüngste deutsche Geschichte durchnahm. »Oma, das ist deine Zeit«, sagte er, »da kennst du dich doch besser aus als meine Lehrer.« Im Prinzip hatte er recht, aber ich vergesse politische Daten, verdränge sogar erlittenen Hunger und das Elend der Nachkriegszeit, den Schwarzmarkt, die Nürnberger Prozesse, die Trümmerfrauen, die Demontage wichtiger Industriewerke, die Flüchtlinge und Kriegsgefangenen, die täglich auf den Bahnhöfen ankamen. Was ich nie vergesse, sind meine Gefühle der Demütigung, der Trauer, der Hoffnungslosigkeit. Erlittener Schmerz über verratene Liebe ist schlimmer als Pest, Krieg und Hungersnot, wage ich zu behaupten. Und ich gehe sogar noch weiter: Wäre Hugo damals gestorben, hätte ich es eher ertragen als die Tatsache, daß es ihm in Frankfurt relativ gutging. Er lebte für seinen Beruf, er spielte bei einer Laienaufführung in »Draußen vor der Tür« den Beckmann, er lernte bekannte Verleger und Autoren kennen. Ein paar Jahre später nahm er an der Verleihung des Friedenspreises des Deutschen Buchhandels teil, war Mitorganisator der ersten Nach-kriegs-Buchmesse, machte sich stark für die Idee der neuen preiswerten Taschenbücher. Allerdings klappte es nicht so schnell mit einer Wohnung, Hugo führte noch längere Zeit das ungezwungene Leben eines Junggesellen. Hätte er nicht Anton bei mir vorgefunden, dann wären meine Schwester und ich an den Wochenenden abwechselnd beehrt worden.

Meine kleine Tochter Regine war eine Frühgeburt und blieb ein Sorgenkind. Als ich sie endlich aus der Klinik holen durfte, war es mit der Nachtruhe vorbei. Alle zwei Stunden mußte sie gefüttert werden, denn sie vertrug nur winzige Portionen. Mir fielen die Haare aus, die Fingernägel rissen ein, die Haut wurde spröde, und der Bauch wollte sich nicht zurückbilden. Ich begann damals, für eine Firma Adressen zu tippen, eine Arbeit, die ich zu Hause verrichten konnte. Wenn die Kinder in der Schule waren, saß ich zwischen Waschtrog und Milchflasche, zwischen Babybett und Koch-topf an der Schreibmaschine. Sobald ein Handkarren voller

Umschläge fertig war, machte ich mich mit Anton als Zugpferd auf den Weg. Ulrich und Veronika taten so, als würden sie schieben, die kleine Regine wurde zuoberst gepackt. Vermutlich sahen wir wie Vagabunden aus, aber es war damals üblich, mit alten Kinder- und Leiterwagen, Fahrradanhängern und Schubkarren unterwegs zu sein. Überhaupt spielten Dürftigkeit und ärmliche Kleidung eine untergeordnete Rolle im gesellschaftlichen Leben, denn die Nachbarn hatten auch nicht mehr.

Wohl oder übel mußte ich meiner Familie die Geburt einer Tochter melden. Alice wußte von Anfang an Bescheid, sie war ja auch die einzige, der ich jemals Regines wahren Vater genannt hatte. Fanni entsetzte sich, aber als wahre Christin mußte sie notgedrungen verzeihen, Monika war es egal. Ida hatte bereits von Hugo erfahren, daß ein Mann in meinem Haus wohnte, was sie wohl als Erleichterung empfand. Das Problem war meine Mutter. In ihrer Generation kannte man keine Onkelehe, ein uneheliches Kind war eine Schande. Vielleicht würde sie es am liebsten sehen, wenn ich ins Wasser ginge, mutmaßte ich. Also bekam Alice den Auftrag, es ihr behutsam beizubringen.

Wieder einmal mußte ich einsehen, daß ich mich in Mutter getäuscht hatte. Sie schrieb einen fast lieben Brief und kündigte ihren Besuch an. Was würde sie von Anton halten? Für meinen Vater wäre ein Handwerker willkommen gewesen, bei ihr wußte ich es nicht.

Wir holten sie vom Bahnhof ab. Die Feldmaus hatte viele Gläser Eingemachtes mitgebracht und schleppte schwer.

Außerdem trug sie einen Rucksack, der aus Hugos Försterzeit stammte. Speck, Eier, Äpfel, Wellfleisch, wie es sich gehört. Anton lud alles in unseren Karren, und wir wanderten mit den Kindern wieder heimwärts. Das Baby hatte ich in der Obhut unserer Nachbarin gelassen. Heute könnte die Jugend nicht einen Bruchteil der Fußmärsche durchstehen, die wir damals mit Kleinkindern und Lasten täglich bewältigen mußten.

Veronika und Ulrich holten den Kinderwagen aus dem Nachbargarten, Anton hob die Kleine vorsichtig hoch und präsentierte sie der Großmutter. »Lurens«, sagte er stolz, »unser Pänzchen!« Meine Mama war liebenswürdig genug, die große Ähnlichkeit ihrer Enkelin mit Anton zu bestätigen. Reginchen sah vom ersten Moment wie Hugos Mutter aus, aber außer mir ist es noch nie jemandem aufgefallen.

Die Jahre nach Regines Geburt würde ich gern aus meinem Gedächtnis streichen, denn sie waren durch eine große Lüge geprägt. Ich spielte eine glückliche Frau; wenn ich mit Anton im Bett lag, stellte ich mir Hugo vor. Je intensiver ich in jener Zeit an ihn dachte, desto klarer wurde mir, daß nur Hugo der Richtige für mich gewesen wäre. Ich fing wieder an, ihm Briefe zu schreiben, und zwar an die Adresse seiner Buchhandlung. Es waren keine Liebesbriefe – wir waren ja längst kein Paar mehr –, jedoch listige Versuche, zwischen den Zeilen erotische Erinnerungen in ihm zu wecken. Hugo antwortete mir immer und ließ mich teilhaben an seinem beruflichen Alltag, empfahl mir auch Bücher, aber über sein Liebesleben erfuhr ich leider nichts.

1950 ging es langsam wieder bergauf. Anton schlug mir eines Tages vor, eine Massagepraxis in meinem Häuschen zu eröffnen. Erstens brauche ich ihn dann nicht immer ins Krankenhaus zu geleiten, zweitens könne er unter Umständen durch Privatpatienten wesentlich besser verdienen, denn es gab bereits Kriegsgewinnler mit gut gefüllter Kasse. Ich fand diese Idee nicht schlecht. Im übrigen hatte sich Anton, wahrscheinlich durch seinen unverzagten guten Willen, den Gegebenheiten vorzüglich angepaßt. Hier im Haus bewegte er sich mit großer Sicherheit durch alle Zimmer, es gab nur zuweilen Streit, wenn die Kinder ihr Spielzeug nicht aufgeräumt hatten und er darüber stolperte. Anton konnte Geschirr abtrocknen und Wäsche zusammenfalten, er konnte Betten beziehen und sogar den Tisch decken. Er konnte es nicht nur, er tat es auch, was zur damaligen Zeit für einen Mann alles andere als selbstverständlich war. Gern ließ er sich von Ulrich durch die Straßen führen, um Jagd auf Camel-Zigaretten zu machen, die von den Amis manchmal nur als halbgerauchte Kippen weggeworfen wurden. Aus dem restlichen Tabak drehte er neue Glimmstengel, die er genießerisch nach dem Mittagessen rauchte. Ulrich liebte diese Expeditionen, die er dank Antons Hilfsbedürftigkeit als Abenteuer erlebte. Es tat ihm gut, ein wenig männlichen Pioniergeist zu atmen. Anders lief es mit Veronika; sie lehnte Onkel Anton ab. Vielleicht, weil er als Regines Vater fungierte und sie vor Eifersucht schier platzte. Oft kränkte sie ihren Ziehvater ganz bewußt, indem sie mit Arroganz von ihrem »richtigen Papa« sprach, an den sie sich aber nicht erinnern konnte. »Mein Vater war schließlich Lehrer«, sagte sie, »der wußte alles.«

Anton nahm einen kleinen Kredit bei der Bank auf, um eine Massagebank und eine spanische Wand für die provisorische Umkleidekabine zu kaufen. Ein Telefonanschluß wurde beantragt, das Wohnzimmer weiß gestrichen, ein Terminkalender angelegt – der von mir geführt wurde – und ein neuer Ofen gekauft. Für heutige Begriffe war es primitiv, wir fanden indessen alles äußerst elegant. Die Investitionen lohnten sich, nach drei Monaten war der Terminkalender prall gefüllt. Es kamen nicht nur gebrechliche Kassenpatienten aus der Umgebung angehinkt, auch Autos hielten vor der Tür. Neureiche Damen stiegen aus, ließen ungeniert die Hüllen fallen und sich durchwalken. Sie schworen auf Antons manuelle Heilkraft; »der Blinde« wurde Mode. Hugo schien das zu amüsieren. Er schickte mir eine Dürer-Postkarte. »Knetende Hände« stand darunter.

Ich öffnete zwar den Patienten die Tür, zog mich aber dann in die Küche zurück. Neue Termine trug ich im Flur ein, wo ein Tischchen mit Telefon und Schreibblock stand. Regine war drei Jahre alt, man konnte sie keine Minute allein lassen. Sie war ein unruhiges Kind, schnell gekränkt und heftig, aber in manchen Sternstunden auch hinreißend lustig. Anton liebte sie inbrünstig. Jeden Abend kam sie zu uns ins Bett gekrabbelt und verlangte nach einer Rückenmassage. Erst wenn sie darüber eingeschlafen war, konnte ich sie wegtragen.

Anton war stolz auf seine Einnahmen, die tatsächlich fast das Dreifache seines früheren Gehalts betrugen. Sein Geld floß ganz selbstverständlich in die gemeinsame Haushaltskasse; wir konnten uns frisches Obst und Gemüse leisten, für Ulrich ein Fahrrad kaufen, für Veronika ein uraltes Klavier, für die Kleine einen Sandkasten. Anton gönnte sich ein neues Radio mit einem sogenannten magischen Auge, das die Kinder im halbdunklen Zimmer voller Bewunderung anstaunten. Dieses grüne Auge wurde erst rund und schön, wenn der Sender richtig eingestellt war, sonst kniff es sich katzenartig zusammen.

Im Jahre 1951 wurde ich vierzig, fürchtete mich vor diesem Tag und wollte ihn übergehen. Die runde Zahl erschien mir als Symbol für eine alternde Frau, die nicht mehr attraktiv und begehrenswert ist, was ich heute nicht begreifen kann. Auf dem Foto, das Gert, der Mann von Alice, an meinem Geburtstag machte, blickt mir eine schöne junge Frau entgegen. Da Farbfotos noch zu teuer waren, kann man leider das Rot der Haare nicht erkennen, die zu einem etwas wilden Knoten locker aufgesteckt sind. Ein modisches Kleid im New Look – grauer Flanell, ich besitze es noch – mit abnehmbarer Tüllschärpe, lange schwarze Handschuhe und eine Perlenkette lassen mich beinahe mondän erscheinen. Anton hatte mir meinen modischen Wunschtraum erfüllt, nicht ahnend, daß ich eigentlich nur vorhatte, Hugo mit diesem Dernier cri zu imponieren.

Meine treue Schwester Alice hatte mir meine Alterspanik ausgeredet und ein kleines Fest organisiert. Sie war frisch vermählt, auch Monika hatte einen neuen Freund und Fanni den Hund des Pfarrers. Ida ging es damals ganz gut, sie wohnte mit Heidemarie endlich in Frankfurt. Mein kleines Haus hier füllte sich. Hugo sah mich immerzu an. Es schmerzte ihn hoffentlich, wenn er sah, wie Antons behaarte

Finger über meinen Kopf strichen. Ich spielte die glückliche Frau und Mutter, hatte meine Kinder feingemacht, Erdbeerbowle zubereitet, Tomaten in Fliegenpilze verzaubert und Käse auf Cocktailstäbchen aufgespießt. Abends tanzten wir zu *In the mood*. Zum Glück war meine Mutter bei den Enkeln geblieben. Sonst hätte sie gesehen, wie Anton unabsichtlich Fannis Hund trat, der zubiß. Gert legte einen Verband an und fiel beim Aufstehen über Monikas Schuhe. Wir mußten alle herzlich lachen. Wahrscheinlich war Gert bereits betrunken, denn er wurde so wütend, daß er Alice zum Gehen aufforderte. Hugo hielt das für übertrieben und wollte vermitteln, bekam aber zum Dank eine Ohrfeige. Ida hatte unterdessen mit Monikas Freund einen Flirt begonnen, so daß Fanni über die Schlechtigkeit der Welt in Tränen ausbrach. Anton wollte dem Hund eine Strafe verpassen und schlug mit seinem Blindenstock zu, traf aber leider Alice. Als schließlich jeder mit jedem Krach bekam, stand ich plötzlich mit Hugo in der Küche, und wir küßten uns, als müßten wir für den Rest unseres Lebens einen Vorrat anlegen.

11

Es ist anstrengend, in das ehemalige Schlafzimmer hinauf-
zusteigen, um in der Mottenkiste zu wühlen, aber ich brauche ein Kleid für Hulda. Eigentlich hatte ich an das licht-
gelbe Deux-pièces mit Spitzenkragen gedacht, doch leider
hat es fürchterliche Stockflecken. Soll ich lieber das jade-
grüne mit den aprikosenfarbenen Schmetterlingen aus den
dreißiger Jahren nehmen? Feinster Crêpe de Chine. Ich ent-
scheide mich dann doch für das graue Flanellkostüm, das
ich an meinem vierzigsten Geburtstag trug und in dem ich
Hugo so gut gefallen habe. Schwarze Schuhe wären zwar
passender, aber aus sentimentalen Gründen zwänge ich
Hulda in die elfenbeinfarbenen Spangenschuhe aus Vaters
Werkstatt.

Ich habe noch genug Zeit; in aller Ruhe werde ich den
Kaffeetisch decken und mich ganz am Schluß selbst umziehen. Da ich in letzter Zeit dazu neige, mich zu beklek-
kern, darf das neue Blümchenkleid erst zum Abschluß aller
Vorbereitungen übergestreift werden.

»Gut siehst du aus, Hulda«, sage ich, »eigentlich müßte
ich dir noch die Perlenkette umlegen, aber ich finde sie par-
tout nicht. Mir ist fast so, als ob Cora sie mir abgeluchst hat,
dieses Aas.« Wie spreche ich von meiner einzigen Enkelin –
ich sollte froh sein, sie zu haben.

Sollte Hugo aber zu früh kommen, schießt es mir durch
den Kopf, wäre es peinlich, wenn ich im grünen Jogging-

anzug die Tür aufmache. Vielleicht sollte ich sofort alle riskanten Tätigkeiten hinter mich bringen, damit ich bereits eine Stunde vorher empfangsbereit bin. Und so geschieht es. Ich stöbere eine bestickte Tischdecke auf (eigentlich müßte man sie noch bügeln, aber so weit geht die Liebe denn doch nicht), drei Meißner Tassen und zwei Teller, die glücklicherweise noch vorhanden sind, und das wenige von den Enkeln verschonte Silber. Schwarz angelaufenes Besteck schäle ich aus vergilbten Leinenstreifen, schon seit Jahren wollte ich Silberputzmittel kaufen. Seufzend nehme ich Klopapier und Zahnpasta zu Hilfe, ich weiß, eine Sünde wider die reinliche Lehre. Drei Teelöffel, drei Kuchengabeln, der Tortenheber, ein Messer und der Sahnelöffel werden poliert, den Rest soll der Teufel holen. Servietten! fällt mir ein. Es gab Zeiten, da habe auch ich mir den Mund mit gestärktem Damast und nicht mit Kleenex abgewischt.

Anton kommt mir schon wieder in den Sinn. »Nu mach net son Buhei, Lotti!« pflegte er zu sagen, wenn ich zu festlichen Gelegenheiten Tafelsilber und Kristallgläser heraussuchte. Für ihn spielte das Äußerliche keine große Rolle; dafür freute er sich, wenn es lecker schmeckte. Ob die gekaufte Torte gut ist? Als ordentliche Hausfrau sollte man eigentlich wissen, was auf den Tisch kommt. Vorsichtig hole ich das Tranchiermesser und teile die Torte in Viertel. Nun kann ich ein winziges Stück abzweigen und alles wieder adrett zusammenfügen. Es schmeckt viel zu gut, ich muß den Vorgang wiederholen. Vermutlich bin ich sehr hungrig, denn seit Tagen habe ich vor Aufregung kaum gegessen. Als die Torte nur noch aus drei Vierteln besteht, bin ich ein wenig bestürzt. Dafür werde ich mich beim gemeinsamen

Mahl zurückhalten; es reicht gewiß, Hugo ist kein großer Kuchenliebhaber.

Um drei Uhr schellt es, dabei habe ich zwar das Kleid bereits an, aber weder Schuhe noch Schmuck. Verflucht, so fix wie früher bin ich auch nicht mehr. Barfuß gehe ich an die Tür, und mir wird schwarz vor den Augen. Dieser Mann kann doch wohl nicht Hugo sein! Leider sind Schornsteinfeger auch nicht mehr das, was sie einmal waren, keine Zylinder als Erkennungsmerkmal. Sie stellen Messungen an, übergeben eine Aufstellung mit unverständlichen Emissionswerten sowie eine saftige Rechnung, aber aufs Dach steigt keiner mehr. Muß es ausgerechnet heute sein! Zum Glück findet der Kaminfeger auch ohne mich den Weg zum Gasbrenner.

Um vier ist Hugo immer noch nicht da. Ich ziehe die Schuhe aus – wenn man an Turnschuhe gewöhnt ist, kann man es nicht lange in Stöckelschuhen aushalten. Am liebsten würde ich auch die lange Bernsteinkette ablegen, denn ich bleibe unweigerlich damit an der Türklinke hängen.

Sie kommen erst um fünf. Ich bin zermürbt, als es klingelt. Eine häßliche Frau und ein uralter Mann stehen vor mir. Ein erbarmungsloser Händedruck von Heidemarie, eine zittrige Umarmung von Hugo. Ich bitte beide herein, und wir setzen uns an meinen gepflegten Kaffeetisch.

»Wir sind in einen Stau geraten«, sagt Heidemarie, »und haben uns verspätet.«

Also hat die feiste Fregatte immer noch ihren Führerschein. »Kaffee oder Tee?« frage ich.

»Ein Bier«, sagt Hugo, und Heidemarie: »Den Koffer habe ich schon im Hotel abgegeben, die kurze Strecke kann Vater sicher zu Fuß gehen. Wenn er Ärger macht, ruf mich an, hier ist meine Nummer in München. Aber meistens ist er friedlich.«

Sie zieht Medikamente aus der Handtasche, eine Wochen-ration. Jeder Tag hat eine eigene Plastikschachtel und ist wiederum in morgens, mittags, nachmittags und abends unterteilt. In jedem Fach lagern unterschiedliche Pillen, rosa und grün, gelb und weiß. »Praktisch, nicht wahr? Ich über-gebe sie dir zu treuen Händen.«

Hugo zwinkert mir heimlich zu. Ich hole Hugos Bier, Heidemaries Kamillentee, meinen Kaffee und esse ein wei-teres Tortenviertel, während Heidemarie ihrer Galle zu-liebe paßt. Allerdings sieht sie nicht nach beständiger Askese aus.

Erst als die graue Eminenz uns nach sieben verspeisten Pra-linen verlassen hat, habe ich die innere Ruhe, um Hugo zu betrachten. Er hat volle weiße Haare, ein paar Alterswar-zen, trägt eine Hornbrille und ein Hörgerät. Offensichtlich ist er geschrumpft. Seine Tochter hat ihn in ein scheußliches grobkariertes Holzfällerhemd gesteckt, wozu er aber wie stets eine Fliege trägt. Da ihm an der linken Hand zwei Fin-ger fehlen, behauptet er seit Jahren, keinen Schlips binden zu können. Er sieht mir in die trüben Augen.

»Mein Gott, Charlotte«, sagt Hugo, »du bist immer noch schön.«

Ich werde rot. »Du auch«, sage ich schüchtern, und wir lächeln uns an.

»Deine Tochter ist sehr besorgt um dich«, sage ich mit zurückhaltender Schadenfreude.

»Sie hat mich zum Baby gemacht«, klagt Hugo, »aber ich wittere Morgenluft. Fast vermute ich, sie hat sich verliebt.«

Mir bleibt der Mund offenstehen.

»Zufällig habe ich den Brief einer Klinik gelesen«, sagt Hugo und beobachtet meine Reaktion, »sie will sich in München liften lassen. Ich bitte dich, sie ist Mitte Sechzig – was sollte sonst dahinterstecken? Mir hat sie gesagt, sie will eine Freundin besuchen.«

Wir müssen beide schmunzeln. »Vielleicht sollten wir uns auch ein bißchen liften lassen«, schlage ich vor.

Hugo schüttelt den Kopf; sein Blick fällt auf Hulda. »Charlotte«, sagt er, »willst du mich nicht lieber mit dieser bezaubernden Dame verkuppeln?«

Ich hab's ja immer gewußt, man darf den alten Schwerenöter nicht mit einer jungen Freundin bekannt machen. Vor lauter Aufregung fällt ihm auch noch das Hörgerät herunter.

»Das ist Hulda«, brülle ich, »sagt dir dieser Name etwas?«

Hugo überlegt, erinnert sich aber nicht. »So hieß die Puppe von Albert«, erkläre ich, »als wir klein waren, haben wir Vater, Mutter und Kind mit ihr gespielt.«

Bei dem Stichwort ›Albert‹ fängt Hugo an zu grübeln. »Vielleicht sollte ich dir etwas erzählen, solange es mir noch möglich ist«, sagt er, »andererseits habe ich deinem Vater mein Ehrenwort...«

Seit Jahren habe ich darauf gewartet. Der Schmerz über Alberts Selbstmord ist zwar längst einer melancholischen

Trauer gewichen, aber die Lust auf dramatische Enthüllungen ist geblieben. Schließlich habe ich für Hugo auch noch etwas in petto.

Mein Schwager weiß, wie neugierig ich bin, und druckst herum, um die Spannung zu steigern. Immerhin hat er rund sechzig Jahre dichtgehalten. Ich mache vorsichtshalber den Likör auf und hole Gläser, die ich leider lange nicht gespült habe. Das große Bekenntnis verzögert sich deshalb um weitere Minuten.

»Wie du weißt, stiegen dein Vater, Ernst Ludwig und ich zum Dachboden hinauf und trugen die Leiche hinunter. Die beiden wollten sich anschließend die Hände waschen. Ich sollte Albert inzwischen den Flanellunterrock und die anderen Frauensachen ausziehen. Im Mieder, in das er geschnürt war, steckte ein Brief. Ich habe ihn ohne Bedenken sofort gelesen. Dein Vater kam herein, nahm ihn mir weg und las ihn ebenfalls. Dann verbrannte er den Brief im Ofen, ohne ihn Ernst Ludwig zu zeigen. Ich mußte schwören, keiner Menschenseele etwas zu verraten. Bis heute habe ich mein Versprechen gehalten.« Ich weiß nicht, ob ich Hugo dafür dankbar sein soll. »Der Brief war an dich gerichtet«, sagt er. Den wörtlichen Inhalt habe er nach all den Jahren vergessen.

»Gar nichts mehr im Kopf?« frage ich ungeduldig.

Meine böse Stimme treibt Hugo an: »Liebe Charlotte, weine nicht um mich, so lautete – glaube ich – der Schluß des Briefes.«

Bei diesen Worten zerfließe ich in Tränen wie schon seit langem nicht mehr. Hugo streicht mit seiner dreifingrigen

Hand über meinen Rücken und erinnert mich dadurch an Antons Bindegewebsmassagen. Zornig wende ich mich ab.

»Wenn du dich derartig aufregst, erzähle ich überhaupt nichts mehr«, sagt Hugo, »ich habe bloß gesagt, daß ich den Wortlaut nicht auswendig weiß – aber ich erinnere mich selbstverständlich an die Quintessenz.«

So sind die alten Männer: weitschweifig und umständlich, anstatt zügig zur Sache zu kommen. Ich hätte es wissen müssen. Gut, daß ich keine Stoffservietten ausgeteilt habe, in das Papier kann ich mich wenigstens schneuzen.

Das Telefon klingelt im Flur. Es ist Heidemarie, die von einer Raststätte aus anruft. Ob ihr Vater schon seine Abendtabletten eingenommen habe. Ich winke Hugo, er mag nicht und tippt auf seine Ohren.

»Ja, Heidemarie, alles erledigt, mach dir keine Sorgen«, lüge ich. Aber ich bin pflichtbewußt genug, die Pillen aus der Schachtel zu nehmen und Hugo zur Einnahme zu nötigen. Endlich kommt er wieder zum Thema.

In Alberts Brief stand nur ein kurzer Abschiedsgruß, insofern bringt er mir keine neuen Erkenntnisse. Offensichtlich war mein Bruder zu verstört, um lange Begründungen für seinen Selbstmord abzugeben. Aber er machte eine Andeutung, daß Vater jetzt endlich mit ihm zufrieden sein müsse. Hugo forderte von Papa noch am Totenbett eine Erklärung für diesen Satz.

Ebenso wie ich hat Hugo noch genau im Gedächtnis, daß alle Familienmitglieder – außer Albert und Vater – an jenem Sonntag in der Kirche waren. Papa gab schließlich zu, daß er, allein im Haus, plötzlich den Wunsch verspürt hatte, sich mit seinem jüngsten und schwierigsten Sohn zu unterhalten. Er suchte und rief nach Albert, fand ihn aber nicht. Es war absolut ungewöhnlich, daß Vater durchs ganze Haus stiefelte und schließlich auf den Dachboden stieg. Dort sah er Albert in Frauenkleidung vor einem Spiegel posieren und kokett die Röcke lüpfen; sein Sohn war in sein bizarres Spiel derart versunken, daß er die Schritte nicht kommen hörte. Zu einer einleuchtenden Erklärung war er unfähig. Vater entnahm den wirren Worten, daß der Satan persönlich von seinem Sohn Besitz ergriffen hatte.

Wahrscheinlich wollte Albert darlegen, daß er von einem unbegreiflichen Zwang getrieben wurde. Vater zeigte aber eine derartig starre und hilflose Verständnislosigkeit, daß beide aneinander verzweifeln mußten. »Du bist nicht mehr mein Sohn, in meinem Haus ist kein Platz mehr für dich«, waren Vaters Worte. Leider wußte Albert, wo sich die Schußwaffe unseres Bruders befand.

Das Furchtbare ist, daß ich nun meinen Vater zum zweiten Mal verliere. Er hatte Albert auf dem Gewissen, er mußte den Schuß gehört und geahnt haben, was geschehen war, ließ es aber trotzdem unbarmherzig darauf ankommen, daß ein beliebiges Familienmitglied den Toten entdeckte. Meine Tränen fließen jetzt stetig und unhaltbar. Es ist eine Entdeckung, die ich erst im Alter gemacht habe: Wie sehr habe ich mich in den Menschen getäuscht.

»Es gibt kein einziges Geschöpf, das wahrhaft gut ist«, schluchze ich, denn ich habe lange darüber nachgedacht. Alle meine Freunde und Bekannten, meine Eltern, Geschwister, Kinder und Enkel haben bei näherem Hinsehen unsympathische Eigenschaften. (Ich selbst natürlich auch.) Wie kann es auch anders sein, Hugo zitiert Oscar Wilde: »Kein Mensch ist schlecht, keiner – sag ich –, und ich verbürg' es.«

Sicherlich haben wir uns beide unser Wiedersehen anders vorgestellt. Tränen, Bier, Kaffee und Likör fließen reichlich. Schließlich hole ich den halben Lachs auf silberner Pappe und zwei Gabeln. Der gepflegte Tisch sieht inzwischen barbarisch aus, Pillen und Gläser, vollgeschneuzte Papiertücher und schmierige Teller, dazwischen der rosa Fisch, den wir in einem Anfall unerhörter Gier ohne Brot verschlingen.

»Wenn wir so weitermachen, sind wir morgen krank«, sagt Hugo, »und das wäre schade. Begleitest du mich ins Hotel? Für den Rückweg spendiere ich dir ein Taxi.« Das ist eine gute Idee, wir kommen an die frische Luft, und das Leben geht sicher auch ohne uns weiter.

In der Nacht wird mir schlecht; was ich an Torte, Likör, Kaffee und Räucherlachs zu mir genommen habe, gebe ich qualvoll wieder ab. Alter schützt vor Torheit nicht, wie wahr.

Am nächsten Morgen bin ich froh, daß Hugo im Hotel frühstückt und ich in Ruhe das schmutzige Geschirr spülen kann. Ein fleißiger Hausmann war er noch nie.

Um elf sitzen wir wieder beisammen. »Erzähl mir von deinen Kindern«, sagt Hugo, weil er weiß, daß ich diese Bitte nicht ungern erfülle. »Was macht meine liebe Veronika?« Und er singt tatsächlich mit krächzender Stimme:

»Die ganze Welt ist wie verhext! Veronika, der Spargel wächst!« In jener Zeit, als Hugo bei mir wohnte, hat er meiner kleinen Tochter diesen Schlager beigebracht, nicht ohne mich dabei anzüglich zu fixieren. Die Zweideutigkeit hat er inzwischen vergessen.

Das Fotoalbum liegt bereit. Veronika hat früh geheiratet und lebt nun schon lange mit ihrem Mann in Kalifornien. Die drei Enkel sprechen kein Deutsch. Es war einmal die Rede davon, daß sie in Heidelberg studieren sollten, aber daraus wurde nichts. Hugo bestaunt die amerikanischen Sportskanonen, die auch mir sehr fremd sind. Als ich noch jünger war, flog ich ein paarmal nach L. A. Mein Schwiegersohn arbeitet als Konstrukteur in der Flugzeugindustrie, er heißt Walter M. Tyler, und sie haben drei Söhne: Mike, John und Benjamin. Ich geniere mich ein wenig, weil sie ganz kleine kurzgeschorene Köpfe und gewaltige Brustkästen haben. Aber seine Heidemarie hat überhaupt keine Kinder.

»Und wie hieß der Junge?« fragt Hugo. Regine hat er ganz aus seinem Kopf verdrängt.

»Das weißt du doch, mein Sohn heißt Ulrich, seit eh und je. Der einzige in der Familie, der Karriere gemacht hat, immerhin ist er Professor für Sinologie.«

»Ach ja«, brummelt Hugo, »das war der mit dem chinesischen Tick. Hat er etwa auch Kinder?«

Nun kommt das zweite Album an die Reihe, und ich kann mit einem gewissen Stolz die Fotos von Friedrich und Cornelia vorzeigen.

»Die sieht dir aber verdammt ähnlich«, meint Hugo und

kann sich an Cora gar nicht satt sehen, »ist sie schon verheiratet?«

»Verwitwet, stell dir vor«, sage ich, »aber es war keine Tragödie. Ein alter Knacker mit viel Geld, keiner weint ihm eine Träne nach. Cora ist ein reiches Mädchen.«

»Stimmt, du hast es mir geschrieben«, sagt er und gafft meine rothaarige Enkelin weiter an, »die würde ich gern mal kennenlernen.«

Ich verschweige ihm alle Sorgen, die ich mir um Cora mache. »Sie ist Malerin«, behaupte ich und erkenne, daß Cora hundertmal mehr Eindruck auf alte Esel macht als die drei muskulösen Baseballspieler. »Und zwar in Italien, in Florenz«, füge ich hinzu, »ich habe sie leider lange nicht gesehen.«

»Heidemarie ist eine treue Seele«, sagt Hugo, um auch irgend etwas in die Waagschale zu werfen.

Sofort fällt mir die Medizin ein, und ich klaube die Pillen aus der Dose. »Wofür nimmst du das ganze Zeug?« frage ich.

Hugo muß nachdenken: »Labiler Hochdruck, erhöhte Harnsäurewerte, Altersdepression und – na ja – die Prostata.«

Dacht' ich mir schon.

Hugo sucht ein anderes Thema. »Gehst du noch manchmal ins Kino?« fragt er.

»Du hast Probleme mit dem Hören, ich mit dem Sehen«, sage ich, »eigentlich ist es schon sehr lange her ... Wann waren wir das letzte Mal gemeinsam ...?«

Hugo überlegt. »Mensch«, sagt er erfreut, »das war doch ›Die Sünderin!‹ Einfach fabelhaft! Hildegard Knef völlig nackt – Gott, wie hat man sich damals aufgeregt. Wann mag das gewesen sein?«

Ich weiß es genau, es war kurz nach meinem vierzigsten Geburtstag, als ich begann, mich heimlich mit Hugo zu treffen. Natürlich waren wir in den Jahren danach noch oft zusammen im Kino, aber bezeichnenderweise erinnert er sich nur an die nackige Hilde.

Auf einmal kommt ihm die Idee, eine Hausbesichtigung zu fordern. Schwerfällig erheben wir uns. Aber Hugo steuert nicht zur Mansardentreppe, sondern strebt in den Keller.

Ich werfe ihm einen finsteren Blick zu.

»Schon gut, Charlotte«, sagt er, »ich finde auch allein hinunter.«

Das will ich aber nicht.

Wenige Minuten später stehen wir vor Bernhards Grab. Hugo klopft an den Mauern herum. »Solide Arbeit«, sagt er stolz, »das soll man mir erst mal nachmachen.«

Ich habe diesen düsteren Ort nach Möglichkeit gemieden, aber auf einmal muß ich kichern. »Eigentlich kann er sich nicht beklagen«, sage ich, »er ist mir immer ganz nahe.«

Zum ersten Mal können wir unbefangen über das Soldatengrab sprechen. Hugo inspiziert auch die neue Gasheizung und hört sich an, wie sehr ich bei Renovierungen gezittert habe. »Oben wohnt wohl niemand mehr?« fragt er und macht dabei ein Gesicht, als wolle er sofort dort einziehen.

Kaum sitzen wir wieder etwas atemlos am Tisch, als das Telefon läutet. Schon wieder Heidemarie. »Ich möchte von

Frau zu Frau mit dir sprechen«, sagt sie. Sofort nehme ich eine Igelstellung ein, denn das wird nichts Gutes bedeuten. »Kann Vater mithören?«

Erstens kann er nicht, zweitens will er nicht. Aber gehorsam trage ich das Telefon in den Flur, Hugo wird denken, es sei eines meiner Kinder.

»Ich plante eine kosmetische Brustverkleinerung«, sagt meine Nichte, »nicht etwa aus Eitelkeit, sondern weil ich unter Rückenschmerzen leide. Bei der Voruntersuchung hat man heute einen Knoten entdeckt. Wenn ich Pech habe – aber das sieht man erst bei der Gewebeentnahme –, muß man amputieren, und dann kann ich nicht so schnell ...« Anfangs war sie übertrieben gefaßt und vernünftig, jetzt heult sie los. »Natürlich kann ich dir nicht zumuten, Papa so lange zu betreuen, du bist ja beinahe ebenso alt wie er. Vielleicht könnte Ulrich sich nach einem vorübergehenden Pflegeplatz für meinen Vater umsehen ...«

Ich beschwichtige sie. Vorläufig ist alles kein Problem, Hugo und ich haben uns viel zu erzählen, das Hotel ist schnell zu erreichen, wir werden heute gemeinsam dort essen. Heidemarie ist beruhigt. Aber kann ich Hugo das alles vorenthalten? Nun, mindestens werde ich warten, bis sich der Krebsverdacht bestätigt oder auch nicht.

Hugo fragt nicht, wer angerufen hat. Ihm ist etwas eingefallen: »Ich habe oft über Albert nachgedacht, er war vielleicht gar nicht schwul ...«

Darauf bin ich inzwischen auch gekommen. »Transsexuell«, sage ich.

»Nein«, meint Hugo, »er war ein Crossdresser. Ich habe gelesen, daß fast jeder fünfte Mann zuweilen Lust hat, in

Frauenkleidern seine geheime weibliche Seite auszuleben. In Amerika treffen sie sich einmal im Jahr und toben sich aus, danach kehren sie wieder heim zu Frau und Kindern.«

Jeder fünfte Mann? Dann müßte ich doch viele kennen. Ich werde nachdenklich und gehe sie im Geiste alle durch.

»Wann wollte mich Ida abholen?« fragt Hugo. Er meint natürlich Heidemarie, aber auch ich verwechsle zuweilen Namen, oder sie fallen mir gar nicht ein. Nun muß ich ihm eröffnen, daß sich ihr Eintreffen auf ungewisse Zeit verzögern könnte.

Es rührt mich, wie sehr sich Hugo über die Galgenfrist freut. Seltsamerweise erkundigt er sich nicht nach dem Grund.

12

Hugo und ich haben beschlossen, heute mittag nur ein Tomatenbrot zu essen und uns abends im Hotel etwas Gutes zu gönnen. Natürlich ist das etwas problematisch, denn ab acht Uhr vertrage ich eigentlich nichts mehr.

Nach unserem Imbiß legt sich Hugo aufs Sofa und ist im Nu eingeschlafen. Eigentlich ist es mein Siesta-Plätzchen, aber das kann er ja nicht wissen. Ich sitze neben ihm und schaue aus unmittelbarer Nähe in seinen halboffenen Mund: eine Oberkieferprothese, im Unterkiefer eine Notlösung aus Füllungen, Kronen, Stiftzähnen und Brücken. Ich kenne mich noch aus, schließlich habe ich eine ganze Weile als Zahnarzthelferin Geld hinzuverdient. Beim Einatmen hört man einen Schnarch-, beim Ausatmen einen Pfeifton. Immer noch trägt er seinen Ehering. Beide Hände umfassen die Zeitung, die er aber nicht gelesen, sondern nur zur Tarnung aufgeschlagen hat. Ich habe Lust, ihm die Fliege abzunehmen und den obersten Hemdknopf zu öffnen, aber wahrscheinlich würde ich ihn dadurch wecken.

Es gab eine Zeit, da haben wir jede Minute genutzt, um uns bei heimlichen Treffen zu lieben. Das ist lange her.

Nach den verstohlenen Küssen an meinem vierzigsten Geburtstag überkam uns eine fiebernde Sehnsucht nach intimer Nähe. Und wir entdeckten auch eine Möglichkeit: Meine Freundin Miele zog nach Frankfurt, wo ihr Mann eine Stelle beim Ordnungsamt gefunden hatte. Sie lud uns ein, ihr neues Heim zu besichtigen, aber Anton wollte nicht mitkommen. Er haßte Bahnreisen und blieb mit den Kindern zu Hause. Als ich Mielchen meine Liebesprobleme gestand, erwies sie sich als perfekte Kupplerin. Sie bot mir an, mich einmal im Monat in ihrer Wohnung mit Hugo zu treffen. Es mußte wochentags sein, wenn Spirwes, ihr Mann, im Büro saß, und es mußte in der Mittagspause stattfinden, wenn Hugo frei hatte. Miele selbst arbeitete halbtags bei einer Versicherung. Sie kam erst heim, wenn die flüchtigen Vögel ausgeflogen waren. Mir fiel es nie leicht, Ulrich, Veronika und vor allem die kleine Regine in Antons Obhut zu lassen, ich hatte stets Gewissensbisse und malte mir aus, welche gräßlichen Unfälle zu Hause geschehen könnten. Aber anfangs klappte es vorzüglich; wegen meines »Kaffeekränzchens« nahm sich Anton alle vier Wochen einen Nachmittag frei und beaufsichtigte die Kinder.

Beinahe werde ich rot, wenn ich an jene Zeit zurückdenke. Illegal, wie in einem Stundenhotel, mußten wir uns hastig in der Kälte eines fremden Schlafzimmers ausziehen und die kurze Zeit nutzen. Es war, als ob unsere geistige Vertrautheit, die doch der wichtige Teil unserer Beziehung war, ebenso wie die Kleider abgestreift wurde und nur noch in sporadischen Briefen weiterlebte. Heute würde man sagen, wir waren verrückt nacheinander. Nie wieder habe ich Sexualität so genossen wie damals, nie wieder war unsere Freundschaft so auf unsere Körper reduziert, nie wieder haben Hugo und ich so wenig miteinander geredet. Auch gab es Tabuthemen, über die wir sowieso nicht sprachen:

Bernhards Tod, Idas Krankheit, meine Onkelehe, mein drittes Kind, unsere gegenseitigen Verletzungen. Nach dem Schäferstündchen verließen wir Mieles Wohnung, Hugo eilte zu seinem Laden, ich zum Bahnhof.

Hin und wieder besuchten Hugo und Ida uns hier, und wir machten entweder einen Spaziergang durch den Platanen-hain auf der Mathildenhöhe oder zum Großen Woog oder gingen alle gemeinsam ins Kino. Aus sentimentalen Grün-den hatte Ida bereits dreimal mit ihrer Tochter »Grün ist die Heide« gesehen, aber sie konnte Hugo nicht dafür erwär-men. Er liebte italienische und französische Filme. Es war wohl bei »Fanfan, der Husar«, als Hugo meine rechte, An-ton meine linke Hand ergriff und sie sich versehentlich be-rührten. Meistens war das allerdings unmöglich, weil Ida die Sitzordnung bestimmte. Auch Anton spürte wohl eine erotische Spannung zwischen uns, aber er schwieg.

Alice hat mich gewarnt. Außer Mielchen war und blieb sie meine engste Vertraute. 1951 wurde meine jüngste Schwe-ster schwanger und war überglücklich. Sie hatte zwar ihr Studium noch nicht abgeschlossen, aber sicherlich würde sie alles schaffen – das Examen und das Kinderkriegen. Ihr Zustand sensibilisierte sie offenbar für das Wohlergehen aller Neffen und Nichten, insbesondere für das meiner vier-jährigen Regine. »Sie gehört zu den hyperaktiven Kindern«, erklärte sie mir, »das ist sicher eine große Belastung für dich. Aber ich finde es unverantwortlich, wenn ein Blinder auf so ein Wiesel aufpassen muß.« Alice erreichte aber nur, daß sich mein Gewissen bei den geheimen Liebestreffen noch stärker meldete und mir zuweilen beinahe die Lust raubte.

Eines Tages wurden wir – Hugo und ich – von Mieles Ehemann Spirwes im Bett erwischt. Noch nie zuvor war er von derartig heftigen allergischen Niesanfällen gebeutelt worden, daß ihn sein Chef nach Hause schicken mußte. Aus Pflichtbewußtsein hätte er eher die ganze Abteilung naßgeprustet, als freiwillig das Feld zu räumen. Miele versicherte uns stets, auf den Arbeitseifer ihres Ehemanns sei Verlaß, wir könnten fest darauf bauen, ihm niemals zu begegnen.

Um so peinlicher war es, als der niesende Mann mit seiner Aktentasche das Schlafzimmer betrat und uns gar nicht wahrnahm, da er wegen seines vibrierenden Zwerchfells nur mühsam aus der Hose steigen konnte. Ich zog die Decke über den Kopf und stellte mich tot. Hugo würde wissen, wie sich ein Kavalier in solchen Situationen zu rechtfertigen hatte.

Hugo räusperte sich einleitend, der Allergiker geriet in Panik und schrie Zeter, Mordio und Hilfe. Das Niesen war ihm vergangen.

»Würden Sie mir bitte mein Hemd reichen«, sagte Hugo höflich, »es liegt hinter der Kommode.«

Spirwes gehorchte, entdeckte aber auch meinen Unterrock und glaubte, Hugo würde es mit Miele treiben. »Moi Flint!« rief er – und, wenn ich nicht irre, sogar »Unselische!«

Verzweifelt suchte er im Kleiderschrank nach seinem Gewehr. Ich wußte, daß Miele es gegen Lebensmittel getauscht hatte, und versuchte ihn zu beschwichtigen: »Es dud mer leid, Spirwes, des Mielsche hett mer emol sein Schlissel geliehe, damit ich mer e Schärmsche hol, wenns pletzlich rechne deht! Nur dadefür sin mir kumme. Derf ich eich iebrichens bekannt mache...?«

Die Herren reichten sich die Hände und brachten ein gezwungenes »angenehm« und »aach angenehm« zustande. Hugo stopfte mir blitzschnell meine Kleider unter die Decke, so daß ich mich unterirdisch anziehen konnte. Spirwes war so erleichtert, weder seine Frau noch Ein-, sondern nur Ehebrecher vorgefunden zu haben, daß er eine Flasche Korn öffnete. Zu ihrem großen Erstaunen fand uns Mielchen alle drei betrunken auf dem Sofa sitzen. Als wir uns verabschiedeten, lallte Spirwes: »Was geww ich uff moi schlächt Gschwätz! Awwer denkt aach emol an aam und dud des nächstemol die Bedde frisch beziehe!«

Ob Hugo sich daran erinnert? Wir haben später noch oft unter Gelächter den dürren Spirwes zitiert. Ich habe allerdings nicht vor, Mielchens Namen zu erwähnen.

Als Heidemarie auszog, um in Hamburg bei einem Herrenschneider zu arbeiten, überlegte meine Mutter lange, ob sie zu Ida nach Frankfurt ziehen sollte. Sie entschied sich schließlich gegen das Landleben und für die kranke Tochter. Meine Schwägerin Monika wollte wieder heiraten, einen äußerst ruhigen, langweiligen Flüchtling aus dem Osten. Vielleicht wollte Mutter dem jungen Glück nicht auf die Finger sehen, dafür aber mir. Sie mochte Anton gern, hatte aber sofort erkannt, daß er ganz nach meiner Pfeife tanzte. Seit Mutter in Frankfurt wohnte, kam sie mindestens einmal in der Woche zu Besuch. Es zog sie natürlich auch in ihre alte Heimat, dabei mied sie aber das ausgebombte Herz der Stadt, wo einst unser Haus mit dem Schuhgeschäft gestanden hatte.

Idas Krankheit verlief in Schüben, manchmal war sie über einen längeren Zeitraum wohlauf. Kaum hatte Hugo eine eigene Buchhandlung erworben und verdiente besser, begann sie sein Geld für teure Kleider auszugeben. Ich wußte es von Mutter, Hugo pflegte nie über Eheprobleme zu sprechen.

Im übrigen trafen wir uns ohnedies aus Scham nicht mehr bei Mielchen. Die neue Regelung war allerdings auch nicht optimal: Hugo schickte seinen Lehrling in der Mittagspause fort, schloß den Laden ab und begab sich mit mir in sein Büro, wo es kein Bett, sondern nur ein durchgesessenes Sofa mit einer haarenden Kaninchenpelzdecke gab.

Als ich eines Tages wie stets in großer Eile vom Bahnhof kam, sah ich schon von weitem vor meinem Haus einen Menschenauflauf. Veronika kam mir laut weinend entgegengerannt, aber ich verstand nicht, was sie sagte. Erst als wir vor der Tür angelangten, erfuhr ich von einer Nachbarin, was geschehen war: Ulrich radelte in einem Konvoi von Freunden auf der Straße herum, Veronika saß auf dem Gepäckträger. Mit Regine an der Hand stand Anton im Vorgarten und ließ die Kleine ein rotes Fähnchen schwenken. Dank seines geschärften Gehörsinns hörte er von weitem einen Lastwagen nahen und rief den Kindern zu, an den Straßenrand zu fahren. Ulrich war etwa zwölf und benahm sich vernünftig wie meistens. Als er auf der gegenüberliegenden Seite anhielt und Veronika vom Rücksitz gleiten ließ, riß sich Regine plötzlich los und lief zu ihrer großen Schwester. Um das Kind wieder einzufangen, sprang Anton instinktiv hinterher. Die flinke Regine war längst heil bei den Geschwistern angekommen, als er unter die Räder des Lasters geriet. Meine Kinder erlitten einen Schock, Anton wurde ins Krankenhaus gebracht.

Plötzlich schnarcht Hugo lauter und wird davon wach. Erschrocken starrt er mich aus seinen blauen Augen an, die durch den beginnenden grauen Star noch geheimnisvoller wirken. »Entschuldige, ich muß eingeschlafen sein! Ich habe gerade von Ida geträumt.«

Mein Gott, Hugo, früher warst du einfühlsamer. Höflich frage ich: »War es wenigstens ein schöner Traum?«

Hugo kann die Handlung nicht mehr rekapitulieren. Er setzt sich auf und reibt sich die Augen. »Im Traum war Ida wütend auf mich, ich weiß allerdings nicht, warum. Aber es war so schlimm wie damals, als sie die fremde Frau in unserer Wohnung antraf, erinnerst du dich?«

Ich gebe vor, keine Ahnung zu haben, und bemerke nur, daß anscheinend jeder seine eigenen Erinnerungen habe.

Also darf Hugo erzählen, wie Ida eines Tages vom Friseur zurückkam und eine unbekannte junge Frau im Wohnzimmer vorfand. Als Antwort auf Idas erregte Fragen behauptete die Fremde: »Hat Ihr Mann Ihnen nicht gesagt, daß er sich demnächst scheiden lassen wird? Ich bin schon lange seine Geliebte und werde bald hier einziehen.« Ida fiel zwar kurzfristig das Herz, nicht jedoch das

Mundwerk aus; unter garstigen Worten warf sie die Frau hinaus. Als der Spuk vorbei war, bekam sie einen hysterischen Anfall.

Der verdatterte Hugo wurde mit einem Wurfgeschoß begrüßt – einer Gallé-Vase seiner Eltern, weil sich Ida auch im größten Zorn nie an der eigenen Mitgift vergriff. Nachdem er meine Schwester etwas beruhigt hatte, ließ sich Hugo seine angebliche Geliebte beschreiben. Sie war und blieb ihm völlig fremd. Es dauerte sehr lange, bis sie auf die Idee kamen, Idas Schmuckkassette zu suchen. Auch aus Hugos Schreibtischschublade fehlte ein Umschlag mit Bargeld. »Eine geistesgegenwärtige Einbrecherin«, beendet Hugo seine Geschichte.

»Wieviel Uhr ist es jetzt?« fragt er, erheitert über seine eigene Anekdote, die ihm äußerst flüssig über die Lippen gekommen ist. Es ist drei, und wir haben alle beide die Pillen vergessen. Nebenbei bemerkt, behagt mir die von Heidemarie aufgebürdete Pflicht wenig. Eigentlich sollte Hugo die Verantwortung für seine Gesundheit selbst übernehmen. »Ach Charlotte, du bist immer noch so rigoros«, sagt er, »für dich gibt es nur ja oder nein, gut oder böse, immer oder nie; wir sollten uns gegenseitig ein wenig unterstützen, der eine kann vielleicht dies, der andere jenes noch ein bißchen besser…«

»Der Blinde trägt den Lahmen«, sage ich kühl, denn ich ahne, wer die bequemere Rolle bekommt.

»Wenn Heidemarie länger in München bleiben will«, fährt Hugo fort, »dann könnte ich doch oben in einer der Mansarden schlafen. Ich würde dir sicherlich keine Extraarbeit machen. Für das gesparte Geld könnten wir uns täglich ein gutes Essen leisten.«

Morgen erwarte ich Regine und Felix, ich habe sie ganz offiziell eingeladen. Sicherlich würden sie mit anpacken und ein Zimmer für Hugo herrichten. Aber die steile Stiege?

»Gefällt es dir nicht im Hotel?« frage ich.

»Doch, es ist in Ordnung, aber gemütlicher wäre es natürlich bei dir. Außerdem könnten wir dann den ganzen Tag beisammen sein, und das wünschen wir uns doch beide. Ich denke, wir haben viel nachzuholen.«

Kann man noch etwas nachholen? frage ich mich. Wir waren Freunde, wir haben uns geliebt, wir haben uns Briefe geschrieben. Allerdings gab es immer wieder lange Pausen. Jetzt geht unser Leben dem Ende zu.

»Ich habe mich so nach dir gesehnt«, sagt Hugo. Ich nicke, aber ich bringe solche Geständnisse nicht über die Lippen. Es ist Frühling, wird sich jetzt alles, alles wenden?

Hugo macht Pläne: »Wenn ich schon mal in Darmstadt bin, will ich unbedingt dem Langen Lui guten Tag sagen, außerdem müssen wir auf den Friedhof.«

Müssen wir? Ohne die gewohnte Siesta bin ich auf einmal sehr müde. Hugos und meine Eltern, unsere Geschwister und die meisten Jugendfreunde liegen auf dem Waldfriedhof begraben. Felix könnte uns bestimmt hinfahren. Sollen wir unsere eigenen Grabsteine oder lieber ein kleines Stückchen Zukunft entwerfen?

»Was würdest du mir aufs Grab schreiben?« frage ich Hugo und erwarte ein romantisches Gedicht.

Aber Hugo setzt zu einer Rede über Henriette Caroline,

einer Förderin der Musen an. Als die Landgräfin 1774 starb, ließ ihr Friedrich der Große auf den Grabstein meißeln:

FEMINA SEXU, INGENIO VIR.
Von Geschlecht eine Frau, von Geist ein Mann.

Ob das nicht auch auf mich zutreffe?

Obgleich der schöngeistige Preußenkönig es damals wohl als Kompliment gemeint hatte, gerate ich in Harnisch.

Hugo grinst, als er meine leidenschaftlichen Attacken auf die männliche Überheblichkeit zu hören bekommt.

Obwohl ich nicht hungrig bin, gehen wir um sechs ins Hotel und bestellen ein Menü. Spargelsuppe, Zunge in Madeira, Pfirsich Melba. Natürlich bleibt die Hälfte übrig, es ist ein Jammer. Soll ich mir das restliche Fleisch »für meinen Hund« einpacken lassen? Hugo hält das sicherlich für unfein, in seinen besten Frankfurter Jahren war er fast ein Lebemann und pflegte im Hessischen Hof zu speisen.

Morgen muß ich frisch sein, um acht bestelle ich mir ein Taxi und fahre heim. Heidemarie wird sich wieder melden, Regine und Felix wollen kommen. Es tut gut, kein Wort mehr zu reden, auch nicht mit Hulda. Wo ist sie überhaupt? Als ich die Bettdecke aufschlage, liegt sie gemütlich in meinem Nest; Hugo hat mir einen Streich gespielt. Soll ich diese Idee lustig finden, infantil oder gar senil? Ich beschließe, mir darüber keine Gedanken zu machen. Um neun liege ich im Bett, es geht mir so allerlei durch den Kopf, vor allem die Vergangenheit.

Antons Unfall setzte meinen Liebesreisen nach Frankfurt ein Ende. Antons rechter Unterschenkel mußte amputiert werden, monatelang lag er in einer Klinik. Veronika hatte ihrer kleinen Schwester (auf die sie ihr Leben lang eifersüchtig blieb) vorgeworfen, den schrecklichen Unfall verursacht zu haben. Regine behauptete wiederum, ihre Schwester Veronika habe ihr ein Zeichen gegeben, über die Straße zu laufen. Mit anderen Worten: Meine kleinen Töchter klagten sich gegenseitig an, während die wirklich Schlechte ihre Mutter war. Ich litt grenzenlos und begann, einen Teil meiner Schuldgefühle auf Hugo zu übertragen. Ob er je verstanden hat, warum ich mich damals ohne Begründung zum zweiten Mal von ihm zurückzog und seine teilnahmsvollen Briefe nicht beantwortete?

Für mich, die ich eine Weile fast schwerelos gelebt und geliebt hatte, begann nun eine Zeit der Buße. Antons Einnahmen fehlten. Ich hatte Glück, daß ich Regine vormittags im Kindergarten unterbringen konnte. So war es mir möglich, stundenweise bei einem Zahnarzt zu arbeiten, der unsere Familie schon seit Jahren behandelte. Nachmittags besuchte ich mit allen Kindern den Kranken. Er machte weder mir noch ihnen jemals einen Vorwurf, sondern versank in eine schwere Depression, die ich als viel ernstere Anklage empfand. Es war fraglich, ob er je wieder als Masseur arbeiten konnte, er fühlte sich plötzlich nutzlos. Fast noch schlimmer waren die Phantomschmerzen, unter denen er zu leiden hatte. Anton wurde mit starken Schmerzmitteln behandelt, die seine trübe Verfassung eher noch verschlimmerten.

Als Alices Tochter getauft wurde, lehnte ich die Patenschaft ab, weil ich mich unwürdig fühlte. Dennoch nannte man das Kind »Constanze Franziska Charlotte«. Ich habe jahrelang befürchtet, mein Name könnte der Kleinen Unglück bringen.

Ich kann nicht schlafen, der morgige Tag liegt wie ein Berg vor mir. Was Hugo wohl damit meint, wenn er sagt, daß wir noch viel nachholen müssen. Ich muß ihn unbedingt fragen.

Meiner Ansicht nach bin vor allem ich an der Reihe, die Karten auf den Tisch zu legen. Regine und Felix sind völlig unvorbereitet auf die große Überraschung, die ihnen bevorsteht, Hugo ebenso. Gott gebe, daß ich die richtigen Worte finde!

Heidemarie hat sich auch nicht gemeldet, das bedeutet, daß sie womöglich operiert wurde und noch in Narkose liegt. Ohne Brust wird sie erwachen, und meine Aufgabe wird sein, diese tragische Nachricht ihrem Vater zu übermitteln.

Immer noch habe ich einige Essensreste vom Großeinkauf der Studenten übrig; werden vier Leute davon satt? Ein Stück Torte ist noch da, Mineralwasser und Likör, auch Pralinés gibt es noch und Käse. Keine perfekte Kombination. Vielleicht hätte ich mir im Hotel doch einen Doggie-Bag mit gekochter Zunge füllen sollen. Wie ich meine Regine kenne, wird sie einen leicht verbrannten, selbstgebackenen Apfelkuchen mitbringen. Habe ich noch ausreichend Kaffee im Haus?

So schwer es mir fällt, ich stehe noch einmal auf und schaue ins Küchenregal. Kaffee ist da, aber weder Milch noch Sahne. Also lösche ich das Licht nicht aus, sondern schreibe einen Einkaufszettel. Milch, Brot, Butter, Sekt, Leberwurst und natürlich Blumen nach meinem Geschmack, weiße Rosen vielleicht. Hugo hat mir keinen Strauß mitgebracht, da lobe ich mir doch die jungen Leute.

Sollen wir morgen alle vier auf den Waldfriedhof pilgern? Wäre das Familiengrab der passende Ort für die Demaskierung, oder ist es dort zu dramatisch? Ich beschließe, die Dinge einfach auf mich zukommen zu lassen. Und wenn alles überstanden ist, kann ich mich beruhigt zu den Vätern niederlegen.

13

Es ist ein Unterschied, ob man für vier Personen oder nur für sich selbst einkauft. Wie gerädert komme ich nach Hause, räume die Lebensmittel in den Kühlschrank, stelle die Blumen in die Vase und werfe mich in meinen grünen Ohrensessel. Es ist noch recht früh, Hugo wird vor zwölf das Hotel nicht verlassen. Soll er nur ausgiebig frühstücken, denn kochen will ich nicht mehr für andere, und dabei bleibt es.

Der Blumenstrauß ist wunderschön. Anton schenkte mir gelegentlich Rosen, die er wegen ihres Duftes liebte. Von Hugo dagegen bekam ich Bücher, die ich heute noch besitze. Aber gerade das Vergängliche macht eine Rose kostbar. Ich nehme eine einzelne Blüte heraus und halte sie mir unter die Nase. Der Geruch ist zart, so duftet wohl das Paradies. Eine schneeweiße Sorte habe ich nicht gefunden, doch die fahle Bastfarbe paßt zu meiner Stimmung. Die äußeren Blütenblätter drehen sich zu einer zarten Spitze; die inneren wickeln sich immer dichter umeinander, bis sie in einem geheimnisvollen Zentrum enden, wo man eine Perle erahnen könnte.

Doch nun zum Ernst des Lebens: Baden und Haarewaschen. Hugo hat einen Hausschlüssel mitgenommen, also muß ich die Badezimmertür verriegeln, denn nichts wäre mir peinlicher, als wenn er versehentlich hereingetappt käme und die ehemals schöne Charlotte von einem nassen grauen Putzlappen nicht zu unterscheiden wäre. Wie lange kann ich noch ohne fremde Hilfe mit allen hygienischen Notwendigkeiten fertig werden? Alice, die acht Jahre jünger ist, muß bereits die Fußpflegerin aufsuchen. Ich kürze meine Nägel mühsam, aber allein. Es muß demütigend sein, wenn man sich waschen läßt; aber keiner kann sich seine Gebrechen aussuchen. Ob Heidemarie ihren Papa baden muß?

Obgleich meine Haare frisch geschnitten sind, wollen sie heute nicht sitzen. Soll ich meine guten alten »Wellenreiter« reinzwicken? Natürlich finde ich sie nicht. Es ist immer so: Wenn Besuch kommt, fühlt man sich älter denn je, und nichts will klappen.

Viel zu früh rückt er an, meine Haare sind noch naß, bleibt vor dem Picasso-Poster stehen. »Schönes Bild, ich habe es gestern schon bewundert! Vielleicht hatte ich deswegen diesen verrückten Traum…«

»Ich liebe die Akrobatenfamilie«, sage ich, »du hast mir dieses Plakat vor vielen Jahren geschickt. Hat dich Ida im Traum zum Affen oder zur Schnecke gemacht?«

Keins von beidem. Hugo hat charmanterweise von mir geträumt. »Wir beide lebten in Goethes Gartenhaus und besaßen zwei Affen, Männchen und Weibchen. Unsere Hausgenossen ähnelten Picassos Pavian, vielleicht waren es auch Schimpansen. Sie waren aufs artigste gekleidet: das Männchen in gelber Biedermeierhose und blauem Cutaway, sein Weibchen dagegen in weitem rotem Faltenrock und grünem Tirolerhütchen. Doch wie groß war unser Schrecken, als wir eines Morgens das Affenzimmer betraten und das bis dahin hochanständige Paar über Nacht zwölf Kinder bekommen hatte. Die jungen Anthropoiden waren naturgemäß unbekleidet und von überschwenglichem Bewegungsdrang erfüllt. Du kannst dir das Klettern, Toben und Kreischen gar nicht vorstellen, Charlotte…«

War das ein angenehmer Traum?

»Fast«, sagt Hugo, »denn du hast mich getröstet. Der frechste Affe hatte meine Buddenbrooks-Ausgabe von 1907 zerkaut! Ich habe im Traum geweint, da hast du mich liebevoll in den Arm genommen, und es war alles, alles gut.«

Ein typischer Hugo-Traum mit dem schönen Schluß aus Eichendorffs Taugenichts; bloß weiß man nie genau, ob er es nicht just erfunden hat. Trotzdem bin ich amüsiert. Hugo breitet die Arme aus, und ich flüchte mich hinein. Es ist wunderbar, aber die Arbeit wartet nicht.

»Später, Hugo«, sage ich und mache mich frei, dabei bin ich mir nicht sicher, ob ich wirklich eine Fortsetzung wünsche, »ich muß den Tisch decken.«

Hugo hat schon wieder ganz vergessen, daß ich Besuch erwarte. »Meine Tochter und mein Enkel«, sage ich.

Hugo summt: »Veronika, der Lenz ist da!«

Nein, Veronika kommt nicht extra aus Amerika, es ist Regine.

»Sososo!« Ich sehe ihm an, daß er grübelt. »Mir ist entfallen, ob sie einen Mann hat und ob ich seinen Namen wissen muß…«

»Er heißt Ernst Elias, aber den Namen brauchst du dir nicht mehr zu merken, Regine ist seit langem geschieden. Übrigens nannte man ihn das Ofenrohr.«

Hugo lacht, die alte Darmstädter Sitte, allen Leuten einen Spitznamen zu verpassen, hat ihm immer gefallen. »Bekommt sie wenigstens Geld vom Ofenrohr?«

»Sie nicht, aber ihr Sohn. Regine ist berufstätig und verdient genug.«

Da ruft Heidemarie an, um mir die Hiobsbotschaft mitzuteilen. Ihren Vater möchte sie nicht sprechen, ich soll ihm behutsam von der überstandenen Operation berichten. Hugo sagt sofort: »Krebs?« Als ich nicke und Pillen austeile, versinkt er in mißmutiges Schweigen.

Ich kann ihn begreifen: Der Gedanke, daß eines der eigenen Kinder vor ihnen sterben könnte, ist für alle Eltern unerträglich.

Plötzlich steht Felix, der einen Hausschlüssel hat, mitten im Zimmer. Regine latscht in Gesundheitssandalen mit einem zu flach geratenen Käsekuchen hinterdrein. Hugo schnellt in zackiger Steifheit hoch, er ist noch von der alten Schule.

»Guten Tag, Onkel Hugo«, brüllt Regine. Sie hat beruflich oft mit Behinderten zu tun und behandelt zuweilen den Rest der Menschheit ebenso.

»Darf ich dich mit deinem Vater bekannt machen?« rücke ich mit meiner Sensation heraus. Leider habe ich mir die Wirkung gewaltiger vorgestellt.

Regine und Hugo geben sich die Hand und haben nichts kapiert.

»Felix, das ist dein Opa...«

Der Junge ist sonst nicht schwer von Begriff, aber jetzt sehe ich, wie er voller Unbehagen zu seiner Mutter schielt. Alle glauben, die Altersdemenz habe mich erwischt.

Nach umständlichen Erläuterungen meinerseits ist es

Hugo, bei dem zuerst der Groschen fällt. »Kolossal«, sagt er und strahlt.

Regine heult, Felix fühlt sich überflüssig.

Vielleicht war es doch nicht richtig, alle auf einen Streich aufzuklären, ich hätte sie mir lieber einzeln vorknöpfen sollen.

Felix holt die Kaffeekanne aus der Küche, streicht seiner Mutter übers Haar, schneidet den Kuchen und macht sich allenthalben nützlich.

Ich lege zaghaft den Arm um meine weinende Tochter. »Aber Onkel Anton war doch mein Vater«, schluchzt sie, »und Tante Ida lebte damals noch...«

Nun wird es Hugo mulmig, und er wendet sich Felix zu. »Ich habe mir immer einen Sohn gewünscht«, sagt er.

»Wenn denn alles stimmt«, sagt Felix vorsichtig, »dann bin ich Ihr Enkel.«

»So wahr ich hier stehe, das bist du«, sagt Hugo.

Als Regine endlich ausgeheult hat, wird der Sekt aufgemacht. Allerdings rühre ich ihn nicht an, weil ich bei Hugos Ankunft geradezu filmreif aufstoßen mußte. In diesem Punkt kam mir seine Schwerhörigkeit entgegen. Wenigstens er scheint sich zu freuen, fragt nach dem genauen Geburtsdatum seiner Tochter und rechnet herum, wie ich seinen flüsternden Lippen und auf den Tisch tippenden Fingern entnehme.

»Und, Junge«, sagt Hugo, »hast du ein Mädchen?«

Felix zwinkert mir zu und muß lachen. »No problem«, sagt er; »sie heißt Susi«, ergänze ich stolz.

Hugo sieht sich bemüßigt, eine patriarchalische Rede zu halten, die in der Feststellung gipfelt: »In deinem Alter war ich bereits Familienvater!« Und er schließt mit den vielsagenden Worten: »Allzuviel ist ungesund.«

Felix weiß eine Antwort, die das Eis endgültig bricht: »Die schärfsten Kritiker der Elche waren früher selber welche.«

Regine ist zuweilen von plumper Offenheit, ich weiß gar nicht, von wem sie das hat. Obgleich ich doch bereits geständig war, läßt sie sich noch einmal bestätigen, daß Hugo seine Ida betrogen hat, ich meinen Anton. Gerade Regine hat es nötig, die Moralistin zu spielen, nachdem sie selbst ihren Mann sitzengelassen hat. Um nicht loszuheulen, gehe ich in die Küche.

Als ich wieder hereinkomme, fragen Hugo und Regine gleichzeitig: »Und warum erfahren wir das alles erst heute?«

Weil ich anfangs zu stolz und später zu feige war.

Felix ist feinfühliger. »Ich glaube, die beste aller Großmütter sollte sich ein bißchen hinlegen, schaut mal, wie erschöpft sie ist.«

Alle starren mich an.

Ich schüttle den Kopf, diesen Tag werde ich auch noch überstehen. »Apropos Großmutter«, sage ich, »Regine, du wirst Augen machen!«, und ich schlage das Familienalbum auf. Ein bißchen unangenehm ist es zwar, daß ich ausgerechnet Idas großformatiges Hochzeitsfoto herausnehmen muß. Leider besitze ich kein anderes, auf dem Hugos Eltern abgebildet sind.

Sie staunen. Meine Tochter sieht ihrer frischgewonnenen Großmutter, die auf diesem Foto in etwa Regines Alter hat, wirklich zum Verwechseln ähnlich.

Da wird Hugo sentimental. »Mein Töchterchen«, sagt er

und tätschelt Regines Schulter, und sie putzt ständig mit zuckender Hand ihre Brille.

Felix gesteht, daß Susi auf ihn warte; deswegen wollte er mich fürsorglich ins Bett schicken.

»Geh nur«, sagt Regine, »aber mein Auto bleibt hier.«

Felix umarmt einen nach dem anderen und verkrümelt sich. Gleich wird er seiner Liebsten eine farbenfrohe Schilderung vom sittlichen Verfall seiner Familie geben.

Eigentlich würde ich das Album gern wegräumen, aber Hugo mag sein Hochzeitsbild nicht aus der Hand geben. »Warum bist du eigentlich nicht dabei, Charlotte?«

»Weil ich sterbenskrank war«, sage ich und reiße das Foto an mich.

Die schwangere Ida sieht zauberhaft aus, das muß man ihr lassen.

Nun blättert Regine im Album. »Schwer, leicht, schwer, leicht«, murmelt sie. Wir verstehen sie nicht. Sie erklärt uns, daß manche Familienmitglieder nach meinem korpulenten Vater, andere nach der feingliedrigen Mutter geraten sind.

Es kommt mir vor, als ob Regine grob vereinfachend ihre Fachkenntnisse demonstrieren will. Hugo zeigt sich beeindruckt, bei seiner dicken Heidemarie reagiert er aber empfindlich.

»Hast du Heidemarie schon gesagt, daß ich eine zweite Tochter habe?« fragt Hugo jetzt ängstlich. »Sie hing sehr an Ida. Vielleicht ist jetzt nicht der richtige Moment…«

Ich beruhige ihn; es ist klar, daß sie vorläufig geschont werden muß.

Aber nun fängt Regine an: »Weiß Ulrich Bescheid?«

Nein, hier und heute war mein Coming-out. Regines Augen glitzern; ich ahne, daß sie uns ebenfalls bald verlassen wird. Lange Telefongespräche mit ihrem Bruder in Heidelberg und Veronika in Los Angeles stehen an, dabei wäre es mir lieber, ich dürfte auch meine anderen Kinder selbst informieren.

Regine erkennt, daß mir alles zuviel wird.

»Ich fahre Onkel Hugo – beziehungsweise Vater – ins Hotel, esse mit ihm eine Kleinigkeit und komme morgen wieder. Gott sei Dank ist heute erst Samstag.«

Endlich habe ich alles abgeräumt und gespült, liege im Bett und bemerke in der wunderbaren Stille der Nacht, daß mein Herz holpert und poltert wie nie zuvor. In dieser späten Stunde wird auch Hugo schlaflos im Hotelzimmer liegen, Regine wie eine Verrückte telefonieren, Felix die Sache etwas gelassener hinnehmen. Ob nun ein gewisser Onkel Anton oder der neue Onkel Hugo sein Großvater ist, wird ihm keine Neurosen zufügen. Fraglos hat ihm die Scheidung seiner Eltern mehr geschadet.

Alle meine Kinder haben Anton mit »Onkel« angeredet, auch Regine, die ihn für ihren leiblichen Vater hielt. Ich denke an die schwere Zeit zurück, als Anton aus dem Krankenhaus entlassen wurde. Anton hatte stets im Stehen massiert, was ihm infolge der Beinprothese nicht mehr gelang. Im Sitzen fand er keine Kraft zum wirksamen Kneten und Klopfen. Nur noch wenige treue Patienten, die sich mit laschem Streichen und Reiben zufriedengaben, besuchten seine Praxis. Ich mußte weiterhin Geld verdienen.

Als Regine acht war, starb Anton an einer Lungenent-zündung. Sein Tod traf sie tief; sie begann unter ständig wiederkehrenden Bagatellerkrankungen zu leiden und kam in der Schule nicht mehr mit. Bereits damals wäre es meine Pflicht gewesen, dieses labile Kind mit seinem wirklichen Vater zusammenzubringen, aber hätte sich Hugo das über-haupt gefallen lassen? Und wie sehr hätte ich meine kranke Schwester Ida verletzt, der ohnedies kein leichtes Schicksal beschieden war.

Am meisten ärgert mich die eigene Redseligkeit. Ich hätte Regine auf keinen Fall verraten sollen, daß ich mit Hugo auch nach ihrer Zeugung eine Liebesbeziehung unterhielt. Wenn ich sie im Glauben gelassen hätte, daß ich ihrem ge-liebten Onkel Anton treu war, hätte sie sich niemals so auf-geregt. Warum war ich derartig unbesonnen?

»Es ist ohnehin alles nicht mehr zu ändern«, sagt Hulda, »schlaf lieber ein bißchen. Morgen ist auch noch ein Tag.«

Sie hat recht, aber trotzdem verfolgen mich meine Kin-der immer wieder bis in den Schlaf, und sei es nur wegen der Schuldgefühle, mit denen sich wohl jede Mutter herum-schlagen muß. Hätte eine andere alles besser gemacht? Vero-nika verließ viel zu früh das Elternhaus, Ulrich war ein alt-kluger Einzelgänger, Regine ein Seelchen, sie hätten einen guten Vater gebraucht.

Erst gegen fünf Uhr bin ich eingeschlafen, jetzt ist es bereits zehn, das Telefon hat mich geweckt. Dem alten Herrn gehe es nicht besonders, sagt eine besorgte Stimme, er lasse aus-richten, er bleibe noch eine Weile im Hotel. Das Frühstück habe man ihm selbstverständlich wie bisher aufs Zimmer gebracht. Ich solle mich aber nicht aufregen.

Der nächste Anrufer ist Ulrich. Lange habe ich nichts von meinem Sohn gehört. »Wir kommen nachher vorbei.«

Also noch mehr Leute. Wer ist wir?

»Nur Evelyn und ich, Friedrich und Cora sind außer Landes; die Jugend ist flügge geworden, nicht wahr.«

Mein Sohn und meine Schwiegertochter wohnen zwar nicht allzu weit von mir, aber sie sind stets bis über beide Ohren beschäftigt. Regine muß ihnen ordentlich eingeheizt haben. »Ulrich«, sage ich zaghaft, »sicher hat dich deine aufgelöste Schwester gestern in Unruhe versetzt. Ihr braucht nicht extra herzukommen, ich habe bisher noch immer alles allein geschafft.«

Er läßt sich gar nicht auf Diskussionen ein. »Wir bringen einen Chianti classico mit«, sagt er, »ciao, a presto!«

Ich weiß, daß er nichts von meiner Vorliebe für Dessertweine hält.

Als erste kommt Regine; man sieht ihr an, daß sie nicht gut geschlafen hat. Mißbilligend besieht sie sich Hugos Pillen. »Seine Hypertonie muß regelmäßig behandelt werden«, sagt sie, »anscheinend hat er die Tabletten weder gestern abend noch heute morgen eingenommen.«

Mea maxima culpa, aber wer konnte bei aller Aufregung an solche Banalitäten denken? Obwohl ich aufgeräumt habe, beginnt Regine, noch besser aufzuräumen; ob sie ihrer Schwester Heidemarie nacheifern und mich unter Kuratel stellen will?

»Wie war das Essen im Hotel?« frage ich, um mich an den gestrigen Abend heranzutasten.

»Das Essen war unwichtig«, sagt Regine anklagend, »aber ich frage mich immer wieder, warum du mir meinen bezaubernden Erzeuger so lange vorenthalten hast.«

Dacht' ich mir's doch, jetzt ist ER der Wunderbare, und ich bin abgeschrieben. Ich reagiere empfindlich und versuche mühsam, meine damalige Situation zu erklären.

Wir beschimpfen und umarmen uns, weinen, brechen in gereiztes Lachen aus. Lange kann man das nicht aushalten.

Am Telefon ist Veronika: »Hello, Mommy!« Meine anderen Kinder sagen seit dreißig Jahren »Mutter« zu mir. Ein Satellitenecho macht es unmöglich, verständlich miteinander zu sprechen. Mein Glück, denn ich mag nicht mehr. Als mein Schwiegersohn »Hi, Lotti!« schreit, hänge ich auf.

»Soll ich Pa abholen?« fragt Regine. Von ›Onkel Hugo‹ zu ›Pa‹, das ging ja schnell! Soll sie nur losfahren. Heimlich hoffe ich, daß Hugo noch im Bett liegt und sie nicht allzu bald zurückkommen. Nach einer solchen Nacht tut es gut, sich noch ein wenig auf dem Kanapee auszustrecken.

Ewig und drei Tage habe ich die arme Heidemarie mit Häme überschüttet, ich schäme mich ein bißchen. Erstens hatte sie mit ihrer Vorsorge durchaus recht, denn Hugo denkt gar nicht daran, unaufgefordert seine Pillen zu schlucken. Und außerdem muß sie am Ende vor mir sterben.

Auf der Suche nach Postkarten finde ich eine mit dem Hochzeitsturm. Heidemarie wurde schließlich in Darmstadt geboren und ist hier aufgewachsen, sie wird sich über etwas Heimatliches freuen. Wie fünf Finger einer Hand weisen die Zinnen des Ziegelturms nach oben und werden Heidemarie diskret an das Himmelreich gemahnen. Wenn Hugo, Regine und Ulrich hier sind, werden wir gemeinsame Grüße nach München senden.

14

Ulrich und Evelyn, Hugo und Regine, schließlich auch Felix und Susi, stehen in meiner winzigen Diele herum und beraten, was man unternehmen soll. »Friedhof«, fordert Hugo.

Wir fahren in zwei Wagen. Den ersten steuert Regine, neben ihr sitzt Ulrich; im Fond fläzen sich Hugo und ich wie zwei Kinder. Ohne die geringste Verantwortung zu übernehmen, werden wir durch die Gegend geschaukelt. Hugo genießt es und faßt sogar im Überschwang nach meiner Hand. Seine Finger sind an den Mittelgelenken knotig und steif, ich weiß, daß sich meine eigenen ähnlich anfühlen.

Ulrichs Wagen wird von Felix gefahren, neben ihm sitzt Evelyn, hinten Susi. Die Neugierde stand ihr im Gesicht geschrieben, als sie Hugo begrüßte.

Vor dem Waldfriedhof gibt es ausreichend Parkplätze, die Saison für gießende Gärtner hat bis jetzt nicht begonnen. Susi war noch nie hier. Als Studentin der Architektur imponiert ihr der grandiose Zugang; wir schreiten über eine großräumige Fläche zum Hauptportal, das von Säulen getragen und von zwei Kuppeltürmen mit runden Fenstern – Ochsenaugen, wie sie fachmännisch sagt – flankiert wird. Ulrich belehrt die junge Dame: »Stadtbaurat August Buxbaum hat diese Begräbnisstätte geplant, 1914 wurden die ersten Gräber angelegt. Zuerst entstand das Krematorium, ein paar Jahre darauf wurden Aussegnungs- und Leichenhalle fertig.«

Hugo strebt zu seinem Familiengrab, ich zu meinem, aber unsere Studenten siegen. Es sind die Kriegsgräber aus dem Ersten und Zweiten Weltkrieg, für die sie sich interessieren. »Nun sieh doch mal«, sagt Felix, »die toten Soldaten kamen nie ohne Dienstgrad unter die Erde. Ordnung ist also nicht bloß das halbe Leben!« Und er liest vor: »Pionier, Kanonier, Gefreiter, Telephonist, Luftschiffer, Krankenträger, Landwehrmann, Reservist, Schütze, Grenadier, Gardist und so weiter...«

Zu den deutschen kommen ein paar hundert französische und russische Soldaten, die zwischen 1914 und 1918 fielen. Unser pazifistisches Pärchen ist entsetzt und beginnt mit Eifer, auch die Inschriften für gefallene Söhne auf den Familiengräbern zu studieren. Sie ruhen »fern ihrer Lieben, doch unvergessen, bei Tobruk in Nordafrika«, aber »die Liebe höret nimmer auf«, sie starben den »Heldentod fürs Vaterland« oder sind »beim Einfliegen tödlich abgestürzt«. Schließlich kommen wir zum Massengrab von 12 000 Darmstädter Bürgern, die bei der Zerstörung der Stadt am 11. September 1944 umkamen. Auf den Gedächtnistafeln sind ihre Namen in alphabetischer Reihe verzeichnet. Es sind viele dabei, die wir gut kannten.

»Nun aber zu Ida«, sagt Hugo. Meine Schwester liegt nicht bei meinen, sondern bei seinen Eltern, wo man auch ihm ein schattiges Plätzchen freihält. »Hier ruht in Frieden unsere gute unvergeßliche Elise«, liest Regine auf der Steinplatte ihrer neuen Großmutter. Hugo hat eine weiße Rose mitgebracht, die er auf Idas Grabstein bettet.

Unser Familiengrab ist schöner als seines. Vier korinthische Säulen stützen ein bemoostes Dach, dessen Sims mit einem Mäanderfries geschmückt ist. Rechts und links halten Engel eine Rosengirlande, die in der Mitte zu einem Kranz geschlungen ist. Buchen und Kiefern werfen Eckern und Zapfen auf den Waldboden, der im übrigen nur von einigen Töpfen Fleißiger Lieschen gestört wird. Hier liegen meine Großeltern, Eltern, meine Geschwister Fanni und Albert.

> »Oh, lieb, solang du lieben kannst!
> Oh, lieb, solang du lieben magst!
> Die Stunde kommt, die Stunde kommt,
> Wo du an Gräbern stehst und klagst.«

liest meine Schwiegertochter mit leicht mokanter Stimme vor. Ich nehme an, daß ihre Vorfahren ein noch viel feineres Ruhebett besitzen. Dabei ist unser Familienspruch gar nicht so übel.

Regine und Ulrich nehmen häufig die Gelegenheit wahr, sich außer Hörweite zu begeben. Sie reden über mich und Hugo, das liegt auf der Hand. Dann schließen sie wieder auf, Regine nimmt ihren Pa beiseite, Ulrich tritt mit mir zu einem langweilig polierten Marmorblock aus den sechziger Jahren. Er vertieft sich aber nicht in die Grabinschrift; seine Wißbegierde gilt einer grünen Plakette, die auf dem schiefen Klotz klebt: »Unfallgefährdet! Grabstein sofort befestigen lassen! Die Friedhofsverwaltung.« Als würde uns das Monstrum gleich auf die Füße poltern, zieht er mich erschreckt ein Stückchen weiter. »Wie lange muß Heidemarie noch im Krankenhaus bleiben? Und was wird aus Onkel

Hugo, wenn sie vorerst selbst pflegebedürftig ist? Man sollte mit ihrem Arzt Kontakt aufnehmen, nicht wahr...«

Heidemarie hat mir die Telefonnummer der Klinik gegeben, aber wo habe ich sie hingelegt? Wahrscheinlich in die rechte Schublade des Küchenbüffets.

Susi will wissen, wer Fanni war.

»Die Großtante von Felix«, sagt Regine, »meine Schwester«, sage ich, »eine fromme Frau«, sagt Hugo grinsend. Im Gegensatz zu vielen wichtigeren Dingen hat er nicht vergessen, daß auch Fanni kurzfristig in ihn verschossen war. Aber anders als ich hat sich meine Schwester keinem Mann, sondern der Religion hingegeben.

»Woran ist sie gestorben?« fragt Felix.

An Unterleibskrebs, Fanni gehörte zu den vielen tragischen Frauengestalten, die aus falscher Scham zu spät zum Arzt gegangen sind.

»Also stammt der Krebs aus eurer Familie«, stellt Hugo anklagend fest, denn Regine hat wohl gerade mit ihm, genau wie Ulrich mit mir, über Heidemaries Krankheit gesprochen.

Ich ärgere mich plötzlich über die ganze Mischpoke und will nach Hause, doch mein Wunsch bleibt vorerst unerheblich, denn Hugo wird es schwindlig, und er sinkt auf eine Grabplatte. Zur allgemeinen Verwunderung zieht Regine ein Blutdruckmeßgerät aus ihrer sackartigen Handtasche.

»Woher hast du denn so was?« fragt Felix verblüfft.

»So was hat man eben«, antwortet sie, wickelt die Gummimanschette um Hugos Oberarm und pumpt auf. Das Ergebnis ist besorgniserregend. Ulrich und Felix stützen meinen alten Hugo und führen ihn zu einer schattigen Bank, denn Regine zischt: »Raus aus der Sonne!«

Mir tut die Rast auch ganz gut.

Regine ist in ihrem Element. Sie traktiert ihren Vater mit Kreislauftropfen und aufmunternden Worten. Hugo geht es bereits nach fünf Minuten besser; schlau, wie er ist, weiß er die Gunst der Stunde zu nutzen. »Ich will nicht mehr ins Hotel…«, seufzt er, als wäre das Hotelbett schuld.

»Du kommst zu mir«, sagt Regine beglückt, »das wäre ja noch schöner!«

»Ich möchte zu Charlotte«, sagt Hugo, und ich sehe in seinen Augen ein listiges Funkeln, das mich rührt.

Ohne zu fragen, ob mir diese Lösung recht ist, verspricht ihm Regine alles, was er will.

Evelyn möchte am Eingang fragen gehen, ob wir ausnahmsweise mit dem Wagen bis zu Hugos Bank vorfahren dürfen. Hugo will auf keinen Fall Aufsehen erregen und versichert, es bis zum Auto zu schaffen. Regine und Felix halten ihn unter den Armen, und mit langsamen kleinen Schritten nähern wir uns dem Parkplatz.

Susi plaudert mit Ulrich, meine Schwiegertochter mit mir. Obgleich sie heute bestimmt nicht ihre besten Sachen trägt, stellt sie doch alle in den Schatten. Ihr rosa Kostüm – persischrosa, wie sie betont – könnte sich auf jedem Diplomatenempfang sehen lassen. Nun, sie wußte ja nicht, daß wir ausgerechnet auf den Friedhof wollten. »Du hast die falschen Schuhe an«, sagt sie liebenswürdig.

Evelyn hat mich durchschaut. Sie kennt meine Vorliebe für Turnschuhe und weiß, für wen ich die eleganten Riemchensandalen trage, die sie mir einst in Florenz gekauft hat. Ich schäme mich ein bißchen, daß mir Hugo wichtiger ist als die eigene Trittfestigkeit.

Früher haben böse Zungen behauptet, Ulrich leide unter einem Ödipuskomplex: Mit der rothaarigen Evelyn habe er seine Mutter geheiratet. Alles Unsinn. Anfangs hatte ich Bedenken, ob diese mondäne Frau meinem weltabgewandten Ulrich treu bleibe, doch seit er die Fünfzig überschritten hat, klagt sie immer wieder, daß er seinen Studentinnen schöne Augen mache.

Als wir endlich zu Hause sind, wird Hugo aufs Sofa gepackt. Ulrich geht mit dem Telefon und mir in die Küche. Natürlich kann er den Chefarzt in München nicht erreichen, heute ist Sonntag. Ich rufe meine Schwester Alice an, die schließlich Ärztin war. Sogleich erklärt sie sich bereit, ab morgen früh Jagd auf Heidemaries Ärzte zu machen und uns umgehend zu informieren. Im übrigen beruhigt sie mich; sie kenne mehrere Frauen, denen es nach einer Brustoperation seit vielen Jahren ausgezeichnet gehe. Aber es könne natürlich zu Lymphstauungen im Arm kommen...
»Wenn in den ersten drei Jahren nach Entdeckung eines Mammakarzinoms keine Metastasen oder Lokalrezidive auftreten, ist man im allgemeinen über den Berg.«

Ob Hugo und ich das noch erleben werden?

Inzwischen haben Regine, Felix und Susi die Mansarde besichtigt und auf ihre Verwertbarkeit als Gästezimmer untersucht. Unmöglich, vor allem wegen der steilen Treppe, sagt Regine. Aber man könne eines der Betten hinuntertragen. Felix sagt taktlos: »Obgleich die Matratzen ziemlich das Letzte sind.«

Und wohin mit dem Bett? Sie werden es doch nicht – mir nichts, dir nichts – neben meinem Lager aufschlagen. »Ich kann ohne weiteres auf dem Sofa schlafen«, behauptet Hugo.

Ich protestiere, auf längere Sicht möchte ich mein Siesta-Plätzchen nicht missen. Die tatkräftigen Kinder wandern suchend durch Küche, Wohn- und Schlafzimmer. Nun leistet das Kabäuschen doch noch nützliche Dienste, wenn man es leer räumt, passen Bett und Nachttisch hinein. Hugo ist es zufrieden.

Ich höre, wie Ulrich seine Schwester fragt, ob sie nicht besser auch bei mir übernachtet, falls Hugo wieder kollabiert. »Ich bitte dich, ich muß morgen früh um acht auf der Matte stehen«, sagt Regine, »ich nehme an, daß du erst sehr viel später...«

Um neun ist meine besorgte Familie endlich verschwunden, Hugo und ich sind allein. Ein von Susi frisch bezogenes Bett erwartet ihn, Regine hat seinen Koffer aus dem Hotel geholt. Wir zwei Alten sind erschöpft, aber wir denken beide rechtzeitig an die Tabletten.

»Warum hat sich Regine von ihrem Mann getrennt?« will Hugo wissen. »Er ist doch immerhin der Vater von Felix?« Er hält nicht viel von Scheidung, das weiß ich seit bald fünfzig Jahren.

Ich erzähle also, wie Regine einen wesentlich älteren Mann, das sogenannte Ofenrohr, ziemlich überstürzt heiratete, obgleich ich, Ulrich, Alice und ihre besten Freundinnen sie warnten. Ernst Elias ist ein etwas verrückter Künstler, Spezialist für biblische Themen. Regine hatte damals eine lang wallende Mähne und stand ihm für die büßende Maria Magdalena Modell, wusch und salbte dem Herrn die Füße und setzte anschließend ihre Haare als Handtuch ein. Um ein männliches Modell zu sparen, pflegte das Ofenrohr den eigenen Fuß aus manieristischer Perspektive abzumalen. Regines Schwangerschaft war der Anlaß, daß sich Ernst Elias den Madonnen zuwandte; etwas mißmutig mußte sie für eine Marienserie stillhalten, obwohl sich die gemalte Jungfrau stets auf der Flucht befand.

Der Maler gab viel Geld für weiße Lilien, geliehene Esel und blaue Umhänge aus. Als Felix zur Welt kam, wurde auch er Opfer der väterlichen Leidenschaft, in grobes Leinen gewickelt gesellte man ihn schon mit wenigen Monaten stundenlang einem Lämmlein bei. Um sich zu entlasten, plädierte Regine für die Anstellung eines Mietjosephs. Und damit nahm das Verhängnis seinen Lauf, wobei man mir die ehebrecherischen Details leider geflissentlich vorenthielt. Die Ehe endete damit, daß sich meine Tochter die Haare streichholzkurz abschnitt und von da an eine unvorteilhafte Frisur trug, die sie bis heute beibehalten hat.

»Nein, nein«, sagt Hugo, »sie ist eine Jeanne d'Arc, ihr steht diese Frisur. Aber weißt du was, Charlotte, ich werde mein Erbe neu regeln müssen. Bisher bin ich von einer einzigen Tochter ausgegangen.«

»Regine erbt mein Haus, Veronika und Ulrich haben zu ihren Gunsten verzichtet. Sie kommt also auch ohne deine Segnungen über die Runden.«

Leider durchschaut Hugo sofort den Schwachpunkt meiner Planung: Der eingemauerte Bernhard gehört mit zur Erbschaft. »Das können wir doch nicht machen, Charlotte«, sagt er und hat dabei nicht ganz unrecht. Nachdenklich sitzen wir zusammen auf dem Sofa.

Natürlich ist es uns Alten unmöglich, Bernhard zu exhumieren und anderweitig unterzubringen. Wird Regine das Haus behalten? Falls sie selbst darin wohnen will, ist die Chance immerhin groß, daß viel Zeit verstreicht, bevor der grausige Fund entdeckt wird. Wenn sie aber verkauft, wird das unmoderne Haus bestimmt abgerissen.

»Bist du versichert?« fragt Hugo.

Als Hauseigentümerin bin ich in der gesetzlich vorgeschriebenen Gebäudeversicherung gegen Blitzschlag, Explosion, Brand, Sturm, Hagel, Hochwasser und Erdbeben. Wir schauen uns in die Augen, ein Hauch Pioniergeist aus der Jugendzeit flackert auf. »Man könnte doch ...«, sagt Hugo, »... das morsche Gemäuer einfach abfackeln...«, ergänze ich. Ich suche die Police heraus, ob sich die Mühe finanziell lohnen würde.

Sieh da, ein hübsches Sümmchen. Einer alten Frau wird man ja wohl zubilligen, daß sie versehentlich das heiße Bügeleisen auf einem leicht entzündlichen Gewebe vergißt, daß sie die Kochplatten nicht ausstellt, daß sie schmorende Kabel nicht riecht. Wir können uns sogar den auffälligen Benzinkauf sparen. Hugo entwickelt noch wildere Pläne: »Von diesem Geld machen wir eine Kreuzfahrt nach Mexiko.«

»Wenn das Haus nicht mehr steht, dann bekommt Regine die volle Versicherungssumme.«

Doch uns bliebe dann nur noch das Seniorenheim, und

überhaupt käme Bernhard bei einer Feuersbrunst womöglich nur früher ans Tageslicht.

Es sind Gespräche, die mich ermutigen, eine wichtige Frage zu stellen. »Hugo, du mußt mir endlich verraten, warum du dich nach Idas Tod nicht sofort gemeldet hast! Wenn du zehn Jahre früher gekommen wärest, hätten wir vielleicht wirklich noch eine Reise zusammen machen können.«

Hugo murmelt etwas von Depression. Aber seine Briefe und Karten aus jener Zeit hatten einen durchweg vergnüglichen Tenor. Ich hake weiter nach, und die Wahrheit kommt langsam ans Licht. Schon lange vor Idas Tod hatte Hugo seine Buchhandlung verkauft, stand aber mit seiner Nachfolgerin auf gutem Fuß und besuchte sie und seinen ehemaligen Laden fast jede Woche. Sie hieß Rotraud, stammte aus Österreich und war mit einem Liliputaner verheiratet, den sie durch ein Inserat kennengelernt hatte: »Wir machen Ihnen nicht nur den Hof, sondern auch den Garten.« Sie rief sofort an, wollte aber nicht den Gärtner, sondern nur den Texter kennenlernen. Hugo mußte fortan die von Rotraud verfaßte Liebeslyrik in metrisch saubere Sonette zwingen. Das Bändchen wurde im Selbstverlag unter dem Titel »Klein, aber mein« veröffentlicht. Der Zwerg, jahrelang durch zarteste Poesie und Wiener Mehlspeis verwöhnt, war allerdings von undankbarem Wesen und verließ die Dichterin, um sich einer Jüngeren zuzuwenden. Hugo macht eine bedeutungsvolle Pause, um dann zu des Pudels Kern zu kommen: Kein anderer als er hat Rotraud getröstet. Nun werde ich zornig. Wie alt war sie? Über fünfzig. Also jünger als seine Tochter! »Hast du etwa mit ihr geschlafen?« Hugo wird ausweichend und flüchtet sich in ein Mörike-Gedicht: »Ihr tausend Blätter im Walde wißt, ich hab Schön-Rohtrauts Mund geküßt! Schweig stille, mein Herze!«

Wahrscheinlich erwartet er, daß ich in Reimen erwidere: »Was siehst mich an so wunniglich? Wenn du das Herz hast, küsse mich!« Aber ich denke nicht daran, ich habe eher Lust, ihn ins Hotel zu schicken, muß aber mit profanen Worten aufs Kabäuschen verweisen. Hugo nimmt meine Wut nicht ernst, er ist ungezogen genug, sich darüber zu amüsieren. Und als ich schließlich ebenfalls in meiner Koje liege, muß ich wie ein Backfisch über den Liliputaner kichern, der bestimmt Hugos Erfindung ist. Über die real existierende Rotraud muß ich allerdings weinen, und mein Herz schweigt lange nicht stille.

Beim Frühstück fragt Hugo nach seinem Enkel: »Und wie steht der Junge zu seinem Vater?« Felix und Ernst Elias sehen sich selten und mögen sich nicht, aber die Zahlungen erfolgen pünktlich und großzügig. Der Maler kam nämlich im Alter zu Geld und Ehren, als er sich von den Tafelbildern ab- und der Wandmalerei zuwandte. Nachdem er für einen bayerischen Konzern die sieben Todsünden gemalt hatte, wurde es in der Großindustrie Mode, Konferenzsäle mit ebenso gigantischen wie moralisierenden Fresken auszuschmücken.

Noch eines will Hugo wissen: Wieso der Name »Ofenrohr«? Der Vater von Felix war einst ein »schmales Handtuch«, wie Anton sich ausgedrückt hätte, ein langer dünner Mann. Unser Enkel sieht ihm etwas ähnlich. Aber nach seinen großen Erfolgen hätte man den Spitznamen des Malers in »Kanonenofen« abändern müssen, denn die Gestalt wandelte sich drastisch, er wurde vierschrötig und bullig, wie auch die Gesichtsfarbe von teigig-bleich ins Violette mutierte.

Meine Gegenfrage an Hugo lautet: »Warum hat dich Heidemarie nicht bei Rotraud abgegeben?«

Ich hätte es mir denken können, die Buchhändlerin hat sich einen Jüngeren besorgt, und zwar schon vor geraumer Zeit. Sie wollte aber ihrem alten Freund nicht weh tun und lud ihn noch jahrelang weiterhin zum Tee ein.

»Charlotte, ich war ein Esel.« Das stimmt allerdings. Wir schlürfen unseren Kaffee und hängen trüben Gedanken nach.

Und was sollen wir nun mit Bernhard machen? Kein Problem, meint Hugo gelassen, ich könne eine Erklärung bei einem Notar hinterlegen, die erst nach meinem Tod der Erbin ausgehändigt werde. Dann sei Regine in der Lage nachzuweisen, daß sie nichts mit dem Toten zu tun habe. Jedes beliebige Bestattungsunternehmen könne dann die Leiche beseitigen.

»Nein«, sage ich, »das geht nicht. Du kennst Ulrich und Veronika nicht! So was von moralisch! Wenn die erfahren, daß es ihr gefallener Vater ist...«

»Brauchen sie doch gar nicht. Du schreibst einfach, daß du einen unbekannten Soldaten, der dich vergewaltigen wollte, in Notwehr erschlagen hast!«

Veto. Einen Unbekannten wird man auf jeden Fall untersuchen und anhand seiner Zähne die Identität herausfinden.

»Dann müssen wir ihn eben wieder auspacken«, sagt Hugo trocken.

»Mach keine schlechten Scherze.«

Hugo lächelt mich an. Themawechsel, ich kenne ihn doch. »Charlotte, ich habe noch nie im Leben einen Heiratsantrag gemacht. Damals, als Ida schwanger war, hat man mich von allen Seiten eingeschüchtert: Du mußt sie jetzt sofort heiraten! Vielleicht hätte ich es auch sowieso getan, aber sicher nicht mit einundzwanzig.«

Ich sehe ihn erwartungsvoll an. Ohne zu erröten, fragt er: »Charlotte, möchtest du meine Frau werden?«

Nun muß ich schlucken. Hugo ist immer für Überraschungen gut. »Möchtest du mir noch ein Kind machen?« frage ich, schließlich war die biblische Sara älter als ich. Hugo hätte lieber eine andere Antwort vernommen, er schaut etwas pikiert zum Fenster hinaus. Ich bin in Geberlaune, vielleicht sollte ich ihm die Onkelehe anbieten.

15

Hugo und ich plaudern genußvoll über exklusive Details aus unseren verflossenen Eheleben, wobei wir die Regel, über Tote nur Gutes zu sagen, geflissentlich mißachten. Wenn ich ihn in früheren Zeiten nach Ida befragte, gab Hugo höchstens einsilbige Auskunft über ihren Gesundheitszustand. Nun erfahre ich, daß meine Schwester in ihren letzten Jahren ein Faible für Pfefferminzschokolade entwickelte, wodurch sie ihre berühmte zierliche Figur verlor. Tagsüber wurde Ida im Rollstuhl vor den großen Eßzimmertisch gefahren, wo sie Puzzleteile zu einem Bild zusammenfügte und sich hauchdünne süße Plättchen in den Mund schob. Sie hatte das Tadsch Mahal, den Herbst in Kanadas Wäldern, mittelalterliche Giebelhäuser in Lüneburg, das Washingtoner Capitol sowie Rembrandts Nachtwache so oft bewältigt, daß sie alle Puzzlestückchen auf die einfarbige Rückseite drehen und nur nach der Form wieder zusammensetzen konnte. Zeit zum Lesen hätte sie gehabt, Bücher in Hülle und Fülle, aber nein, Heidemarie mußte ihr ständig Klatschmagazine und Modeillustrierte besorgen. Etwas maliziös frage ich nach Heidemaries eigener Lektüre; für Hugos Begriffe eine mittlere Katastrophe: Seine Tochter liest alles über Parapsychologie – insbesondere Telepathie – sowie die Offenbarung der Geister durch Klopftöne. Dabei behauptet sie, dem Okkultismus nicht verfallen zu sein, sondern ihn entlarven zu wollen. Forschend sieht er mich an, wie steht es mit Regine? Leider rührt auch unsere gemeinsame Tochter keine Belletristik an. Sachbücher über die Wirksamkeit von Eigenblutbehandlung oder über den Einsatz von Brennesselsud zur Schädlingsbekämpfung weiß ich zu nennen, anderes habe ich vergessen.

Auch meinem blinden Lebensgefährten Anton war die Weltliteratur weitgehend fremd, aber er hörte immerhin zu, wenn ich ihm vorlas. Hugo ist gemein genug, Antons rheinischen Dialekt nachzuäffen. Weil ich das nun wirklich besser kann, muß ich es sofort beweisen: Ich lebte schon ein ganzes Jahr mit Anton zusammen, bis er von Ulrich hörte, daß ich rothaarig war. »Wat is dat dann, du bist fussig?« fragte er. »Nu bin ich janz von 'en Socken.«

Aber auch Bernhard hatte seine Marotten: Obwohl alles andere als sportlich, wußte er doch sämtliche Medaillengewinner der Olympischen Sommerspiele von 1896 bis 1936 aufzuzählen, sammelte Briefmarken aus den ehemaligen deutschen Kolonien – aber nur mit Tiermotiven – und litt unter der Angst, sich in fremden Toiletten eine Geschlechtskrankheit zu holen. Da er jedoch eine schwache Blase hatte, war er nicht nur auf Reisen oder in Gaststätten, sondern auch beim täglichen Schuldienst auf die Benutzung öffentlicher WCs angewiesen, was zu ebenso furchtbaren wie unbegründeten Panikattacken führte. Hugos Lachen ist schadenfroh, wenngleich er bei diesem Thema abrupt das Klo aufsuchen muß; es ist mir schon mehrmals aufgefallen, wie lange er dort verweilt. Als er zurückkommt, habe ich keine Lust mehr, über die Behinderungen Verstorbener herzuziehen.

Inzwischen hat Alice angerufen. Nach Auskunft der Ärzte geht es Heidemarie den Umständen entsprechend gut, aber die Größe des Tumors habe eine Brustamputation und Ausräumung der axillären Lymphknoten erfordert. Im Anschluß an die Chemotherapie werde eine Nachsorgekur empfohlen.

»Also müßt ihr damit rechnen, daß Heidemarie auf längere Sicht nicht einsatzfähig ist«, sagte Alice in ihrer sachlichen Art. »Regine sollte sich die Seniorenheime in eurer Gegend mal genauer ansehen, irgendwo ist sicher ein Zimmer frei.«

Hugo nimmt die Nachricht gelassen auf, ich habe sogar das Gefühl, daß er den Ernst der Lage nicht ganz begreift. Um ihn zu schonen, verschweige ich ihm allerdings das Seniorenheim; zunächst einmal werde ich meine Kinder um Rat fragen.

Regine hat dafür gesorgt, daß ich wieder Essen auf Rädern erhalte. Punkt elf – dabei haben wir erst um zehn gefrühstückt – bringt ein junger Mann (leider nicht Patrick) Rouladen in Senfsauce, Leipziger Allerlei und Kartoffelpüree. Ich stelle alles in den Backofen und vergesse später, ihn einzuschalten.

»Weißt du, Ida«, sagt Hugo, »Heidemarie ist eine schöne erholsame Kur wirklich zu gönnen, sie hat sonst so wenig Ablenkung.«

Ich werde immer giftig, wenn ich mit »Ida« angeredet werde, und beschließe, ihn in Zukunft »Anton« oder »Bernhard« zu nennen. Meine Belehrung fällt etwas hart aus: Die Rekonvaleszenz seiner Tochter ist keine Vergnügungsreise.

Aber es stimmt schon, Heidemarie hat nicht nur ihre Mutter versorgt, sondern auch ihren Vater und ihre Großmutter betreut; nach all diesen Mühen ist sie nun selbst schwer krank und von der Pflege fremder Menschen abhängig. Ich habe ihr niemals gebührend dafür gedankt, daß sie sich jahrelang um meine eigene alte Mutter kümmerte, bis man sie ins Kreispflegeheim verlegen mußte.

Hugo ist still geworden. Seit ich ihn kenne, reagiert er empfindlich auf Kritik. Meistens läßt er mich dann eine Weile links liegen, aber zuweilen holt er auch zum Gegenschlag aus, wie jetzt. Sein Blick schweift durchs Zimmer, bis er auf die Nachbildung einer etruskischen Vase in schwarzen und braunen Erdfarben fällt. »Genau die gleiche hatte Miele«, sagt er.

Ich könnte mir die Zunge abbeißen, so schnell antworte ich: »Sie ist von Mielchen.« Von allem Schund, den mir meine Freundin im Laufe ihres Lebens schenkte, konnte ich mich ohne Gewissensbisse trennen, aber nicht von diesem Erbstück, das die edlen Formen der Antike verkörpert. Diese Vase gehörte so sehr zu meiner Freundin, daß sie mir ans Herz gewachsen ist und ich nicht beurteilen kann, ob es sich um Kitsch handelt.

Mieles Mann starb im selben Jahr, als auch ich durch Antons Tod zum zweiten Mal einen witwenartigen Status erreichte. Anfangs trauerte ich aufrichtig und hatte gar nicht das Bedürfnis, intensiveren Kontakt mit Hugo aufzunehmen. Miele wiederum wurde über den Verlust ihres Spirwes durch einen jungen Mann hinweggetröstet. Sie, die bisher treue Ehefrau, gab sich keine drei Monate nach der Beerdigung einem bildhübschen Zeitungsausträger hin. Von da an riß die Kette ihrer Liebhaber nicht ab.

Hugo hatte vorsichtig, aber erfolglos, seine Fühler nach mir ausgestreckt, als er zufällig mitten auf dem Eisernen Steg gegen Miele rempelte. Sie fiel ihm um den Hals, wußte auch, daß zwischen mir und Hugo kein Liebesverhältnis mehr bestand, und lockte ihn auf der Stelle in ihr Haus. Als ich davon erfuhr, weil sie es mir arglos erzählte, war ich derartig verletzt, daß ich es ihm bis heute nachtrage. Hugos Techtelmechtel währte etwa zwei Jahre, weil Mielchen letzten Endes jüngere Männer bevorzugte. Später habe ich mich mit ihr ausgesöhnt und wieder neu angefreundet, wobei wir mit behutsamer List Erfahrungen über Hugo austauschten. Es war mir eine Beruhigung, daß es sich nur um eine oberflächliche Affäre gehandelt hatte. Außerdem stellte ich mir gern vor, daß Hugo jedesmal, wenn er in Mieles Ehebett lag, an mich erinnert wurde; wie aufregend war es gewesen, als wir in flagranti von Spirwes entdeckt wurden.

Es gibt mir einen Stich, daß Hugo die Vase sofort wiedererkannt hat. Ich würdige ihn keines Blickes mehr und schalte den Fernseher ein. Ich möchte eine Weile gar nichts reden, es ist so anstrengend, ständig mit einem anderen Menschen zusammenzusein. Warum habe ich nur ein Leben lang menschliche Gesellschaft gesucht? Warum mußte ich unbedingt heiraten, drei Kinder bekommen und mich darüber hinaus immer wieder mit Familienmitgliedern, Männern und Freundinnen herumärgern? Wie viel angenehmer war es, als mir nur Hulda Gesellschaft leistete. Sicher freue ich mich, wenn meine Kinder oder Enkel zu

Besuch kommen, aber mehr noch, wenn sie wieder abziehen. Wieso heißt es ständig, ein einsamer Lebensabend sei etwas Beklagenswertes, wo wir Alten doch ein Bedürfnis, ja eine Sehnsucht nach Ruhe haben.

Offensichtlich mag Hugo nicht fernsehen. Er befreit sich von seinem Hörgerät und legt sich auf mein Sofa.

Meine Kinder haben verfügt, daß Regine und Ulrich täglich anrufen und Felix jeden zweiten Tag ins Haus platzt. Heute will er unsere schmutzige Wäsche einsammeln und bei seiner Mutter abliefern. Wieso Hugo jeden Morgen ein frisches Handtuch aus dem Schrank reißt, frage ich mich; ich komme eine gute Woche lang mit einem einzigen aus. Nun füllt er unserer Tochter die Waschmaschine.

Felix hat noch weitere Pläne. »Kommt, wir fahren ein bißchen raus«, sagt er, »Regine hat mir ihr Auto geliehen.« Munter pfeifend verbreitet er so viel gute Laune, daß unser Mißmut verpufft.

Hugo will zum Großen Woog. Es ist anders als früher: Man kann Autos nicht mehr einfach dort abstellen, wo man aussteigen möchte. Felix muß lange einen Parkplatz suchen, so daß wir vorerst allein am Ufer bleiben. Hugo und ich stehen Hand in Hand und blicken auf das erbswurstgelbe Wasser. »Soldadebrüh haben wir dazu gesagt«, erinnert sich Hugo, denn früher wurde das Militär zum Baden hierher getrieben.

Der Schilfgürtel, die Pappeln, Weiden und Bötchen sind wie damals, aber kein Mann trägt mehr diese kleidsamen leichten Strohhüte mit schwarzgrünem oder rotem Ripsband. Als Felix kommt, kann Hugo endlich sein Wissen loswerden: »Hier hat sich Goethe 1775 in die trüben Fluten gestürzt!«

Felix gähnt. »Ja, ja, der war immer und überall der erste, wahrscheinlich auch auf dem Mount Everest.«

»Weißt du noch, Charlotte«, sagt Hugo, »es gab einmal einen besonders eisigen Winter – wann war es nur? Der Große Woog war zugefroren, und wir konnten darauf Schlittschuh laufen.«

Ich kann mich nicht daran erinnern, denn meine Geschwister und ich pflegten die Tennisplätze am Böllenfalltor aufzusuchen, wo die Feuerwehrmänner eine Eisbahn spritzten. »Albert mochte nie mitkommen«, erzähle ich, »aber einmal habe ich ihn doch dazu überredet.«

Fanni, Albert und ich fuhren ein Stück mit der Tram, schon unterwegs begann Albert zu frieren. Beinahe wäre er wieder heimgefahren, ohne die Eisbahn auch nur zu betreten. »Du hättest etwas Wärmeres anziehen müssen«, sagte Fanni, »man geht doch im Winter nicht ohne Mantel auf die Straße.«

Da mir beim Schlittschuhlaufen stets heiß wurde, trat ich dem jüngeren Bruder großmütig meine gefütterte Jacke ab. Er wollte auch die Kapuze dazu. Als er schließlich das taillierte königsblaue Jackett und die pelzverbrämte Kapuze mit dem Bommel an der Spitze trug, wurde er zusehends munterer. Sicher eingehakt wiegte er sich zwischen Fanni und mir strahlend vor Glück zu Flotows *Martha, Martha, du entschwandest.* Ein Kunde unseres Schuhladens meinte lächelnd: »Sieh da, das Dreimädelhaus!«

Am nächsten Nachmittag fragte ich Albert, ob er wieder

mitkommen wolle. Er hatte durchaus Lust, allerdings nur bei einem erneuten Kleidertausch. Ich zeigte damals kein Verständnis, und deshalb blieb es für Albert bei einem einzigen Besuch auf der Schlittschuhbahn.

Eigentlich habe ich erwartet, daß meine Erzählung Hugo und Felix rührt und ein bißchen traurig stimmt. Aber Hugo sagt einzig und allein: »Das wissen wir im Prinzip ja schon«, und wirft einen Sektkorken aus Plastik ins Wasser; und Felix fragt: »Hatte man damals schon Lautsprecher?«

»Nein, mitten auf dem Eis stand ein kleines Podest, wo ein Trio bei einem wärmenden Feuerchen musizierte. Manche Paare tanzten, während wir Kinder häufig einem Geschwindigkeitsrausch verfielen.«

Felix und Hugo kommen miteinander ins Gespräch, mich lassen sie links liegen. Ich höre, wie mein Enkel seinen Opa mit »werter Herr Großvater« anredet, während Hugo den Namen Felix nicht auf Anhieb artikulieren kann. Er pflegt sich mit »Bub« oder »Junge« aus der Affäre zu ziehen. Da ich genau weiß, daß Felix eher motzig reagiert, wenn man sein Wissen abfragt, speziell das bibliophile, halte ich es für falsch, daß Hugo sofort wieder auf sein Steckenpferd zu sprechen kommt.

»Ich bin froh, wieder in Darmstadt zu weilen«, sagt der Alte feierlich, »hier befindet sich die Deutsche Akademie für Sprache und Dichtung, hier sind meine literarischen Wurzeln.«

Felix geht auf ihn ein. »In der Schule hatten wir einen Deutschlehrer, der war totaler Büchner-Freak. Wir haben den Woyzeck durchgekaut bis zum Gehtnichtmehr...«

»Es sind kritische Geister«, sagt Hugo, »für die unsere Residenzstadt bekannt ist: Johann Heinrich Merck, Büchner, Niebergall, zu meiner Zeit dann Kasimir Edschmid, Friedrich Gundolf und vor allem Georg Hensel, um nur einige zu nennen.«

»Kenn' ich weniger«, sagt Felix, der angehende Maschinenbauer, »aber ich glaube fast, du hast die Wohmann vergessen; was liest du denn im Augenblick?«

Hugo gibt zu, daß ihm das Lesen seit zehn Jahren zu anstrengend ist, er kann sich nicht mehr konzentrieren. »Eigentlich wollte ich mir alle Lieblingsbücher noch einmal vornehmen und dann abtreten. Aber ich bin zu müde. Und kaum stellt man die Tagesschau an oder schlägt die Zeitung auf«, sagt er anklagend, »hört man von nichts als Mord, Korruption und Blutschande! Also verlasse ich mich auf meine Tochter; wenn diese wahnsinnige Welt untergeht, wird sie es mir schon sagen.«

Als wir wieder allein und zu Hause sind, legt sich Hugo erneut aufs Sofa, ich nehme mir die Zeitung vor.

Ehemann abgefackelt! Was man für Sachen liest. Im Grunde habe ich das Projekt Bernhard zu den Akten gelegt, wenn ich auch in den letzten Tagen häufig davon träume.

Wieder einmal kann ich lange nicht einschlafen, und wie vorauszusehen war, quälen mich schließlich Alpträume: Vater erschießt Albert, Fanni schlägt mit dem Kruzifix auf mich ein, Bernhards Geist gibt Klopfzeichen. Eine eiskalte Hand greift nach mir.

Es dauert eine Weile, bis ich aufhöre zu schreien und

wach werde. Neben mir liegt Hugo. »Mir geht's nicht gut«, sagt er wehleidig, »laß mich ein bißchen bei dir bleiben, manchmal habe ich so etwas wie Todesangst.«

»In unserem Jahrgang ist das normal«, sage ich frostig. Fast hätte *ich* gerade vor Schreck über seine eisigen Finger meinen Geist aufgegeben.

Dann sage ich kein Wort mehr und überlege, wie ich es finden soll, in meinem biblischen Alter mit einem Methusalem das Bett zu teilen. Was führt er im Schilde?

Anscheinend will Hugo in erster Linie aufgewärmt werden, er kuschelt sich eng an mich. Dabei achten wir beide peinlich genau darauf, uns nicht versehentlich unsittlich zu berühren. Aber bevor ich überhaupt mit mir selbst einig bin, ob mir so viel Nähe recht ist, erwärmt sich der Eisheilige und schläft fest ein. Immer schwerer wird sein Arm, drückender sein knochiger Schädel, immer lauter werden die rasselnden Atemgeräusche, raumfordernder seine dürren Beine, immer intensiver strömt sein Körper ranzig-gärende Gerüche aus. Wofür hat er eigentlich die vielen Handtücher gebraucht? Mir kommt es so vor, als ob nur junge Liebe eine so nahe Körperlichkeit erträgt. Ein wenig plagt mich auch die Angst, daß er auf meinem eingeschlafenen Arm die Augen für immer schließt.

Ich dachte, ich würde die ganze Nacht keine Ruhe finden. Aber so ist es nicht. Frisch und munter, gut durchblutet und in bester Laune werde ich wach und höre Hugo im Badezimmer und die Vögel im Kirschbaum singen.

»Wenn ich nicht so tapprig wäre«, sagt Hugo, »würde ich dir das Frühstück ans Bett bringen, mein Schätzchen.«

Ich alte Törin beeile mich, Kaffeewasser aufzusetzen. Dabei weiß ich genau, daß heute nacht nichts Aufregenderes als erquicklicher Schlaf stattgefunden hat. Während ich in der Küche herumfuhrwerke, gehen mir neue demütigende Gedanken im Kopf herum. So wie ich Hugos verdorrten Leib als unästhetisch empfand, so wird es ihm auch mit meinem ergangen sein. Anders wäre es, wenn er sich vor vielen Jahren von Ida getrennt hätte und wir ein altes Ehepaar geworden wären. Schleichend und für den anderen kaum wahrnehmbar hätte sich der Verfall unserer Körper hingezogen, wir hätten uns dem Alter auch in unseren Bettgewohnheiten angepaßt. Jetzt gilt es eine Kluft von vierzig Jahren zu überbrücken, ein Absturz ist uns sicher. Sollte Hugo heute wieder zu mir kriechen, dann werde ich ihn unbarmherzig zurückweisen. Aber andererseits – man liest in Zeitungen, man hört im Radio, man sieht es im Fernsehen: Immer wieder bekennen sich alte Menschen zu ihrer Sexualität. Ob sie lügen? Bin ich hoffnungslos altmodisch, oder habe ich eine überhitzte Phantasie? Hugo wollte doch nur ein bißchen Wärme und Nähe, die mir letzten Endes auch guttaten. Nein, ich will im Grunde keinen Kerl mehr im Bett, sage ich mir und brühe den Kaffee auf. Schluß damit.

»Hat Regine eigentlich einen Freund?« fragt Hugo.

Im Moment nicht, aber gelegentlich. Soll ich ihm sagen, daß es fast immer verheiratete Männer sind? Ich lasse es lieber. Heidemarie wird heute anrufen und ihm genug Sorgen machen, denn er kann seinen telefonischen Trost nicht ständig verweigern. Ob er ihr gesteht, daß sie eine kleine Schwester hat? Ich fürchte, daß seine Eitelkeit ihn rücksichtslos machen könnte, und verbiete es.

»Wo denkst du hin, Charlotte, das beichte ich erst, wenn es ihr besser geht«, behauptet er, »außerdem sind nicht alle Menschen so eifersüchtig wie du.«

»Da hast du allerdings recht, Anton«, sage ich.

Hugo zuckt noch nicht einmal zusammen. Aber etwas später sagt er: »Du bist auffallend stimmungsanfällig, vielleicht solltest du etwas dagegen einnehmen. Willst du meine Pillen einmal ausprobieren?«

Ich sehe ihn so entsetzt an, daß er lachen muß.

Als das Telefon klingelt, ist es nicht Heidemarie, sondern meine Schwiegertochter. Sie druckst herum. Ob ich es schlimm fände, wenn Ulrich und sie für zwei Wochen nicht erreichbar wären? Sie hätte es mir bisher nicht zu sagen gewagt. Ich atme tief durch, wir hatten nie öfter als einmal im Monat miteinander telefoniert. »Ulrich hat eine Einladung nach Peking zum Sinologenkongreß«, sagt sie, »du weißt ja, wie er ist, meistens will er allein verreisen. Aber diesmal habe ich ihn weichgeklopft. Regine weiß Bescheid und wird die Stellung halten.«

Auch Hugo hält diese Nachricht nicht für sensationell, er nimmt es aber zum Anlaß, nach Ulrichs Kindern zu fragen.

»Die Fotos von Cora hast du doch bereits bewundert«, sage ich, »sie ist ein kleines Luder.«

»Aber sie scheint die einzige zu sein, die deine roten Haare geerbt hat«, sagt Hugo, »und was macht der Sohn?«

Mein Enkel Friedrich hat endlich eine Stelle an der Universität Halle ergattert, wahrscheinlich macht er nun doch eine wissenschaftliche Karriere wie sein Vater. Ich zupfe mir ein weißes Haar vom Pullover, und dabei fällt mir noch etwas ein: »Veronika – meine Tochter im fernen Kalifornien – färbt sich neuerdings die Haare tizianrot, wie findest du das?«

Hugo müßte es erst einmal sehen.

»Aber Charlotte, die flotte Kokotte, hatte Haare wie eine rote Karotte«, reimt er.

»Olle Klamotte«, antworte ich.

16

Hugo und ich sitzen den ganzen Abend vorm Fernseher. Erst bewundern wir normannische Wildschweine, stellen dann aber mit Befremden fest, daß die schweren Schwarz- kittel ein rasantes Tempo anschlagen, um ein schwächliches Kaninchen zu jagen, zu fangen und zu fressen. »Mach Sache«, brummt Hugo.

Der nächste Film spielt in Amerika und behandelt einen Flugzeugabsturz. Nichts Grünes mehr, kein Wald, keine Wiesen, Beton und Blech beherrschen die Szene. Pisten, Autos, Flieger. Am Ende ist alles verwüstet. Diesmal lautet Hugos Kommentar: »Tand, Tand ist das Gebilde aus Men- schenhand.«

Dann kommen auch noch Katastrophenbilder. »Das Schiff geborsten. Das Feuer verschwelt. Gerettet alle. Nur einer fehlt.« Hugo strahlt. »Es war immer mein Traum, ein- mal im Leben ein Held zu sein, aber als Büchermensch hat man kaum Gelegenheit dazu. Erinnerst du dich, daß ich als junger Mann Förster werden wollte? Damals hatte ich die Welt der Literatur noch gar nicht entdeckt. An den Krieg und die Gefangenschaft mag ich ungern zurückdenken, aber in der Nachkriegszeit lebten wir ein wenig wie Robin- son – alles mußte neu angepackt und organisiert werden. Das hat mir regelrecht Spaß gemacht.«

Es wird Zeit für den Helden, ins Bett zu gehen. Mein Schlafzimmer hat weder Schloß noch Riegel, ich habe wenig Lust, heute nacht wieder besucht zu werden. Aber das Schicksal kommt mir zu Hilfe. Hugo meint: »Ich muß dringend auf die Bank. Morgen werden wir uns ein Taxi nehmen und in die Stadt fahren, da gilt es fit zu sein. Ich will mich früh aufs Ohr legen. Nichts ist anstrengender als Asphaltmärsche.«

Weder Felix noch Regine haben Zeit, Chauffeur zu spielen. Meine Kondition ist besser als Hugos. Anfangs ist er noch munter und begrüßt die St. Ludwigskirche, die dem Pantheon in Rom nachgebildet wurde, mit fröhlichem: »Ei, guck emal! Die Käsglock!« Der Anblick der runden Kuppel läßt mich immer an Fanni denken, die dort ihren ersten katholischen Gottesdienst besucht hatte. Doch schon nach kurzer Zeit ermattet Hugo und steuert ein Café an, um sich mitten auf dem Luisenplatz ein Eis zu bestellen. »Scheußlich«, sagt er zum Einkaufscenter, das seit zwanzig Jahren die Stelle des Alten Palais einnimmt, und »ein Wunder« zum Monument. Es ist in der Tat seltsam, daß unser gesamtes jetziges Panorama, auch der Marktplatz und mein Elternhaus, in Schutt und Asche lag, aber das hohe Denkmal einsam überlebte.

Auf einem schweren Quader ruht ein Kranz, aus dem die rote Sandsteinsäule herauswächst. Früher bin ich die Wendeltreppe im Inneren der dorischen Säule hinaufgestiegen, um vom Balkönchen aus die Aussicht zu genießen.

Hugo liebt den Langen Ludwig, der dort oben thront und dessen Grünspanmantel mit Epauletten und antikem Faltenwurf ihm ein majestätisches Aussehen verleiht. Als er das Eis geruhsam ausgelöffelt hat, nähert sich Hugo seinem

Freund und studiert den Säulenschaft: *Zu diesem Monument wurde der Grundstein gelegt am* XIV *Juny* MDCCCXLI, *dasselbe ward enthüllt am* XXV *Aug.* MDCCCXLIV. Unter der feierlichen Inschrift blaues Kreidegekritzel: *Legalisiert Hanf!*

Nun ist die Reihe an der Deutschen Bank, und Hugo bittet mich, ein wenig zu warten. Da wir den Platz im Café bereits aufgegeben haben, setze ich mich zu den jungen Leuten auf die Stufen des Denkmals. Ich warte eine geraume Weile, dann wird es mir unheimlich. Was, wenn es ihm nun wieder schlecht wird und er ohnmächtig vor einem Bankschalter zu Boden sinkt? Aber er wollte mich bei seinen Transaktionen offenbar nicht dabeihaben.

Schließlich kommt Hugo, eine Plastiktüte schwenkend, aus einem Kaufhaus heraus. Er sucht ein neues Sitzplätzchen, und wir wenden uns dem Marktplatz zu. Mit Blick auf das Schloß beginnt die zweite Rast.

»Ich habe ein Konto eröffnet«, sagt er, »und werde mir mein Geld hierher überweisen lassen. Der Bub wird sich sicher freuen, wenn ich ihm ein Auto kaufe.«

Ob das richtig ist? Bloß nicht verwöhnen, ist meine Devise. Felix lebt in einer Wohngemeinschaft und kann den Wagen seines Freundes ausborgen, abgesehen davon leiht ihm Regine oft genug ihr ungepflegtes Fahrzeug.

»Als kleiner Junge war ich einmal dort im Schloß«, erzählt Hugo und deutet auf den Jubelbalkon, über dessen hoher runder Sprossentür das goldene herzogliche Wappen glänzt, »das war für mich etwas Wunderbares, es bedeutete mehr als für die heutigen Kinder ein Besuch in Disneyland.«

»Und was hast du eingekauft?« frage ich neugierig.

Hugo will es nicht verraten; ich hoffe, daß er mir etwas unsinnig Schönes schenken will.

Wieder gehen wir ein paar Schritte. Als wir die Stadtkirche erreichen, ist sie natürlich verschlossen. Hier wurden Hugo und Ida getraut. »Weißt du noch...«, fängt er an, taktloser kann man kaum sein.

»Ich war krank und nicht dabei«, sage ich schroff. Wird er nie begreifen, daß diese Hochzeit das Trauma meines Lebens war? Etwas gehässig füge ich hinzu: »Die alte Kirche wurde genauso zerstört wie das gesamte übrige Zentrum, das hier ist eine Rekonstruktion.«

Eigentlich hatte ich vor – wo wir doch sowieso mit einer Taxe heimfahren wollen –, Lebensmittel einzukaufen; Brot, Milch, Marmelade, Butter. Auch Seife, Klopapier und Spülmittel gehen zur Neige. Aber Hugo kann nicht mehr, ich muß froh sein, daß er es noch bis zum Taxistand schafft.

Zu Hause versteckt Hugo die Tüte unter seinem Bett (ich sehe es zwar nicht, höre ihn aber rumoren), läßt sich aufs Sofa fallen, denn sein Kämmerchen ist wirklich nur zum Schlafen geeignet, und verlangt ein nicht zu kaltes Bier. Er hält es schon in der Hand, bevor ich mir die Straßenschuhe ausgezogen habe. Diesen blöden Diensteifer sollte ich mir auf meine alten Tage noch schleunigst abgewöhnen.

»Charlotte, du hast etwas Vermögen, ich aber auch. Wenn wir unser Geld zusammenlegen, können wir uns eine bequeme, altersgerechte Wohnung leisten.«

»Für mich ist mein Haus ideal«, sage ich kurz.

»Du willst natürlich deinen Bernhard nicht verlassen.

Würdest du, wenn ich dieses Problem lösen könnte, das Haus vermieten oder unserer Tochter überschreiben?«

Ich betrachte den alten Mann. Will er sich an mein Geld heranmachen? Das wäre nicht Hugos Stil, finanzielle Dinge sind ihm nie wichtig gewesen. »In unserem Alter«, sage ich, »muß man zur eigenen Beruhigung etwas auf der hohen Kante haben. Stell dir vor, ich brauche plötzlich Pflege...«

»Wofür hast du drei Kinder?« fragt Hugo, für den Heidemaries Aufopferung selbstverständlich ist.

Über diesen Punkt habe ich oft genug nachgedacht. »Meine Kinder würden mich sicherlich aufnehmen. Aber zu Veronika mag ich nicht, Amerika ist mir zu fremd. Bei Ulrich wäre meine Schwiegertochter zuständig, sie müßte ihre Lebensweise völlig umkrempeln, wenn eine alte kranke Frau ins Haus käme. Auch nicht gut. Und Regine – wie stellst du dir das vor? Sie ist berufstätig.«

Nach unserem Gespräch wird mir erneut klar, daß Hugo für immer bei mir bleiben will. Ein Leben lang habe ich mir das gewünscht; sollte ich mich nicht herzlich darüber freuen?

Hugo merkt, daß ich grüble. »Sag mal«, fragt er vorsichtig, »nach Antons Unfall und Tod hast du lange Zeit nichts mehr von mir wissen wollen. Gab es damals einen Neuen?«

Ich bin empört. »Meinst du, die Männer reißen sich um eine fünfundvierzigjährige Witwe mit drei halbwüchsigen Kindern? Und außerdem – habe ich dich nach deinen vielen Weibern gefragt?«

Nun ist Hugo verschnupft und betont, daß es keine Weiber, sondern anständige Frauen gewesen seien.

Als Anton starb, hinterließ er mir eine bescheidene Lebensversicherung. Anfangs wagte ich nicht, das Geld anzutasten, aber nach etwa einem Jahr waren Trauer und Zurückhaltung verflogen. Ich beschloß, mit den Kindern einen schönen Urlaub in Kärnten zu verbringen; damals begann man wieder zu reisen, ganze Großfamilien machten sich auf den Weg zum Teutonengrill nach Rimini. Natürlich war ich stolz darauf, als arme Kriegerwitwe auch einmal auf Erholungsreise zu gehen, zumal wegen der Kinder, die bisher lediglich den Bauernhof meiner Schwägerin Monika in den Sommerferien besucht hatten. Dummerweise teilte ich nicht nur meiner Mutter und Alice diese Pläne mit, sondern auch meiner katholischen Schwester. Fanni, die bei einem Pfarrer Haushälterin geworden war, hatte bisher ihren Urlaub – wenige Tage im Jahr – nur für Familientreffen verwendet. Mein Brief muß derart mitreißend gewesen sein, daß sie umgehend zurückschrieb, sie wolle mitkommen. Ich überlegte hin und her. Veronika und Ulrich waren selbständig und würden eigenen Interessen nachgehen, aber Regine war und blieb ein ängstliches Kind und hing an meinem Rockzipfel. Selbstverständlich hatten wir kein Hotel, sondern Zimmer bei einer privaten Vermieterin gebucht. Fanni könnte sich ein wenig um Regine kümmern, ich wäre nicht so angebunden. Andererseits würde meine Schwester auch mich nicht aus den Augen lassen und jeden Mann kritisch beäugen, der sich mir auch nur auf zehn Meter Entfernung näherte. Aber natürlich schrieb ich, ihre Begleitung wäre mir eine Freude, denn ich hatte nicht das Herz, ihr diese Bitte abzuschlagen.

Die drei bäuerlichen Stuben mit großen Federbetten und der Erlaubnis, Bad und Küche zu benützen, erschienen uns anfangs wie ein Paradies. Ich teilte mit Regine ein Zimmer, Veronika eines mit Fanni, Ulrich bekam als männliches Familienmitglied das kleinste Stübchen für sich. Bei schönem Wetter tummelten wir uns im Ossiacher See, und ich lernte gemeinsam mit Regine endlich schwimmen. Fanni verweigerte sich dem Wassersport und blieb strickend am Ufer. Unter ihrer Anleitung verbrachten wir viele Stunden damit, Pfifferlinge und Maronenröhrlinge zu sammeln, um uns abends in der fremden ländlichen Küche Speck mit Zwiebeln und Pilzen zu braten.

Die sommerliche Heiterkeit unserer Ferien wurde bald getrübt. Nicht etwa ich fand einen Verehrer, sondern meine Tochter. Veronika hatte sich in den ersten Tagen im handgestrickten, eingelaufenen Badeanzug mit der Dorfjugend bei kindlichen Wasserspielen gemein gemacht; es gefiel ihr, daß man sie Vroni nannte. Aber von einem Tag auf den anderen hatte sie Besseres im Kopf. Ein amerikanischer Schüler, der seine Großeltern in Villach besuchte, war wie ein Nöck aus dem See aufgetaucht und hatte sie naßgespritzt. Der junge Mann sprach kaum Deutsch, meine Tochter mußte ihr schlechtes Schulenglisch bemühen, was mir aus pädagogischer Sicht nur recht sein konnte. Wahrscheinlich hätte ich ihr diesen Flirt mit leichtem Neid gegönnt, wenn sich nicht Fanni über die Maßen aufgeregt hätte. »Das darfst du nicht erlauben!« befahl sie mir. Aber was sollte ich verbieten? Die beiden gingen Hand in Hand hinter uns her, plauderten und entdeckten gelegentlich einen Pfifferling. »Siehst du nicht dieses Glitzern in ihren Augen?« hetzte Fanni.

Später wurde mir klar, wie recht sie hatte. Ulrich hielt im übrigen zu seiner Tante. Er befand den Eindringling für ungebildet, aufdringlich und zurückgeblieben, außerdem habe er einen Silberblick. Regine, die unter jahrelangen Schikanen ihrer großen Schwester gelitten haben mochte, fand es lustig, das Liebespaar durch immerwährende Aufmerksamkeit zu terrorisieren, wozu sie der Bruder diskret anstiftete. Ich kam der Verliebten nicht zu Hilfe.

Eines Abends war Veronika verschwunden. Auf einem Tablett trug ich Brot, Tiroler Speck und Rührei in den Garten, wo wir auf einer Holzbank, umgeben von blühendem Phlox, unsere Mahlzeiten einzunehmen pflegten. Alle fanden sich stets pünktlich ein, weil der Magen nach den Badefreuden knurrte. »Wo ist Veronika?«

Selbst Regine, die in ihrer Spitzeltätigkeit nie ermüdete, wußte es nicht. Die sonst so gelassene Fanni verlor die Nerven. Sie phantasierte Mord und Vergewaltigung, woran ich durch allzu großes Laisser-faire schuld sei. Ich sah dagegen eine schwangere Tochter vor mir, die Hals über Kopf einen schielenden Amerikaner heiraten mußte. Ulrich rannte sofort zur Polizei; leider wußten wir nur, daß der Entführer Steven hieß, seinen vollen Namen kannten wir nicht.

Hugo hört aufmerksam zu. Ähnliche Dinge hat er bei seiner Heidemarie natürlich nie erlebt. Vielleicht wird ihm bei meiner Schilderung klar, daß eine Mutter auch im Urlaub nicht unbeschwert genießen kann, ganz abgesehen davon, daß sie schwerlich einen neuen Lebenspartner findet.

»Wo steckte das Herzchen?« fragt er. »Und handelte es sich um denselben Ami, den sie dann geheiratet hat?«

»O nein, Steven war der erste Amerikaner aus einer Serie, ein Yankee aus dem Norden. Es schien, als müßte sie möglichst viele Staaten testen, bis sie schließlich mit neunzehn Jahren ihren Walter aus L. A. heiratete.«

Veronika wurde nach drei Tagen zurückgebracht, weil sie beim Trampen nach Gretna Green kein Glück gehabt hatten. Die Polizei hatte das Pärchen in Spittal aufgegriffen. Ich bilde mir immer noch ein, daß ich damals die ersten grauen Haare bekam.

»Und Fanni?« fragt Hugo.

Meine Schwester empfing die heulende Veronika mit den Worten: »Bist du noch Jungfrau?« Natürlich log das Kind. Stevens Großeltern lasen ihm übrigens dermaßen die Leviten, daß er sich nie wieder zu uns traute. Fanni ließ sich durch die Auskunft ihrer Nichte kaum beruhigen, hackte ständig auf uns herum, warf mir vor, den Kindern ein tägliches Tischgebet vorzuenthalten, und führte es eigenhändig ein. Nur Regine hielt ihr die Treue, Veronika lag mit motzigem Gesicht im Bett, Ulrich las und las, so wie er es heute immer noch zu tun pflegt.

»Was las er denn?« fragt Hugo.

»Griechische Philosophen«, sage ich, »in seinem Alter begeisterten sich andere noch für Karl May. Übrigens war dieser Urlaub der erste und letzte, den wir gemeinsam verbrachten. Ulrich und Veronika schlossen sich dem Bund

Europäischer Jugend an, der preiswerte Bus- und Fahrrad-
touren für junge Leute organisierte.«

»Und unsere kleine Regine?«

»Die wollte noch bis zu ihrer Heirat mit mir gemeinsam
verreisen. Ich muß gestehen, daß ich es gründlich leid war.«

Hugo braucht nicht zu wissen, daß mir Regine einige
interessierte Bewerber nicht etwa ausspannte, sondern in
eifersüchtiger Wachsamkeit geradezu verscheuchte.

»Ist Veronika glücklich verheiratet?« fragt Hugo.

Ich weiß es nicht genau. Jedenfalls habe ich mir – wie so
oft, wenn es um die Kinder geht – Vorwürfe gemacht. Fanni
hatte recht, Veronika lechzte nach Verboten, strengen Regeln. Sie gehört zu jenen Menschen, die sich einen starken
Vater wünschen, einen alttestamentarischen Alleswisser. Ich
habe sie gewähren lassen und damit überfordert. In Kalifornien waltet ein liberaler Geist, dem sich meine Tochter,
ihr Mann und die Söhne leider weitgehend verschlossen
haben. Einerseits sind sie ein wenig bigott, was ich hasse,
andererseits engagieren sie sich für Aidskranke, worauf ich
stolz bin.

»Ob sie glücklich verheiratet ist? Glück ist ein relativer
Begriff«, antworte ich, »oft erkennt man erst nach Jahren,
daß man vor langer Zeit fünf Minuten lang glücklich war.«

Hugo ist fassungslos. »Aber Charlotte, so negativ warst
du früher nie! Das Alter hat dich hart gemacht.«

»Oder klarsichtig«, sage ich. Dabei fällt mir ein, daß ich
wahre Sternstunden nur erlebt habe, wenn ich ganz allein
war. Meine stillen weißen Rosen.

»Und mit mir…?« fragt Hugo; weiß der Teufel, was für
eine Antwort er sich wünscht.

Ich habe immer auf das große Glück mit ihm gewartet, wir haben es irgendwie verpaßt. »Wir waren ja nie lange zusammen«, sage ich vorsichtig.

»Du bist die einzige Frau...«, beginnt Hugo wieder, aber ich falle ihm ins Wort: »Hier irrt Goethe.«

Hugo lacht, gibt nicht auf. Nur ich könne ihn aus tiefster Seele verstehen, nur mit mir habe er herzlich gelacht, nur ich besäße so viel Temperament, Leidenschaft, Humor und Verstand, ganz zu schweigen von meiner Schönheit und Anmut.

Zugegebenermaßen höre ich das nicht ungern und werde am Ende so weich, daß ich den alten Charmeur küsse. Unsere Gebisse klappern gegeneinander, und der Zauber verfliegt. Was faßt man am besten an, wenn man unser Alter erreicht hat? Die runzligen Hände, die schütteren Haare, die eingefallenen Wangen? Die amorphen Weichteile kommen sowieso nicht mehr in Frage.

Hugo ahnt meine Bedenken. »Wenn man in die Jahre kommt, sollte sich die körperliche Anziehung in eine herzliche Freundschaft und liebevolle Fürsorge umwandeln.«

»Du hast vorhin von Speck, Zwiebeln und Pfifferlingen gesprochen«, sagt Hugo, »da lief mir bereits das Wasser im Mund zusammen, und ich konnte gar nicht mehr richtig folgen. Was kriegen wir denn heute?«

Während unseres Ausflugs ist das Essen gebracht worden, ich hatte dem jungen Fahrer meinen Hausschlüssel gegeben. Hugo und ich betrachten die Bescherung: Erbsbrei mit Kasseler (dabei habe ich keinen Senf im Haus), alles bereits kalt, weil wir die Zeit vertrödelt, die Tabletten vergessen und noch nicht einmal die Betten gemacht haben.

Hugo kann nicht kochen, aber er hat Phantasie. In der Küche machen wir Backe-Backe-Kuchen, formen aus dem Erbsbrei wunderliche Klumpen – er modelliert Herzen, ich schichte rundliche Berge –, legen sie auf ein Backblech und bestreuen sie mit Parmesan und Kümmel. Hugo legt auf jeden meiner Hügel eine Rosine, so daß eine Art Busen entsteht. Das Kasseler zerschnippeln wir und erwärmen es in angedicktem Rotwein. Es schmeckt entsetzlich, aber wir lachen wie die Deppen. Ich werde wieder ganz unsicher in meinen Absichten; aber als mir Hugo das verkrustete Backblech zum Abkratzen überläßt, sind die romantischen Verwirrungen schnell beigelegt. Als ich den Rest eines Herzens in den Müll schabe, klirrt es. Hugos Ehering fällt aus grüngelber Erbspampe in verschmierte Papiertaschentücher, rollt in eine Filtertüte mit Kaffeemehl und kippt in die verwesenden Blätter meines dornigen Rosenstraußes. Ohne einen Finger krumm zu machen, sehe ich mit mildem Lächeln zu, wie sich Hugo beim Bücken, Wühlen und Sortieren mächtig plagen muß.

Heidemaries Anrufe kommen zwar regelmäßig, aber ihre Laune ist unberechenbar – einmal euphorisch, das nächste Mal depressiv. Sie sorgt sich aber im großen ganzen mehr um ihren Vater als um sich selbst. Obgleich wir die Sache mit den Pillen immer noch nicht im Griff haben, leugne ich jegliche Pflichtverletzung.

17

Früh bin ich auf den Beinen, ich muß ja leider einkaufen. Wenn Großvater Hugo wach wird, soll er ein ordentliches Frühstück vorfinden, ohne Brot und Butter ist das unmöglich. Mit dem Rucksack auf dem Buckel und einer zusätzlichen Tasche für Einkaufszettel, Hausschlüssel und Geldbörse mache ich mich auf den Weg. Zwei Personen essen nun einmal mehr als eine; zwar hat Felix neulich einen gewissen Grundvorrat besorgt, aber ich habe bei meinen Aufträgen nicht an alles gedacht. Als Hugo bei mir ankam, war es für meine lieben Kinder anfangs Ehrensache, dauernd anzurufen, vorbeizuschauen und Hilfe anzubieten, inzwischen hat sich das weitgehend gelegt; man nimmt an, daß wir es auch ohne sie schaffen.

Im Supermarkt hänge ich die Tasche an meinen Einkaufswagen und wiege zwei Bananen und drei Äpfel ab; als ich das Obst in mein Wägelchen legen will, sehe ich gerade noch, wie sich ein junger Mann mein Portemonnaie schnappt, über die Barriere hechtet und wegläuft. Zwei Verkäuferinnen nehmen die Verfolgung auf, aber gegen einen Sprinter in Fußballschuhen haben sie keine Chance. Trotz meiner eigenen Turnschuhe bleibe ich wie angewurzelt stehen. Hundert Mark sind weg, ich muß noch froh sein, daß mir die Handtasche mit den Papieren, dem Schlüssel und der Ersatzbrille geblieben ist. Zum ersten Mal in meinem

Leben bezahle ich an der Kasse mit einem Scheck, denn Schulden will ich auf gar keinen Fall machen.

Beim Heimweg wird mir schwindlig, so wie es Hugo neulich auf dem Friedhof erging. Ich kenne jede Bank in meiner Gegend und kann mich ohne fremde Hilfe dorthin retten. Hugo wird sich wundern, wo ich und das Frühstück bleiben.

Aber zu Hause ist Ruhe. Wahrscheinlich liegt der Müßiggänger noch im Bett. Ohne zu hetzen, kann ich meine Einkäufe auspacken, den Tisch decken und Kaffeewasser aufsetzen. Doch was war das für ein dumpfer Ton? Ist Hugo im Badezimmer gestürzt? Seit er hier ist, hat er kein einziges Mal gebadet, und ich habe dieses heikle Thema wohlweislich gemieden.

Zwar finde ich ihn weder in der Wanne noch im Bett, doch ein befremdliches Dröhnen hallt erneut durchs ganze Haus. Das klingt verdächtig nach Einbrechern, schießt es mir durch den Kopf, und Hugo liegt gefesselt und geknebelt in der Mansarde! Plötzlich vernehme ich deutlich, daß die Geräusche aus dem Keller kommen. Ohne zu überlegen, haste ich nach unten und denke nicht daran, daß mir der besorgte Felix die Telefonnummer von Polizei, Feuerwehr und Notarzt in Riesenzahlen an den Schlafzimmerschrank geheftet hat.

Die Axt im Haus befreit vom Ehemann, scheint Hugo zu denken. Vor Bernhards Mausoleum hat er sich aufgebaut und schlägt, ohne mich überhaupt wahrzunehmen, mit voller Kraft gegen das oberste Mauerstück. Ein Steinbrocken poltert herunter und wäre mir beinahe auf die Füße gefallen.

»Bist du verrückt geworden?« schreie ich. »Was in aller Welt hast du dir dabei gedacht?«

Hugo fährt zusammen; aber als er mich sieht, lächelt er ohne Schuldbewußtsein. »Eigentlich sollte es eine Überraschung werden, und ich wäre bereits fertig… Aber es ist alles nicht so einfach, wie ich dachte.«

Was dachte er denn?

Hugo hatte vor, mit dem Beil ein kleines Loch in die Grabmauer zu hauen, und zwar nur in Kopfhöhe. Dann wollte er aus dem sicherlich skelettierten Schädel das Gebiß entnehmen und alles wieder säuberlich zumauern. »Ohne die Zähne ist eine Identifizierung kaum möglich«, sagt er, »und die Beißer kann ich ohne jeden Aufwand an einem regnerischen Tag in den Großen Woog schmeißen.«

Ich höre atemlos zu. Hugo will den Helden spielen, er wird infantil. Nicht ohne Geschick klopft er mit einem Meißel bröckeligen Zement rund um das Loch ab, schiebt schließlich die Hemdmanschette hoch und fährt mit erhobenem Arm in die dunkle Höhle hinein. Offensichtlich stößt er ins Leere.

»Er kann doch nicht weg sein«, murmelt er. Mich packt eine beschämende Neugier, in die sich Grusel mischt – nun will ich es wissen. Wie sieht man aus nach fünfzig Kellerjahren?

»Ist dir nie aufgefallen, daß es überhaupt nicht stinkt?« fragt Hugo.

Das ist allerdings wahr. Die ersten Monate nach Bernhards Tod habe ich es zwar tunlichst vermieden, diesen Ort zu betreten, aber später konnte ich es nicht umgehen. Niemals müffelte es anders als in den übrigen Kellerräumen: nach Kohle, Wäsche, verrotteten Kartoffeln, schimmligem Mief.

»Das war mein genialer Trick«, prahlt Hugo, »ich hatte einen kleinen Frischluftspalt zum Kaminschacht gebohrt. Gase, die sich durch Fäulnis und Verwesung bildeten, konnten ganz einfach nach draußen abziehen.« Er wartet auf Beifall.

»Du warst wirklich ein toller Hecht«, sage ich gedehnt.

»Er muß geschrumpft sein«, überlegt Hugo, »wahrscheinlich muß ich das Loch viel tiefer ansetzen, sonst kriegen wir ihn nicht zu fassen.« Er schwingt erneut die Axt und zeigt mir, daß ein Holzfäller in ihm schlummert. Diesmal prasseln gleich mehrere Ziegelsteine herunter. Als sich der Staub gesetzt hat, greift Hugo beherzt zum zweiten Mal in die dunkle Gruft. – Wo habe ich nur meine Taschenlampe? – Mit großer Anstrengung zieht er ein Stück vorzüglich erhaltenen Kleppermantel heraus. »Das nenne ich Wertarbeit…«, sinniert er. Beim nächsten Fischzug kommt eine Hand zum Vorschein, und ich schreie laut auf.

»Was macht ihr beiden denn eigentlich?« fragt auf einmal eine fremde Stimme. Wir haben nicht gehört, daß eine dritte Person den düsteren Keller betreten hat. Hugo läßt die Axt mit Gepolter fallen.

»Aber Oma, ich bin's doch nur, Cora«, sagt die junge Frau. Ich habe meine Enkelin lange nicht mehr gesehen, aber an den roten Haaren erkenne ich mein eigen Fleisch und Blut. »Ihr seid ja fix und fertig«, sagt sie freundlich, »kommt erst einmal nach oben, dort stand ein rotglühender

Kessel ohne Wasser auf dem Herd, soll nicht gut fürs Email sein.«

In der Küche angekommen, macht Cora Kaffee. Hugo und ich blicken uns betroffen an, wir sehen wie Gespenster aus und können die frischen Wecken nicht anrühren.

»Meine Eltern amüsieren sich bekanntlich in China«, sagt Cora. »Sie wußten, daß ich zu einem Klassentreffen nach Heidelberg komme, und haben mir deinen Schlüssel hinterlegt. Ich soll mal Visite machen, haben sie befohlen.«

Hugo hat sich etwas gefangen und beginnt, meine hübsche Enkelin zu betrachten. Cora ist sehr schlank geworden, trägt einen smaragdgrünen Lederanzug und Stiefel bis zum Oberschenkel. Leider macht sie sich sofort eine Zigarette an und verschmäht meine knusprigen Brötchen. »Kind, wie geht's dir denn?« frage ich. »Hast du Nachricht von den Eltern?« Dabei fällt mir ein, daß sie kein gutes Verhältnis zu Ulrich und Evelyn hat und wahrscheinlich nur im Elternhaus abgestiegen ist, weil beide verreist sind.

»Na, für die kurze Zeit werden wir uns ja wohl keine Briefe schreiben«, sagt sie schnippisch, »mir geht's ausgezeichnet. Ich habe Geld wie Heu und kann machen, was ich will.«

Nach diesem unverfänglichen Geplauder fangen wir nun doch alle drei an zu essen. Cora strahlt Hugo an; seit sie drei war, weiß sie genau, wie man Männer becirct. Im übrigen ist sie auch zu mir charmant und mustert mich mehrmals mit Interesse. Offensichtlich hat man sie bereits über meine Beziehung zu Hugo informiert.

»Ich habe eine Taschenlampe im Auto«, sagt sie plötzlich, »wir könnten nach dieser kleinen Gedankenpause euren Fund im Keller genauer in Augenschein nehmen.«

Sollen – beziehungsweise müssen – wir sie einweihen? Falls sie an einen harmlosen »Fund« glaubt, wird sie Vater, Mutter und Gott weiß wem davon berichten, ja vielleicht bekommt sogar die Presse Wind davon.

»Cora«, sage ich im Flüsterton, »es handelt sich um ein Geheimnis.«

Das hört jeder gern. »Ich bin verschwiegen wie ein Grab«, behauptet sie.

»Nun«, sage ich diplomatisch, »ich glaube schon, daß du zu deiner alten Großmutter hältst, aber in diesem Fall darfst du weder die Familie noch deine beste Freundin und deinen Liebsten – falls du gerade einen hast – einweihen.«

»Maja und ich sind im Augenblick etwas zerstritten«, sagt sie, »und ein Liebster kommt mir so schnell nicht mehr ins Haus.«

Ich glaube ihr kein Wort.

Aber Hugo ist nicht mehr zu bremsen. Er hat Feuer gefangen, was zu erwarten war. »Vor etwa fünfzig Jahren«, sagt er und zieht vorsichtshalber sein Schienbein ein, »ist hier ein Unfall geschehen. Deine Großmutter war auf die Witwenrente angewiesen...«

Cora scheint belustigt und schaltet sofort. »Klasse! Handelt es sich etwa um meinen leiblichen Großvater? Kinder, wie habt ihr das bloß angestellt?«

Ich schüttle mein Haupt. Was geht es diese unreife Tomate an, wie ich gelitten habe?

Hugo erklärt: »Er war angeblich im Krieg gefallen. Aber eines Nachts suchte er uns wie ein dunkler Schatten aus der

Vergangenheit heim. Sterbenskrank entließ man ihn aus russischer Gefangenschaft; er hat sich bei seiner Ankunft in jener Nacht zu Tode gesoffen.«

Eine abgemilderte Version, registriere ich dankbar. »Hugo hat mir die Rente gerettet, indem er den Totgesagten im Keller eingemauert hat«, ergänze ich.

Cora überlegt: »Hätte er denn als Lebender keine Invalidenrente erhalten?« Sie betrachtet uns. »Ihr wart ein Liebespaar?« sagt sie. »Okay, kann mir schon denken, wie es gelaufen ist.« Cora reimt sich einen Mord zusammen, für den sie vollstes Verständnis hat. »Es wäre wirklich falsch, meinen Eltern auch nur die leiseste Andeutung zu machen«, sagt sie, »die sind unheimlich spießig, wenn es um Sex geht.«

Nun müssen Hugo und ich lachen.

Cora kichert mit, die Lage entspannt sich ein wenig. »Warum laßt ihr ihn nicht ruhen?« fragt sie. »Wenn es fünfzig Jahre lang gutging, wird es doch jetzt keinen Ärger mehr geben.«

Stimmt, aber ich erkläre, daß ich nicht mit ewigem Leben rechne und meiner Tochter gern ein ordentliches Haus vererben möchte.

»Edel«, sagt Cora.

»Ich wollte eigentlich nur das Gebiß entfernen«, sagt Hugo, »wenn du uns nicht gestört hättest, wäre das längst geschehen.«

»Auf geht's!« ruft Cora. »Runter in den Keller!«

Hugo meint zwar, das sei nichts für junge Damen, aber sie grinst nur und holt die Taschenlampe.

»Ob eine Exhumierung etwas für alte Damen ist, scheint dich weniger zu interessieren«, sage ich zu Hugo.

»Aber du kannst doch ohne weiteres hier oben in deiner gemütlichen Küche bleiben«, versichert er heuchlerisch, »Cora und ich schaffen es auch ohne dich.«

Das wäre ja noch schöner, schließlich geht es um meinen Ehemann, da lasse ich mich nicht abschieben.

Cora leuchtet in die Mauerspalte. Bernhard ist ziemlich tief abgesunken; auch das vergrößerte Loch paßt nicht zur Kopfhöhe. Die Hand, die Hugo bereits ans Licht gezogen hat, ist einigermaßen erhalten.

»Interessant«, sagt Cora, »kommt mir irgendwie bekannt vor...«

»Das sind die Nerven«, meint Hugo und beginnt, nach dem Schädel zu angeln. Aber offensichtlich ist Bernhard nicht in Stücke zerfallen, der Mund scheint fest geschlossen zu sein, das Gebiß ist überhaupt nicht zu sehen, geschweige denn mit einem Handgriff zu lockern. Ohne zu zögern, nimmt Cora die Axt und beginnt mit erstaunlich kräftigen Schlägen und ohne uns um Erlaubnis zu fragen, auf die Mauer einzuschlagen. Da Hugo schon Vorarbeit geleistet hat, läßt sie mit zwei starken Hieben die Steine prasseln, wir können noch eben zurückspringen. Jetzt erkennt man deutlich den zusammengesackten Bernhard, und mir wird schlecht.

»Ich hole uns einen Schnaps«, sagt Cora, »denn im Augenblick seht ihr ganz schön alt aus.«

»Ziemlich abgebrüht, die Kleine«, sagt Hugo schockiert.

Ich sitze neben ihm auf meiner ehemaligen Kochkiste und würde gern rauchen, obwohl ich es mir vor Jahrzehnten abgewöhnen mußte. Merkwürdigerweise sagt auch er:

»Ein Königreich für eine Zigarette! Wie schade, daß ich nicht mehr darf.« Aber schon naht Cora mit dem köstlichen Mirabellengeist, den ein Bauer unserer Regine aus Dankbarkeit für Heilerfolge geschenkt hat.

»Keine gute Idee, nur das Gebiß zu entfernen«, sagt Cora, »man sieht frisches Mauerwerk und riecht den Braten...« Mir gefällt nicht, wie frivol sie von ihrem Großvater spricht, aber andererseits bin ich auch kein gutes Vorbild.

»Aber was sollen wir machen?« fragt Hugo. »Ein paar Zähne sind schnell entsorgt, aber der Rest...«

»Auch kein großes Problem«, meint Cora, »ich nehme ihn mit nach Italien. Unter meiner Terrasse ist Platz genug.«

»Um Gottes willen! Stell dir vor, die Zöllner öffnen den Kofferraum!«

»Ist mir noch nie passiert«, sagt Cora, verwirft aber ihren Plan; sie ist furchtlos, aber nicht dumm. »Warum nicht im Garten meiner Eltern?« schlägt sie vor. »Dort liegen schon zwei Hunde und mein Meerschweinchen begraben. Unter dem Kirschbaum würde es überhaupt nicht auffallen, da wird nie einer buddeln.«

Und abgesehen davon wird Ulrich sein geliebtes Haus weder verkaufen noch vermieten, sondern noch lange bewohnen. Sollte es Cora einmal erben, dann wird sie wissen, was zu tun ist.

»Eine junge Dame«, beginnt Hugo wieder, obgleich Cora eher einer Mafiosobraut gleicht, »sollte aber im Garten ihres Vaters keine tiefen Gruben ausheben.«

»Geht in Ordnung«, sagt Cora, »ich bekomme starke Hilfe, denn ich bin nicht allein hier, was meine Eltern aber nicht zu wissen brauchen.« Also hat sie doch einen Liebhaber eingeschleppt.

»Kommt überhaupt nicht in Frage«, sagt Hugo, »Mitwisser können uns erpressen.«

Cora erzählt, daß sie ein älteres Paar, Haushälterin und Gärtner, aus ihrer florentinischen Villa mitgebracht habe. Die beiden seien ihr tief ergeben, und sie habe ihnen zum Dank für ihre Treue einen kleinen Deutschlandbesuch geschenkt. Mario sei stumm, aber kräftig, und werde nachts in Windeseile ein Grab ausschaufeln. Und Emilia werde sich hüten, etwas auszuplaudern, weil Cora ihrerseits allerhand schlimme Dinge über sie wisse...

Wir begeben uns mit den Schnapsgläsern in der Hand wieder ins Wohnzimmer. Ulrich und Evelyn würden sich wundern, wenn sie ahnten, daß ihr Töchterchen wie eine Fürstin mit Zofe und Kammerdiener zu reisen pflegt und das Schlafzimmer ihrer Eltern von einem fremden Paar bewohnen läßt. Meine Schwiegertochter ist so pingelig mit ihrer luxuriösen Bettwäsche.

»Ich bewundere deine Energie und deinen Mut«, sagt Hugo.

Cora winkt ab. »Man macht so etwas schließlich nicht zum ersten Mal«, sagt sie scherzhaft.

Hugo holt die Tüte unter seinem Bett hervor. Er müsse jetzt ein zweites Mal zum Baumarkt, sagt er klagend, es reiche nicht. Cora lüftet das Geheimnis des Plastiksacks, in dem sich zwei Pakete Fertigmörtel, ein Spachtel und eine Maurerkelle befinden, von Geschenken keine Rede.

»Heidelberg ist natürlich noch'n Zacken schärfer als die

Toskana«, findet Cora. »Das Haus meiner Eltern ist von der Lage her ideal, die Panoramastraße grenzt an den Friedhof, der hintere Garten ist völlig verwildert, meine ordentlichen Alten meiden diesen Teil.«

»Aber wenn sie sich wieder einen Hund zulegen?«

»Das ist ihnen zu lästig, seit wir Kinder aus dem Haus sind, verreisen sie häufig.«

Es schellt. »Die Polizei«, sagt Hugo schreckhaft.

Ein absurder Gedanke, wir erhalten bloß unser Essen. Neugierig lupft Cora die Deckel. Aber anstatt die Nase zu rümpfen, greift sie nach einem Teelöffel und probiert Sauerbraten und Kartoffelklöße. »Schmeckt wunderbar, seit Monaten habe ich nur Pasta gegessen«, behauptet sie.

Also stelle ich Teller neben die Kaffeetassen, und wir setzen das Frühstück mit dem Mittagessen fort.

Die Haustür wird geöffnet.

»Bei Oma geht's zu wie im Taubenschlag«, sagt Cora, »hoffentlich wollen weder Stromableser noch Schornsteinfeger in den Keller, aber diese Herren pflegen wiederum keinen Schlüssel zu besitzen.«

Es ist Felix. Cora springt auf und umarmt ihn, ich sehe, daß der Junge rot wird. Artig gibt er Hugo und mir die Hand. »Hübsch bist du geworden, Kleiner«, sagt Cora, obgleich ihr Vetter zwei Jahre älter und ein gutes Stück größer als sie ist.

Mir wird angst und bange, daß Cora jetzt dem unschuldigen Felix etwas von meinem Malheur verrät. Aber sie ist viel zu clever, lächelt Hugo an und sagt: »Ich habe gehört,

daß Oma dir diesen reizenden Enkel bis vor kurzem vorenthalten hat!«

»Bist du allein nach Deutschland gekommen oder mit
Maja?« fragt Felix.

»Mit Emilia und Mario, meinen italienischen Freunden«, sagt Cora. »Die beiden machen heute entweder eine
Neckarfahrt oder eine Sightseeing-Tour inmitten von Amis
und Japanern. Heute abend wollen wir gemeinsam aufs
Schloß, es gibt eine Aufführung von mittelalterlich verklei-
deten Spielleuten, die Vagantenlieder singen. Möchtest du
mitkommen?«

»Wenn's die Gruppe ›Elster Silberflug‹ ist, dann gern«,
sagt Felix, »aber ich will erst meine Freundin fragen. Jetzt
muß ich schleunigst in die Vorlesung, soll eigentlich nur
schmutzige Wäsche holen; wie steht es mit Einkaufen?«
Meine Kinder sind also doch nicht pflichtvergessen und
haben von beiden Seiten hilfreiche Enkel geschickt. Hugo
braucht sich gar nichts einzubilden auf seine Heidemarie.
Aber wenn sich die ganze Mannschaft die Nacht um die
Ohren schlagen will, dann wird heute nichts aus Bernhards
Beerdigung! Coras Pläne sind mir unklar.

»Weißt du was«, sagt sie zu Felix, »wir treffen uns gegen
sieben oben auf dem Schloß, vor dem Ottheinrichsbau.
Wenn wir früh dort sind, kriegen wir noch einen Parkplatz
und können ein Bierchen trinken, bevor es anfängt.«

Felix geht. In Coras Gegenwart verhält er sich anders als
sonst, wie ein ungeschickter Stenz. Meine Enkelin freut
sich. »Klappt doch alles wie geschmiert. Jetzt beladen wir
mein Auto, und heute nacht kann Mario zeigen, daß er noch
nicht aus der Übung ist.«

Ich bin dagegen, bei hellichtem Tag eine so heikle Fracht ins Auto zu schaffen und womöglich stundenlang auf einem überfüllten Parkplatz zu lagern. »Morgen«, sage ich, »heute bleibt Bernhard hier, und damit basta.«

Als Cora verschwindet, lasse ich mich schleunigst aufs Sofa fallen, bevor Hugo auf die gleiche Idee kommt.

»Tolle Frau«, sagt er, »aber du warst schöner und vor allem empfindsamer.« Er küßt meine Hand und beginnt doch tatsächlich, Geschirr in die Küche zu tragen.

Leider handelt er nach dem alten Sprichwort ›Der Esel schleppt sich lieber tot, bevor er zweimal geht‹. Hugo hat Teller und Tassen aufeinandergestapelt und läßt sie allesamt fallen. Wohl oder übel muß ich mein Plätzchen verlassen, Schippe und Handfeger holen und dabei entdecken, daß Hugo blitzschnell den begehrten Liegeplatz besetzt hat. Ich werde so zornig, daß ich ihm die Scherben von der Schaufel auf den Bauch kippe.

Hugo feixt. »Vielleicht solltest du dich auf deine alten Tage nicht mehr über Bagatellen aufregen. Übrigens gibt es bei Edgar Allan Poe eine Geschichte...«

Plötzlich sehe ich, daß er im Gesicht blaurot anläuft.

18

An ein Leben nach dem Tod kann ich nicht so richtig glauben, aber manchmal habe ich doch das Gefühl, daß meine verstorbenen Geschwister und meine Eltern um mich sind, mich beobachten, mir vielleicht helfen. Mit Albert halte ich seit Jahrzehnten unhörbare Zwiegespräche. »Was denkst du hiervon und davon, mein armer Bruder? Gefallen dir meine Kinder? So, sie sind dir fremd, mir auch zuweilen...« Ob auch ich einmal in den Köpfen meiner Nachkommen herumwabere, ob sie mich im Rascheln der Blätter, im Flug der Vögel, im Duft der Rosen wahrnehmen werden? Ich möchte mich in Wind und Wasser, Wolken und Licht auflösen und geliebte Menschen freundlich umschmeicheln. Aber mein Verstand bezeichnet solche Dinge als »Humbug«. Und das Paradies als Belohnung für unser irdisches Sündenleben kann ich mir schon gar nicht vorstellen.

Zwar gefällt mir die Ahnenverehrung asiatischer Kulturen, die Lehre von der Wiedergeburt dagegen gar nicht. Alles noch einmal von vorn – welch abscheulicher Gedanke – und am Ende ein glitschiger Regenwurm oder ein nimmersatter Aasgeier.

Gestern habe ich zum ersten Mal meine Tochter mitten in der Arbeit gestört. Sie mußte eine Gruppe schwangerer Frauen, die wie dicke Käfer rücklings auf Matten lagen, allein weiterstrampeln lassen. Als sie hörte, daß Hugo nicht mehr richtig sprechen konnte und unverständliches Zeug brabbelte, fuhr sie mich gleich zornig an. »Wie oft habe ich dich schon ermahnt, dir einen Hausarzt zuzulegen!« Nun, sie ist mit einem Arzt befreundet und jagte ihn aus der Sprechstunde heraus zu mir.

Nachdem er durchblutungsfördernde Mittel verabreicht bekommen hatte, ging es Hugo rasch besser. Zum Glück handelte es sich nicht um einen Schlaganfall, sondern nur um eine vorübergehende Blutleere im Hirn.

Hugo lehnt es ab, sich zur Beobachtung ins Krankenhaus einweisen zu lassen. Nun liegt er den ganzen Tag auf meinem Sofa und behauptet aus Angst, es ginge ihm vorzüglich.

Meine liebe Alice, mit der ich telefonierte, hat mich etwas ermutigt. »Ich habe häufig festgestellt, daß sich alte Leute im Krankenhaus aufgeben. Sie brauchen das eigene Bett, die gewohnte Umgebung, sie hassen fremde Gesichter. Laß doch täglich eine Pflegerin kommen, die den Blutdruck mißt, ihn wäscht und eventuell füttert. Du schaffst das nicht mehr, Charlotte.«

Aber fremde Gesichter stören mich auch. Krankenschwestern, Haushaltshilfen, Ärzte, Essensbringer können mir im Grunde gestohlen bleiben, zumal Bernhard immer noch unbeerdigt in meinem Keller liegt. Da war es mir schon hart, den fremden Internisten ins Haus zu lassen.

Ich bin ziemlich sicher, daß Hugo vor mir sterben muß. Er ist älter als ich, und außerdem segnen Männer sowieso früher das Zeitliche als wir. Wie werde ich seinen Tod verkraften? Hugo bedeutet mir alles – oder? Manchmal habe ich das Gefühl, daß mich das ewige Warten auf ihn am Leben erhalten, andererseits aber viel Kraft gekostet hat. Vielleicht täte es mir viel besser, wenn ich nicht mehr auf Briefe, Anrufe oder gar Besuche lauern müßte.

Jede volle Stunde versuche ich, Cora zu erreichen. Sie hat mir fest versprochen, heute für die Umbettung zu sorgen. Es ist bereits Nachmittag, als sie sich meldet. Aber Vorwürfe wären ungeschickt, ich bin auf die Hilfe meiner Enkelin angewiesen und darf sie auf keinen Fall vergraulen.

»Es ist gestern ein bißchen spät geworden«, sagt sie entschuldigend, »wir schwammen im Öl.«

Wie bitte?

»Wir haben uns die Kante gegeben, also Oma, man könnte auch sagen, wir waren grottenvoll.«

Armer Felix, sein Kusinchen ist nicht der beste Umgang für den Jungen.

»Und was nun?« frage ich matt.

»Er liegt ja nun schon lange genug in deinem Keller, auf ein paar Stunden mehr oder weniger kommt es auch nicht an. Im Augenblick habe ich keinen Bock auf körperliche Strapazen.« Sie gähnt und verabschiedet sich.

Unter mir der tote Gemahl, neben mir der abgehalfterte Liebhaber, guter Enkel von böser Enkelin schachmatt gesetzt. Was habe ich doch für ein feines Leben.

Ich besinne mich auf Hulda. »Was soll man machen?« frage ich. Sie wiegt sich hin und her und sagt kein Wort. Natürlich ist sie eifersüchtig auf Hugo, und im übrigen war sie mir nie etwas anderes als eine aufmerksame Zuhörerin.

Noch im weißen Berufskasack stürzt Regine herein und zu ihres Vaters Lager. »Papa, wie geht's dir?« fragt sie, ohne sich im geringsten nach meinem Befinden zu erkundigen. Hugo lächelt milde. Einerseits will er bemitleidet und umsorgt werden, andererseits will er vermeiden, daß man ihn ins Krankenhaus bringt. Diese Gratwanderung schafft er mit Bravour.

Regine schnüffelt, wendet sich plötzlich mir zu und fragt streng: »Wann hat Papa das letzte Mal gebadet?«

Woher soll ich das wissen? Soll sie ihn gefälligst selbst fragen.

»Vor zwanzig Jahren«, sagt Hugo.

Die Erklärung ist simpel und zeigt, daß man Heidemarie keine Vorwürfe machen sollte. Damals bekam Ida einen Rollstuhl, und die Tochter ließ eine behindertengerechte Dusche einbauen. Ida konnte sich vom Roll- auf einen Badestuhl schwingen und sich im Sitzen abbrausen lassen. Auch Hugo zog es vor, diese Einrichtung zu benutzen. Auf diese Weise war er noch bis zuletzt den kräftigen Händen der eigenen Tochter entgangen.

»Ich werde sofort ein Schaumbad richten«, sagt Regine entschlossen und begibt sich ins Badezimmer. Hugo wirft mir einen erbarmenswerten Blick zu, aber ich bleibe ungerührt.

»Warum läuft kein warmes Wasser?« fragt Regine nach einer Weile. »Bei dieser Temperatur würde sich Papa eine Lungenentzündung holen...«

Ach so, der Boiler. Manchmal geht die Flamme aus. Felix hat mir gezeigt, wie man ihn wieder in Gang setzt. Ich erhebe mich ungern, um in den Keller hinabzusteigen.

»Laß nur«, sagt Regine, »das kann ich auch…«

Wie aus einem Munde sagen Hugo und ich: »Nein!« Aber Regine ist flinker und schon an der Tür; Hugos gräßliches Stöhnen läßt sie aber erstarren.

»Der Blutdruck«, stammle ich.

Regine holt ihre Gerätschaften, um zu messen. »Erstaunlicherweise völlig okay«, stellt sie fest. »Papa, was ist denn mit dir?«

»Es war mir plötzlich so komisch«, sagt Hugo, »es ist besser, wenn ich erst morgen bade.«

Regine nickt. Aber den Boiler will sie trotzdem wieder anwerfen. Hugo und ich halten sie gemeinsam mit beiden Händen gefangen.

»Felix kommt nachher«, lüge ich, »er kann das viel besser als wir.«

Das war falsch; Regine war stets der Meinung, daß Frauen Autoreifen wechseln und Männer stricken sollten. Sie hat Kraft in den Armen, das tägliche Massieren und Turnen hat Folgen. Mühelos streift sie unsere dürren Händchen ab und ist mit drei stürmischen Schritten im Flur. Es ist zu spät, ihren quietschenden Sandalen hinterherzujagen. Hugo und ich sehen uns an und warten auf ihren Schrei.

Aber Regine kommt gemütlich wieder aufwärtsgetrampelt.

»Das wäre ja gelacht«, sagt sie, »dafür einen Mann zu bemühen!«

Offensichtlich hat sie nichts anderes gesehen als eine erloschene Boilerflamme. »Ist dir etwas Besonderes aufgefallen?« fragt Hugo, den ich für diese dämliche Frage am liebsten auch eingemauert hätte.

»Wenn unten Mäuse sein sollten«, sagt sie forsch und reibt sich die stets rötliche Nase, »dann kann ich eine Falle aufstellen, aber erwartet bitte nicht, daß ich hysterisch kreische.«

»Kannst du dich eigentlich noch an Bernhard erinnern?« fragt Hugo. Er verwechselt Regine mit Veronika.

Sie lacht. »Der Vater meiner Geschwister war bereits gefallen, als ich noch nicht geboren war. Aber Anton habe ich noch gut im Gedächtnis, ich dachte ja immer, er sei mein Papa.«

Regine erhebt sich. Eigentlich würde sie ihren Vater gern noch heute abseifen, sagt sie, morgen habe sie kaum Zeit, und außerdem würde er sich hinterher sicherlich viel wohler fühlen. Sie setzt eine Berufsmiene auf und prüft im Bad die Wassertemperatur, die anscheinend zu ihrer Zufriedenheit ausfällt. Hugo muß daran glauben.

Ich höre die beiden kindisch lachen, die Tür ist nicht geschlossen. Kann ich einen Blick riskieren? Du solltest dir lieber deine Illusionen bewahren, warnt mich Hulda.

Als Hugo nach einer halben Stunde in einem frischen Schlafanzug wieder eintritt, riecht die ganze Wohnung nach nassem Hund. Regine putzt die Badewanne, schneidet Fußnägel, setzt Teewasser auf und schmiert Quark- und Leberwurstbrote. Besser könnte es auch Heidemarie nicht machen: Wie zwei artige Kinder werden wir verwöhnt. Auf einmal stelle ich mir ein Altersheim nicht mehr als Höllenschlund vor.

Unsere Tochter empfiehlt uns noch ein Musical im Fernsehen, betrachtet zufrieden den Anblick von Vater und Mutter beim Malventee und verläßt uns. Wahrscheinlich hat sie sich ihr Leben lang nach einer solchen Idylle gesehnt und würde es begrüßen, wenn wir sie jetzt noch zu einem ehelichen Kind machen würden.

Der schwerhörige Hugo will tatsächlich das Musical sehen. Gut gelaunt bemerkt er: »Schmissig!«

Dieses Modewort unserer Jugend! Ich habe es schon längst aus meinem Vokabular gestrichen, weil meine Enkel wohl wenig damit anfangen können. Ich sitze neben ihm und denke an ganz andere Dinge. Früher habe ich einmal gelesen, daß romantische Liebe mit gemalten Herzen, goldenen Ringen, Nachtigallen, Rosen und Vergißmeinnicht eine verlogene Erfindung der Neuzeit sei. Auch ich bin in diesem Geiste groß geworden und kann mich immer noch nicht vom Ideal der einzigen großen Liebe lösen. Da liegt er nun, mein lebenslänglicher Wunschtraum, von unserer Tochter wie ein Kind versorgt, fühlt sich wohl bei mir und will ein nie gegebenes Versprechen einlösen.

Es hat etwas für sich, wenn man in anderen Kulturen den dummen jungen Gänsen einen passenden Mann aussucht. Falls die Eltern aus Liebe handeln und nicht auf ihren eigenen Vorteil bedacht sind, könnte das Resultat günstig ausfallen – vorausgesetzt, die jungen Leute haben keine Vergleichsmöglichkeiten. Ich hätte es mir natürlich niemals gefallen lassen. Aber wäre ich mit Hugo jemals glücklich geworden?

»Warum ist die Kleine nicht gekommen?« fragt er mitten in das Hopsen und Trällern auf der Mattscheibe.

»Cora wird morgen alles erledigen, man darf die Jugend nicht drängen«, unterstelle ich.

»Wenn sie sich drücken sollte, dann kümmere ich mich selbst darum«, sagt der kranke alte Mann, »du kannst dich auf mich verlassen.«

»Lieb von dir«, ich lege meine Hand in die drei Finger seiner linken.

»Du hast immer noch ganz zarte Pfötchen«, behauptet Hugo und streichelt meine Gichtknoten.

Es gibt Tiere, denke ich, die sind sich angeblich ein Leben lang treu, Menschen gelegentlich auch. Hugo wäre es sicher nie gewesen. Ob die eheliche Treue auch eine Illusion ist? Eine romantische Lüge, der wir aufgesessen sind? Leider weiß man über das Liebesleben von Adam und Eva wenig, aber Konkurrenz hat es im Paradies nicht gegeben. Bei den nachfolgenden Generationen geschah die einzig erlaubte Scheidung, nämlich durch den Tod, bereits nach durchschnittlich zehn Ehejahren. Angesichts dieser Zeitspanne war die Treue kein Kunststück.

Als ich aus dem Bad ins Schlafzimmer komme, liegt Hugo verlegen grinsend in meinem Bett. »Raus«, nuschele ich, »ich bin müde und habe die Zähne herausgenommen.« Hugo angeblich auch, er suche bloß ein wenig Wärme und Nähe. Ziemlich schnell schläft er ein, während ich meine Decke und meine vertraute Kuhle verteidige. Als der Morgen graut und ich immer noch wach bin, beschließe ich, Hugo keine derartigen Intimitäten mehr zu gestatten.

Meine Schwester Fanni hat nie mit einem Mann das Bett geteilt, Ida wohl auch nur eine gewisse Zeit lang, selbst Alice hat Defizite aufzuweisen. Ihr Ehemann Gert, der sich langsam von seinen Kriegstraumen erholte, entwickelte sich zu einem leidenschaftlichen Amateurfotografen. Nicht etwa, daß er Urlaubs- und Familienfotos machte oder gar heimlich fremden Schönheiten auflauerte, seine Liebe galt den Tieren. In den sechziger Jahren, als längst noch nicht jeder einen Fernseher besaß, wurden Dia-Abende große Mode. Meistens saß man gelangweilt beisammen, knabberte Salzstangen und trank Kalterer See, dessen rote Farbe man später auf eine Beimengung von Ochsenblut zurückführte. Aber im Gegensatz zu anderen Familienvätern, bei deren ethnologischen Amateurexpeditionen man immerhin feurige Südländerinnen zu Gesicht bekam, waren es bei Gert im allgemeinen Rotkehlchen. Alice verteidigte dieses Hobby: Es beruhige ihren Mann, der mit seinen fahrigen Händen sowieso keine Spritze setzen konnte (das übernahm sie), stundenlang auf ein Vögelchen zu warten.

Aber irgendwann war ihm das anscheinend selbst zu hausbacken. Er plante eine Fernreise – eine Fotosafari nach Afrika –, um sich dort größeren Tieren zu widmen. Unsere couragierte Alice, die eine große Arztpraxis virtuos im Griff hatte, wehrte sich nach Kräften: Sie litt unter Flugangst. Einmal im Leben hatte sie – gemeinsam mit mir – eine Reise nach Amerika unternommen, und zwar zur Taufe von Veronikas erstem Sohn Mike. Den Hinflug hatte sie im Rausch der Bordschnäpse und unter Zuhilfenahme von Schlafmitteln glimpflich hinter sich gebracht, aber auf dem Rückweg – als es tatsächlich Turbulenzen gab – geriet sie in Todesängste. Sie weigerte sich, jemals im Leben wieder in ein Flugzeug zu steigen.

Um ihrem Mann seinen Traum zu lassen, verzichtete sie

auf Afrika. Der ängstliche Gert machte sich mit seinem Bruder auf die Reise und blieb von da an verschollen. Zwar wurde ermittelt, daß die beiden in einem geliehenen Jeep losgefahren waren, aber mehr konnten weder Polizei noch Botschaft herausfinden. Jahre später fand man das ausgebrannte Autowrack in einer Schlucht. Erst 1972 ließ Alice ihren Mann für tot erklären.

Nach diesem Trauma entwickelte meine Schwester eine allgemeine Abneigung gegen das Reisen. Auch die kurze Bahnfahrt zu mir ist ihr nicht geheuer. Eher noch steht meine Tochter aus Amerika plötzlich vor der Tür als meine Schwester aus dem Taunus. Früher haben wir den Spieß umgedreht, und ich habe Alice regelmäßig besucht. Jetzt geht es nur, wenn mich Regine, Felix oder Ulrich hinbringen. Das ist selten. Aber wir telefonieren häufig und wissen sehr viel voneinander. Alice hat zehn Jahre nach Gerts Verschwinden die Praxis verkauft und arbeitete noch bis ins Rentenalter bei Pro Familia als Beraterin. Und eine Ratgeberin ist sie mir stets geblieben, was sie sagt, hat Hand und Fuß.

Alice hatte vor und nach ihrem Gert keinen Mann. Bei Ida bin ich mir nicht ganz sicher, ob sie Hugo vielleicht doch am Anfang ihrer Ehe einmal betrogen hat. Aber alles in allem bin ich mit drei verschiedenen Bettgenossen eindeutig die Erfahrenste in meiner Generation. Wie es bei meinen Töchtern und Enkelinnen aussieht, ist allerdings eine andere Geschichte; gegen Cora bin ich sicherlich die reinste Nonne. Ob sie heute mit all ihrer Freiheit glücklicher sind?

Spontan beschließe ich, Alice anzurufen. Hugo schläft noch, meine Schwester dagegen hat immer Zeit für ein kleines Schwätzchen. Eigentlich besteht kein Grund mehr, ihr mein letztes Geheimnis nicht auch noch zu verraten.

Sie ist wie immer gleich am Apparat und hört atemlos zu, als ich vom ein- und ausgemauerten Bernhard erzähle.

»Phantastisch«, sagt sie, »wie im Film. Aber ich habe dir auch etwas Aufregendes zu beichten. Bevor wir beide in die Grube fahren, sollten wir uns diese kleinen Freuden gönnen...« Sie holt sich eine Zigarette, und ich höre, wie sie tief inhaliert.

»Hast du eigentlich auch in Anwesenheit deiner Patienten geraucht?« frage ich.

»Selten«, sagt Alice und schweigt nun doch.

Als es mir zu dumm wird, hake ich nach. »Laß mich raten. Gert hat sich mit einer Bantufrau eingelassen, die mit einem eifersüchtigen Häuptling verheiratet war. Der wildgewordene Mann engagierte eine dankbare Löwin, der er einmal einen Dorn aus der Tatze gezogen hatte, damit sie den weißen Ehebrecher ihren Jungen als Sonntagsbraten servierte.«

»Nicht schlecht«, sagt Alice, »aber du bist mir zu frivol. Es hat nichts mit Gert zu tun. Ich habe einen anderen Mann auf dem Gewissen.«

Meine Schwester war – bereits als Witwe – einem Heiratsschwindler in die Hände geraten. Zwar ging es nicht um Geld und Besitz, sondern um Morphium. Alice, die in ihrem nüchternen Leben wenig Glanz erlebt hatte, fiel wie ein junges Mädchen auf Gedichte und Wiesensträußchen herein. Klar, daß sie ihm helfen wollte, seine Sucht zu überwinden;

als Ärztin war sie ja geradezu prädestiniert für diesen Auftrag.

»Es zog sich über drei Jahre hin. Er belog und bestahl mich, inszenierte tränenreiche Versöhnungen, stiftete mich zu kriminellen Rezeptabgaben an und ließ mich an mir selbst verzweifeln. Als ich aber eines Tages einen Brief fand, den er Constanze geschrieben hatte, habe ich ihm eine Überdosis verordnet.«

Das muß ich erst einmal verdauen. Aber die Details erregen meine Neugierde. »Wo hast du den Toten gelassen?« frage ich mit kollegialem Interesse.

Alice hatte keine Leiche im Haus, der Mann wurde in seiner eigenen Wohnung aufgefunden. Es gab aber eine polizeiliche Untersuchung, die schließlich mit einer Geldstrafe und der Aberkennung der kassenärztlichen Zulassung endete. »Das war der eigentliche Grund für den Verkauf meiner schönen Praxis«, schließt Alice ihren Bericht.

»Und was rätst du mir im Fall Bernhard?«

Alice überlegt. »Ulrichs Garten finde ich etwas problematisch. Schmeißt ihn doch nachts in den Neckar, aber hinter den Schleusen, damit er nicht schon am nächsten Tag rausgefischt wird.«

Nun finde ich meine Schwester pietätlos. Bernhard war schließlich kein Seemann. »Alice, warum hast du mir deinen süchtigen Dichter stets verheimlicht?«

Sie grübelt. »Du hattest immer so eine hohe Meinung von mir. Für meine Blödheit habe ich mich nachträglich in Grund und Boden geschämt. Aber du hattest ja in puncto Bernhard auch kein grenzenloses Vertrauen zu mir.«

Ich wollte meine Schwester nicht belasten. Außerdem

hatten Hugo und ich uns versprochen, keiner Menschenseele etwas zu verraten. Gerade habe ich diesen Schwur ge-
brochen.

Hugo wird wach und will frühstücken. Mir ist der Appetit
bei Alices Beichte nicht vergangen, denn ich finde ihre Tat
nicht schlimm und außerdem verjährt. Meine Nichte Constanze ist eine ernste und etwas trockene Person, sie würde
die schwarzen Flecken auf der weißen Weste ihrer sich auf-
opfernden Mutter wohl ebensowenig billigen, wie es Ulrich
bei mir täte. Dabei ist sie Psychotherapeutin, aber leider
eine humorlose.

Während wir frühstücken, taucht Felix auf. Ich ertappe
mich bei dem bösen Gedanken, daß ihn Cora neulich –
grottenvoll, wie sie war – am Ende ins Bett gezerrt haben
könnte. Cousin und Cousine, das wäre ja schlimmer als
alles, was ich mit meinem Schwager angestellt habe. Aber
vielleicht habe ich eine allzu schmutzige Phantasie und bin
durch Alices Enthüllungen ganz aus dem Lot geraten. Beschämt über meine perversen Vorstellungen gieße ich meinem netten Enkel und meinem reizenden Schwager Kaffee
in die Tassen.

19

Wir sitzen immer noch am Frühstückstisch, als Cora kommt, allerdings in Begleitung. Eine rundliche Südländerin dackelt hinter ihr her und wird uns als Emilia vorgestellt. Sie trägt die gleichen Turnschuhe wie ich. Der Besuch zur Morgenstunde irritiert mich; will Cora den Toten bei hellichtem Tage in ihren Wagen verladen? Aber in Gegenwart meines Enkels muß ich den Mund halten. Cora holt zwei weitere Tassen und schenkt sich und Emilia den letzten Rest Kaffee, auf den ich selbst spekuliert habe, ein.

»Sieh mal, deine Eltern haben geschrieben«, sage ich zu meiner Enkelin und angle die neueste Postkarte vom Küchenregal herunter.

Ohne großes Interesse betrachtet sie ›Das Marmorschiff im Sommerpalast‹ und macht sich noch nicht einmal die Mühe, die dichtbeschriebene Rückseite zu entziffern.

Es ist mir nicht entgangen, daß Felix in Coras Gegenwart erneut rot anläuft. »Was verschafft uns die Ehre eures hohen Besuchs?« fragt er mit angestrengtem Spott.

Ich werfe Cora einen scharfen Blick zu. Aber offensichtlich hat die Italienerin, die im übrigen die Fünfzig überschritten haben mag, alles verstanden. Sie antwortet in ihrer Sprache, Felix und ich verstehen nur »Francoforte«.

Cora nickt. Emilia wolle die Banken- und Börsenstadt unbedingt kennenlernen, sie selbst freue sich auf eine Ausstellung in der Schirn, Gustav Klimt und Egon Schiele.

Hugo empfiehlt dringend und ganz Weltmann, die Buchmesse zu besuchen, obwohl sie erst im Oktober stattfindet.

Und was wird mit Bernhard? Ich überlege, wie ich Cora mit einer chiffrierten Frage auf den baldigen Termin verpflichten kann. Aber sie ist schneller. »Auf der Rückfahrt kommen wir wieder vorbei, bringen Ordnung ins Haus und holen alle ab«, verspricht sie.

Felix wird neugierig. »Willst *du* etwa putzen? Und wer sind alle?«

»Unsere Oma...«, Cora stockt, »und dein Opa«, schlürft den Kaffee aus und nickt in Emilias Richtung. Beide winken uns noch huldvoll zu und verlassen den Frühstückstisch. Unvermittelt saust Felix hinter ihnen her. Lange wird draußen auf der Straße palavert, ich beobachte es durchs Küchenfenster. Aber auch Cora hat mich erspäht, lächelt gütig, steigt ein und braust davon. Felix kommt wieder herein, um seine Kollegmappe zu holen. Ich mustere ihn beunruhigt. Was hat sie ihm erzählt?

Er berichtet bloß, daß er Cora demnächst in der Toskana besuchen werde. »So ein Angebot kann man sich nicht entgehen lassen.«

Zaghaft frage ich, ob seine Freundin Susi auch mitkommen wird.

Eventuell.

Hugo und ich sind abermals allein; es geht ihm wieder ausgezeichnet. Unser gemeinsamer Enkel ist mein ganzer Stolz, Hugo favorisiert Cora. So schnell, wie sie da waren, sind sie wieder ausgeflogen.

»Was hältst du von der italienischen Frau?« frage ich.

»Ein gutes Gesicht«, sagt er, »bäuerlich, mit gesundem Menschenverstand ausgestattet; es ist beruhigend, wenn man das junge Ding in ihrer Obhut weiß.«

»Aber warum ist ihr Mann nicht dabei? Wenn sie wiederkommen, wollen sie doch eigentlich... Und hoffentlich hat Cora dem arglosen Felix nichts verraten!« Ich bin immer noch verwirrt.

»Der Mann hebt inzwischen die Grube aus«, mutmaßt Hugo, »aber wieso wird Cora uns abholen? Eigentlich wollte sie doch alles ohne uns, nur mit Hilfe der Mafia, erledigen!«

Ich kann es auch nicht erklären. Abgesehen davon ist es mir nicht recht, Ulrichs Haus zu betreten, wenn weder er noch meine Schwiegertochter anwesend ist. Bei Regine oder Veronika wäre das kein Problem, aber Evelyn ist etwas eigen.

»Heidemarie hat sich seit drei Tagen nicht gemeldet«, bemerkt Hugo kläglich.

Sind wir im Kindergarten? Nein, *er* könne nicht telefonieren, er höre zu schlecht, man müsse doch erst die Zentrale der Kurklinik anrufen...

Seufzend greife ich zum Hörer.

Heidemarie ist munter, es geht ihr gut. Sie hat gerade zu Mittag gegessen, ob ich schon gekocht hätte? »Wir sind eben erst mit dem Frühstück fertig«, sage ich und sehe auf die Uhr. Zwölf.

Natürlich kommt die Frage nach den Medikamenten. Vor lauter Enkeln, Schwestern, Kindern, Bettgeschichten und Aufregungen bin ich etwas verlottert; der regelmäßige

Rhythmus unserer Mahl- und Pilleneinnahme ist abhanden gekommen. Heidemarie ermahnt mich freundlich, aber anscheinend ist sie innerlich nicht bei der Sache. »Wir besichtigen heute wieder einen Klostergarten,« sagt sie, »beim letzten Mal ging es um ganz einfache Heilkräuter, Kamille, Pfefferminze, Thymian. Diesmal kommt Lektion zwei: Augentrost, Schöllkraut, Mariendistel zum Beispiel. Ich werde meine Eßgewohnheiten grundlegend umstellen, auch Papa wird später davon profitieren.«

Hugo schüttelt den Kopf. »Muß wohl ein Garten ohne Käfer sein. Woher haben meine Töchter diesen Gesundheitsfimmel? Von mir nicht, von Ida bestimmt nicht und von dir erst recht nicht.« Er behauptet, eine hochmusikalische Mutter besessen zu haben, deren Begabung an keinen einzigen der Nachkommen weitergegeben wurde.

»Vererbung ist nicht alles, man ist längst davon abgekommen«, tröste ich.

»Nein«, beharrt Hugo, »nach dem Krieg wollte man natürlich nichts mehr mit der ganzen Erbgutideologie zu tun haben, aber inzwischen hat man die Dinge wieder zurechtgerückt. Du wirst wohl nicht ernstlich bestreiten, daß es verblüffende Ähnlichkeiten zwischen Familienmitgliedern gibt, meine Mutter und Regine sind der beste Beweis.«

Wir sind nahe daran, uns über Nichtigkeiten zu streiten, dabei sind wir im Grunde einer Meinung.

»Soll Bernhard in einen Sack, oder wie hat sie sich das gedacht?« fragt Hugo abrupt. Er hat meine Gedanken erraten.

Gemeinsam begehen wir die Zimmer im Erdgeschoß und begutachten meinen und seinen Koffer, die Kommode, einen Wäschesack, Teppiche. Im Keller steht noch ein großer

Karton, aber ob Pappe geeignet ist? Schließlich hocken wir wieder vor dem Fernseher und sehen eine Kindersendung.

Cora und Emilia kommen um sechs und tragen einen altmodischen Schließkorb. Ich erkenne sofort, daß das Format für unsere Zwecke untauglich ist. Aber bevor ich den Mund aufmachen kann, umarmt mich Cora mit nie gezeigter Herzlichkeit, so daß ich vor Glück alle Fragen vergesse.

»Vielleicht solltest du dich umziehen, Oma«, meint sie.

Schon lange trage ich Hugos wegen kein Blümchenkleid mehr, sondern bin zu meinem guten alten, praktischen, grasgrünen Jogginganzug zurückgekehrt.

Was erwartet sie? Soll ich einen braunen Erdarbeiter-Overall überziehen?

Sie grinst. »Es geht schließlich um eine Beerdigung«, sagt sie, »ich dachte, am Grabe meines Großvaters solltest du Schwarz tragen.«

Da hat sie recht, ich bin beschämt und eile sofort zum Kleiderschrank.

Als ich mein schwarzes Kostüm, das ich zuletzt bei der Beerdigung meiner Mutter trug, anziehen will, paßt es nicht. Ich bin geschrumpft wie Bernhard und sehe wie eine Vogelscheuche aus. »Hugo, wie findest du mich?« frage ich.

Er meint, für ein paar Stunden und unter Ausschluß der Öffentlichkeit sei mein Aufzug zu vertreten.

Wahrscheinlich gefällt ihm der Jogginganzug noch weniger.

Emilia und Cora sind bereits im Keller, wir sollen bitte oben bleiben. An zwei Henkeln schleppen sie den gutverriegelten Schließkorb wieder herauf. Es ist noch längst nicht dunkel, aber die beiden tragen den Korb zum Wagen und laden ihn ohne besondere Mühe in den Kofferraum. Nachbarn, falls sie zufällig hinausschauen, werden denken, daß wieder einmal Wäsche abgeholt wird. Schließlich werden auch Hugo und ich in den großen amerikanischen Wagen komplimentiert; »mein chromgrüner Schlitten«, bemerkt Cora stolz.

Wie gewohnt nehmen wir zusammen auf dem Rücksitz Platz; Emilia sitzt vorn neben Cora und plaudert mit ihr auf italienisch. Wir verstehen nichts. Es kommt mir vor, als ob alle anderen Chauffeure, die mich im Laufe meines langen Lebens gefahren haben, lahme Enten gewesen sind.

In den letzten Jahren war es still und friedlich um mich. Gemeinsam mit Hulda verbrachte ich meine Tage zwar etwas eintönig, aber durchaus nicht langweilig. Lesen, fernsehen, einkaufen, mit Felix plaudern, Kreuzworträtsel lösen, einen Brief schreiben, ein bißchen Hausarbeit... Was ist das jetzt für ein verrückter Traum, aus dem ich gleich aufschrecken werde? Mit meiner Jugendliebe sitze ich in einem chromgrünen Schlitten, jage über die Autobahn (meine Enkelin fährt laut Felix »wie der Henker«), und im Kofferraum liegt eine Mumie, die vor fünfzig Jahren mein Ehemann war.

Ein freundlicher älterer Mann öffnet uns die Tür.

Cora hat das große Wohnzimmer ihrer Eltern umdekoriert, um den Tod regelrecht zu zelebrieren – vielleicht von ihren italienischen Freunden inspiriert. Der venezianische Spiegel ist mit schwarzem Flor umhängt, weiße Kallas stehen in einer chinesischen Vase auf dem Kaminsims, und über den Couchtisch ist ein schwarzes Tuch gebreitet. Cora hat aus allen Zimmern Leuchter geholt, die Gardinen zugezogen, jetzt steckt sie hohe weiße Kerzen und Räucherstäbchen an und läßt leise Musik ertönen. Vielleicht findet nicht nur der arme Bernhard nun eine letzte Ruhestätte, sondern auch ich komme zur Ruhe und kann ihn in meinem Herzen begraben.

Im hinteren Garten, gut von Gebüsch getarnt, hat Mario eine Grube ausgehoben. Emilia und Cora öffnen den Schließkorb, der ebenfalls bereitsteht, und hieven behutsam das Leinenbündel heraus. An beiden Lakenenden lassen sie den Toten in das Grab hineingleiten. Ich darf die Blumen auf das weiße Tuch streuen.

»Man müßte ein Gebet sprechen oder so etwas«, sagt Hugo, aber keinem fällt etwas Passendes ein.

Schließlich singe ich mit meiner dünnen brüchigen Stimme *Der Mond ist aufgegangen*; nur Emilia stimmt ein. Seltsamerweise ist ihr das alte deutsche Lied vertraut, allerdings bloß die erste Strophe. Ich schaffe es bis zur letzten: »So legt euch denn, ihr Brüder, in Gottes Namen nieder; kalt ist der Abendhauch.«

Bei dieser Zeile bekam ich schon als Kind eine Gänsehaut. Jetzt beginne ich mit den Zähnen zu klappern. Aber wir können anstandshalber noch nicht zurück in die warme Stube, weil Mario mit den abschließenden Erdarbeiten voll beschäftigt ist.

Im Lichterschein, der vom Haus auf den dunklen Garten fällt, sehen wir plötzlich eine Gestalt über den Rasen laufen.

»Hallo!« ruft es. Zum Glück ist es Felix, aber es paßt mir nicht, daß er Cora besuchen will und außerdem Dinge erfahren könnte, die ihn nichts angehen. »Was macht ihr hier?« fragt er fast gekränkt, weil er sich ausgeschlossen fühlt.

»Wir begraben unseren Hund!« antwortet Cora geistesgegenwärtig.

Felix steht jetzt neben mir. »Ihr habt doch seit Jahren keinen Hund mehr«, sagt er zu Cora.

Sofort mischt sich Emilia ein. »E il cane mio! Meine Hunde, heißen Pippo!« behauptet sie.

»War wohl eine Dogge«, meint Felix angesichts der großformatigen Grabkonturen.

»Nein«, widerspricht Cora, »ein Bernhardiner!«

Felix ist das egal, er friert.

»Kommt rein, Leute, hier draußen ist es äußerst ungemütlich. Ich habe Licht im Haus gesehen, aber es hat niemand aufgemacht. Dann habe ich vom Garten her ein Lied gehört und bin dem Klang von Omas Stimme gefolgt.«

Emilia schreit plötzlich: »La minestra!« und läuft aufs Haus zu, wir folgen. Nur Mario bleibt zurück.

Aus der Küche brodelt und dampft es. Felix wundert sich über die vielen Kerzen, die leichtsinnigerweise während unserer Abwesenheit weiterbrannten. Aber die Aussicht auf ein anständiges italienisches Essen läßt ihn seine Fragen vergessen. Gemeinsam mit Cora deckt Felix den Tisch. Nach der kräftigen Gemüsesuppe gibt es Thunfisch mit eingelegten Tomaten und geröstetem Weißbrot, gebratene Tauben, Pilze, Radieschensalat und zum Schluß eine hauchzarte

Zabaione. »Weine-schaume-creme!« strahlt die Köchin. So gut und so viel habe ich seit Jahren nicht mehr gegessen. Diese Emilia ist eine Hexe: Sie versteht es, durch schmackhafte Küche – den Wein sollte ich keinesfalls vergessen, obgleich er für meinen Geschmack nicht süß genug ist – die Totengeister zu bannen.

Hugo und Felix betrinken sich ein wenig. Felix stößt immer wieder »auf den toten Hund« an, Hugo kontert: »Auf unseren Bernardino!« Dabei kichert der Alte wie ein Backfisch, ich schäme mich fast und bitte um etwas mehr Pietät. Felix versteht meine humorlose Reaktion nicht.

Bei all dem Trubel haben wir die Haustür nicht gehört, nur Cora springt plötzlich hoch und wird sichtlich verlegen. Ihre Eltern, die wir alle noch in China wähnen, treten ein.

Jeder will erklären. Aber Ulrich verschafft sich durch eine autoritäre Geste als erster Gehör. Unglücklicherweise sei Evelyn unterwegs an der asiatischen Grippe erkrankt, habe beinahe eine Lungenentzündung. Man habe die Reise abgebrochen und das nächste Flugzeug nach Frankfurt genommen. Bevor seine Tochter irgendeinen Kommentar zu diesem unpassenden Gelage abgebe, solle sie ihrer Mutter ins Bett helfen und ihre Toilettentasche auspacken. Cora gehorcht, Emilia läuft in die Küche, um Wasser für Tee und Wärmflasche aufzusetzen.

Die gute Stimmung ist perdu. Ulrich zieht den Mantel aus und wirft ihn Felix zu, als wäre er ein Hausdiener.

»Mutter, was machst *du* hier?« fragt er streng, im übrigen steht auch ihm die Erschöpfung einer langen Flugreise im Gesicht geschrieben. Es ist nicht der Moment, wo mein Sohn Lust auf ein Familientreffen hat.

»Cora hat uns hergeholt, das war besonders lieb von ihr«, sage ich, »sehr oft war ich in den letzten Jahren ja nicht bei euch eingeladen.« Angriff ist die beste Verteidigung.

Ulrich ist schnell zum Einlenken bereit, mir gegenüber hat er immer ein schlechtes Gewissen. »Ja, ja, natürlich, gut gemeint…«, murmelt er, setzt sich hin und greift nach dem samtigen Chianti, der aus seinem eigenen Keller stammt.

Nach dem ersten Schluck beginnt er, uns alle eingehend zu fixieren: Hugo und mich, Emilia und Mario, Felix. In flüssigem Italienisch wendet er sich nun an den Hofstaat seiner Tochter. Aber Emilia rennt in die Küche, um den Tee aufzugießen, und Mario fängt so sehr zu stottern an, daß selbst der sprachbewanderte Ulrich nichts damit anfangen kann. Ulrich gibt auf. »Ist noch etwas zu essen übrig?« fragt er.

Emilia steht mit der Teekanne in der Tür und nickt eifrig.

Es ist der unschuldige Felix, der zum Verräter wird. »Wir haben gerade den Bernhardiner begraben!« sagt er erklärend.

Ulrich begreift nicht. »Wen?«

»Den Hund von Emilia«, sagt Felix, »ihren Bernhardiner Pippo!«

Mein Sohn war stets ein Besserwisser. »Pippo war kein Bernhardiner«, korrigiert er, »dieses Tier war erstaunlich klein, nicht wahr. Nun, ich bedaure, daß es tot ist; vivissime condoglianze, Emilia!«

Hugo hat sich verschluckt, sein Husten will sich nicht

beruhigen. Mario klopft ihm auf den Rücken, ich hole ein Glas Wasser. Ulrich entzieht sich der unangenehmen Szene, indem er murmelt: »Ich muß jetzt nach meiner Frau schauen.«

Die Gesichtsfarbe meines Schwagers nimmt eine bedrohliche Färbung an. Wäre doch Regine hier! Als Hugo endlich wieder Luft bekommt, sackt er in sich zusammen. Felix und Mario schleifen ihn aufs Sofa. Schließlich ruft die wieder aufgetauchte Cora den Hausarzt an.

Offensichtlich haben ihre Eltern sie nicht in Stücke gerissen. Ulrich und Evelyn leben in ständiger Angst, ihre Kinder zu verprellen. Insbesondere bei der Tochter befürchten sie nicht zu Unrecht, daß sie sich nie mehr blicken ließe, wenn man ihr einmal im Leben gehörig den Marsch bläst. Aber in diesem Fall könnte man ihr höchstens vorwerfen, Mario und Emilia ungefragt als Gäste ins elterliche Haus eingeschleust zu haben. Gegen die eigene Großmutter würde selbst Evelyn nichts einwenden.

Der Arzt weist Hugo ins Krankenhaus ein, bloß für ein paar Tage, meint er. Wahrscheinlich sind ihm die vielen drohenden Hausbesuche zu lästig. Auch Ulrich läßt da nicht mit sich reden, er hat wenig Lust, Hugo im Gästezimmer einquartieren zu müssen.

Als die Sanitäter mit der Bahre kommen, wird Hugo kurzerhand aufgeladen und in den Krankenwagen verfrachtet. Mit einem unsagbar traurigen Ausdruck sieht er mich an. »Charlotte, hol mich schnell wieder zu dir…«, flüstert er.

Ich muß so heftig weinen, daß weder Felix noch Cora oder Ulrich mich trösten können.

Felix fährt mich heim. Aus unterschiedlichen Gründen fühlen wir uns beide schuldig. Um mich auf andere Gedanken zu bringen, überlegt er, in welchen Betten Emilia und Mario jetzt schlafen werden; mir ist das vollkommen einerlei.

»Ruf Regine bitte heute noch an«, sage ich meinem Enkel, »damit sie ihren Vater gleich morgen besuchen kann und mit dem behandelnden Arzt spricht. Ich habe im Augenblick kaum noch die Kraft, mich ins Bett zu legen.«

Felix verspricht es.

Schließlich bin ich wieder zu Hause, ganz allein. Ich bin sehr unglücklich, aber auch unendlich erleichtert.

20

Hulda hat Nachwuchs bekommen! In ihrem Schoß ruht jene alte Puppe Hulda, die ich einst Albert zum Spielen überlassen hatte. Als ich in einem kindlichen Impuls sofort das eingestaubte Kleidchen abstreife, entdecke ich auf dem glatten Puppenleib den mit rotem Buntstift gemalten Bauchnabel. Alberts Werk: Es ist, als hätte ich ein letztes Zeichen von ihm erhalten!

Heidemarie brachte mir das kostbare Stück mit der Behauptung, die Puppe habe einmal ihrer Mutter gehört. Dabei war es niemals Idas Puppe. Nachdem wir alle dem Mutter-Kind-Spiel entwachsen waren, muß unsere Mutter die Puppe ihrer ersten Enkelin, nämlich Heidemarie, geschenkt haben. Ihre Originalausstattung hat die Puppe mittlerweile verloren. Ida hatte ihr eine Baskenmütze aus schwarzem Samt genäht, das Kleid stammt aus Heidemaries Schneiderwerkstatt. Ein rot-grau geflammtes Art-déco-Muster, reine Seide, tief angesetzte Taille – sicher einmal hochelegant. Von Albert und mir wurde sie dagegen meist als Baby ausstaffiert, schließlich war sie unser Kleines und mußte Alberts Taschentuch als Windel tragen.

Es war reichlich unverschämt von Ida, diese Puppe nicht an meine Töchter weiterzugeben. Selbst meine einzige Enkelin Cora ist nie in den Genuß gekommen, mit einer großmütterlichen Puppe zu spielen. Aber wahrscheinlich hätten Veronika, Regine oder Cora der armen Hulda den Garaus gemacht, und sie säße jetzt nicht vor mir. Die temperamentlose Heidemarie, die meine Puppe »Editha« getauft hatte, rettete ihr sozusagen das Leben.

Meine Nichte war natürlich nicht eigens gekommen, um mir eine Puppe zu schenken. Zuerst besuchte sie Hugo im Krankenhaus, dann ihre neugewonnene Schwester Regine. Die beiden entdeckten allerhand gemeinsame Interessen, ganz zu schweigen davon, daß sie für ihren Vater ein Zimmer in einem geeigneten Altersheim suchen mußten. Ach Hugo, es tut mir ja in der Seele weh, daß du demnächst dorthin ziehen mußt, aber es geht nicht anders.

Warum mußte er auch derartig herumspinnen! Er verwechselte Heidemarie mit Ida und Regine mit mir. Leider hat er meiner Tochter in einem solchen wirren Moment die ganze Bernhard-Geschichte erzählt. Ich nehme es Regine sehr übel, daß sie in ihrer großen Neugierde keine Scham empfand, ihren Vater regelrecht auszuhorchen. Anfangs hielt sie seine Erzählungen für Räubermärchen, aber dann schnüffelte sie in meinem Keller herum und entdeckte das Grab. Hugo hatte ja keine Gelegenheit mehr, es wieder ordentlich zuzumauern. Wenn sie dann wenigstens über das Geheimnis Stillschweigen bewahrt hätte!

Nun weiß es Ulrich, leider auch Felix. Die Peinlichkeit war unermeßlich, denn mein Sohn hält mich seitdem für nicht mehr ganz zurechnungsfähig. Ich vermute, daß meine Kinder geheime Konferenzen über mich abhalten. Wohin mit der Alten, wenn es noch schlimmer wird? Ein bemerkenswertes Angebot kam von meiner Enkelin Cora. »Wenn du nicht mehr allein leben willst, Oma«, sagte sie tatsächlich, »dann komm zu mir nach Italien.« Ich möchte mein Darmstädter Haus nach Möglichkeit nicht verlassen, ich denke auch, daß ich es noch ein paar Jährchen halten kann. Aber dieses Angebot hat mir gutgetan.

Wenn Hugo das Zimmer im Seniorenheim bezogen hat, werde ich ihn jede Woche besuchen. Regine und Felix wollen mich hinfahren, wann immer ich es wünsche. Aber ich möchte mir lieber ein Taxi nehmen, auch wenn es mich teuer kommt. Hugo und ich werden häufig über Dinge sprechen, die weder meine Tochter noch meinen Enkel etwas angehen. Es wird sich allerdings nicht mehr lohnen, ihm gründlich die Leviten zu lesen. Durch seine – zwar gutgemeinte – Intervention ist just das passiert, was ich vermeiden wollte: unser Geheimnis ist keines mehr. Hugo würde sich in die Literatur flüchten und Ringelnatz zitieren: *Vorbei – verjährt – Doch nimmer vergessen.*

Es ist angenehm, wieder allein zu sein. Fast scheint es mir, daß es der einzig angemessene Zustand für mein Alter ist. Der Silberstreifen, den ich am Horizont sah, entpuppte sich als mein eigenes weißes Haar, als Spinnweb und Nebelstreif. Da ich für andere keine Verantwortung mehr übernehmen kann, ist es zu spät, um mit Hugo zusammenzuleben. Ich träume zwar noch jede Nacht von ihm, aber auch das wird sich legen.

*Bitte beachten Sie auch
die folgenden Seiten*

Ingrid Noll
im Diogenes Verlag

Der Hahn ist tot
Roman

Mit zweiundfünfzig Jahren trifft sie die Liebe wie ein Hexenschuß. Diese letzte Chance muß wahrgenommen werden, Hindernisse müssen beiseite geräumt werden. Sie entwickelt eine bittere Tatkraft: Rosemarie Hirte, Versicherungsangestellte, geht buchstäblich über Leichen, um den Mann ihrer Träume zu erbeuten.

»Die Geschichte mit dem überraschenden Schluß ist eine Mordsgaudi. Ein Krimi-Spaß speziell für Frauen. Ingrid Noll hat das mit einem verschwörerischen Augenblinzeln hingekriegt. Wenn die Autorin so munter weitermordet, wird es ein Vergnügen sein, auch ihr nächstes Buch zu lesen.«
Martina I. Kischke/Frankfurter Rundschau

»Ein beachtlicher Krimi-Erstling: absolut realistisch erzählt und doch voll von schwarzem Humor. Der Grat zwischen Karikatur und Tragik ist haarscharf gehalten, die Sache stimmt und die Charaktere auch. Gutes Debüt!« *Ellen Pomikalko/Brigitte, Hamburg*

»Wenn Frauen zu sehr lieben... ein Psychokrimi voll trockenem Humor. Spielte er nicht in Mannheim, könnte man ihn für ein Werk von Patricia Highsmith halten.« *Für Sie, Hamburg*

Die Häupter meiner Lieben
Roman

Maja und Cora, Freundinnen seit sie sechzehn sind, lassen sich von den Männern so schnell nicht an Draufgängertum überbieten. Kavalierinnendelikte und böse Mädchenstreiche sind ebenso von der Partie wie Mord und Totschlag. Wehe denen, die ihrem Glück in der Toskana im Wege stehen! *Die Häupter meiner Lieben* ist ein rasanter Roman, in dem die Heldinnen ihre Familienprobleme auf eigenwillige Weise lösen.

»Eine munter geschriebene Geschichte voll schwarzen Humors, richtig süffig zu lesen. Ingrid Noll kann erzählen und versteht es zu unterhalten, was man von deutschen Autoren bekanntlich nicht oft sagen kann.«
Frankfurter Allgemeine Zeitung

»Ein herzerquicklich unmoralischer Lesestoff für schwarze Stunden.« *Der Standard, Wien*

»Spätestens seit im Kino *Thelma & Louise* Machos verschreckt haben, floriert überall der biestige Charme gewissenloser Frauenzimmer. Ihre Waffen: flinke Finger, Tränen, Zyankali.« *stern, Hamburg*

»So schamlos amoralisch, charmant und witzig wurden Männer bisher nicht unter den Boden gebracht.«
SonntagsZeitung, Zürich

Die Apothekerin
Roman

Hella Moormann, von Beruf Apothekerin, leidet unter ihrem Retter- und Muttertrieb, der daran schuld ist, daß sie immer wieder an die falschen Männer gerät – und in die abenteuerlichsten Situationen: Eine Erbschaft, die es in sich hat, Rauschgift, ein gefährliches künstliches Gebiß, ein leichtlebiger Student und ein Kind von mehreren Vätern sind mit von der Partie. Und nicht zu vergessen Rosemarie Hirte in der Rolle einer unberechenbaren Beichtmutter ...

»Das kommt in den besten Familien vor: Wieder scheint dies die Quintessenz der Geschichte. Mord und Totschlag passieren bei Ingrid Noll ganz beiläufig, scheinbar naturnotwendig. Das macht ihre Bücher ebenso amüsant wie hintergründig.« *Darmstädter Echo*

»Ingrid Noll ist Deutschlands erfolgreichste Krimi-Autorin.« *Der Spiegel, Hamburg*

»Weit mehr als für Leichen interessiert sich die Autorin für die psychologischen Verstrickungen ihrer Figuren, für die Motive und Zwangsmechanismen, die zu den Dramen des Alltags führen.«
Mannheimer Morgen

»Die Unverfrorenheit, mit der sie ihre Mörderinnen als verfolgte Unschuld hinstellt, ist grandios.«
Der Standard, Wien

»Eine fesselnd formulierende, mit viel schwarzem Humor ausgestattete Neurosen-Spezialistin in Patricia-Highsmith-Format.«
M. Vanhoefer/Münchner Merkur

Der Schweinepascha
in 15 Bildern, illustriert von der Autorin

Die Ottomane, der Diwan,
die Pfeife und das Marzipan,
der Seidenkaftan und sein Fez,
fast stündlich frisch der Mokka stets,

zu später Stund ein Nabeltanz
mit rosa Tüll am Schweineschwanz –
verloren ist sein Paradies,
das früher einmal Harem hieß.

Der Schweinepascha hat es schwer ... Sieben Frauen hatte er, doch die sind ihm alle davongelaufen – bis auf die letzte: die macht ihn zum Vater von sieben Schweinekindern.

»Ingrid Noll hat das Buch vom Schweinepascha geschrieben und gezeichnet – mit jener Angriffslust auf alle Pascha-Allüren, die sie schon in den Krimis erprobte.« *Das Sonntagsblatt, Hamburg*

Kalt ist der Abendhauch
Roman

Die dreiundachtzigjährige Charlotte erwartet Besuch: Hugo, ihren Schwager, für den sie zeit ihres Lebens eine Schwäche hatte. Sollten sie doch noch einen romantischen Lebensabend miteinander verbringen können? Wird, was lange währt, endlich gut? Ingrid Nolls Heldin erzählt anrührend und tragikomisch zugleich von einer weitverzweigten Familie, die es in sich hat. Nicht zufällig ist Cora, die ihren Liebhaber einst in der Toskana unter den Terrazzofliesen verschwinden ließ, Charlottes Enkelin …

»Mit bewährter, feindosierter Ironie beschreibt Ingrid Noll die Irrungen und Wirrungen ihrer selbstbewußten Heldin.« *Der Spiegel, Hamburg*

»Eine verrückte, heiter-lustige, traurige Familiengeschichte, eine Geschichte über hohes Alter und seine Plagen und vor allem eine brillant geschriebene Erzählung, die man am liebsten in einem Zug verschlingen möchte.«
Duglore Pizzini / Die Presse, Wien

»Eine lockere und zugleich abgründige Familien-Burleske.« *Brigitte, Hamburg*

Stich für Stich
Fünf schlimme Geschichten

Fünf Geschichten über Sticken, Stricken, Kochen und andere harmlose Tätigkeiten.

»Mit viel Ironie und ihrem trockenen Humor ist Ingrid Noll eine wunderbare Erzählerin, die es versteht, die Leser bis zum letzten Buchstaben zu fesseln.« *Annette Speck / Berliner Zeitung*

»Ingrid Noll schreibt brillant, geistreich, böse.«
Johannes Mario Simmel

Röslein rot

Roman

Annerose führt ein regelrechtes Doppelleben, wenn sie dem grauen Hausfrauendasein entflieht und sich in symbolträchtige Stilleben aus dem Barock versenkt: Prächtige Blumensträuße, köstliche Speisen und rätselhafte Gegenstände aus vergangenen Jahrhunderten entheben sie dem Alltag. Und wenn sie selbst kleine Idyllen malt, vergißt sie die Welt um sich herum.
Doch es lauern Gefahren. In angstvollen Träumen sieht sie Unheil voraus, das sie womöglich durch mangelnde Zuwendung provoziert hat. Sucht Reinhard Streicheleinheiten, an denen sie es fehlen ließ? Sind Architekten in Wildlederjacken interessanter als die eigenen Ehemänner im Nadelstreifenanzug? Und welche Rolle spielen ihre Freundinnen Silvia und Lucie, die sich als perfekte Gastgeberinnen profilieren? Gut, daß Annerose Unterstützung durch ihre Halbschwester Ellen erhält, denn der Freundeskreis erweist sich als brüchig. Und dann liegt einer aus der fröhlichen Runde tot im Bett…

»Ihre Geschichten über scheinbar ganz normale Frauen, die zu Verbrecherinnen aus verlorenem Lebensglück werden, zeichnen sich aus durch Menschengenauigkeit, Milieukenntnis – und durch eine ordentliche Portion schwarzen Humors.«
Frankfurter Allgemeine

»Unterhaltung vom Feinsten; spannende Lektüre, die uns deshalb so mitnimmt, weil wir das Milieu alle kennen. Es sind Familiengeschichten mit einem Schuß Grusel, Stories über eine Gemütlichkeit, die immerzu aufhört. – Eigentlich ist sie eine Idyllikerin, aber eine sehr durchtriebene. Und sie ist zur Kurzweil so kaltblütig entschlossen wie manche ihrer Figuren zum männer- oder frauenmordenden Durchmarsch.«
Dieter Hildebrandt/Sender Freies Berlin

Magdalen Nabb
im Diogenes Verlag

»Magdalen Nabb ist die geborene Erzählerin, ihre Geschichten sind von überwältigender Echtheit.«
Sunday Times, London

»Die gebürtige Engländerin und Wahlflorentinerin Magdalen Nabb muß als die ganz große Entdeckung im Genre des anspruchsvollen Kriminalromans bezeichnet werden. Eine Autorin von herausragender internationaler Klasse.«
Herbert M. Debes/mid Nachrichten, Frankfurt

»Nie eine falsche Note. Bravissimo!«
Georges Simenon

Tod im Frühling
Roman. Aus dem Englischen von Matthias Müller. Mit einem Vorwort von Georges Simenon

Tod im Herbst
Roman. Deutsch von Matthias Fienbork

Tod eines Engländers
Roman. Deutsch von Matthias Fienbork

Tod eines Holländers
Roman. Deutsch von Matthias Fienbork

Tod in Florenz
Roman. Deutsch von Monika Elwenspoek

Tod einer Queen
Roman. Deutsch von Matthias Fienbork

Tod im Palazzo
Roman. Deutsch von Matthias Fienbork

Tod einer Verrückten
Roman. Deutsch von Irene Rumler

Das Ungeheuer von Florenz
Roman. Deutsch von Silvia Morawetz

Geburtstag in Florenz
Roman. Deutsch von Christa Seibicke

Magdalen Nabb & Paolo Vagheggi:
Terror
Roman. Deutsch von Bernd Samland

Doris Dörrie
im Diogenes Verlag

*Liebe, Schmerz und
das ganze verdammte Zeug*
Vier Geschichten

»Was wollen Sie von mir?«
Erzählungen
Mit Fotos von Helge Weindler

Der Mann meiner Träume
Erzählung

Für immer und ewig
Eine Art Reigen

Love in Germany
Deutsche Paare im Gespräch mit Doris Dörrie
Unter Mitarbeit von Volker Wach. Mit 13 Fotos

Bin ich schön?
Erzählungen

Samsara
Erzählungen